나의 빈 틈을 통과하는 것들

소설문학 소설선

나의 빈 틈을 통과하는 것들

송은일 소설집

bookin

소설 밖 사람들에게 전하고 싶은 작은 희망과 용기

이제 점쟁이 찾아다니는 짓 그만하자고 작정한 지 두 해쯤 되었을까. 지난 늦봄 어느 날 내 집에 놀러 온 친구가 나, 점 보고 왔는데! 했다. 귀 얇고 심지 약한 나는 대번 말려들어 물었다. 잘 봐? 어딘데?

그로부터 한 달 뒤쯤 안개 짙은 이른 아침에 시골길을 달려 친구에게서 들은 남원의 점집에 갔다. 안개를 지나자 비가 죽죽 내리던 그날 아침 점쟁이는 지금까지 내가 만난 어떤 점쟁이보다 나이가 많은, 칠십대 중반쯤의 할머니였다. 최근에 허리를 삐끗해 운신이 쉽지 않다는 점쟁이할머니는 첫 손님인 나를 이십 분이나 기다리게 했다. 겨우 마주 앉게 되자 할머니 점쟁이가 알아들을 수 없는 경문을 한참 읊다가 내 현재에 대해 말했다. 꿈은 큰데 현실은 따라주지 않고, 맘고생이 많고, 절간의 보살처럼 외롭고, 남자에 실패하고, 세상에 갚아야 할 게 많아 남에게 일생 퍼줘야 하고, 공부를 많이 해야 하며, 타고난 수명이 짧다…….

어이없어 기가 막혔다. 그 동안 내가 수십 명의 점쟁이들을 찾아다니며 들은 말과 사뭇 달랐던 것이다. 그 동안 점쟁이들한테서 들은 나는 금관을 세 개나 쓴 빛나는 팔자를 가졌으므로 언젠가는 반짝반짝 빛나게 될 사람이었다. 내가 그 아침에 안개와 비를 뚫고 그 점집에 간 까닭도 그 비슷한 말을 듣고 위로 받기 위함이었다. 그 동안은 어땠을지라도 이제는, 네가 하는 일마다 술술 풀릴 것이다, 라는 말을 듣기 위해.

어쩌면 이 점쟁이가 하는 말이 맞을지도 모른다 싶어 불안했다. 쉰살이 넘어서도 두 발이 허공에 뜬 것처럼 삶이 어지럽지 않은가. 잦아들지 않는 온갖 욕심과 시샘과 분노. 그리고 나를 두렵게 하는 것들과 절망들. 그 아침에 거금 3만 원을 쓰며 비관적인 말만 듣고 나올 수는 없었다. 점쟁이할머니를 유도했다. 저는요, 보살님. 그 동안 백 명도 넘은 점쟁이를 찾아다닌 여자예요. 그들이 대개 말하기를 저는 아주 빛나게 될 사람이라고 했어요. 반짝반짝!

내 말에 점쟁이할머니가 대꾸했다. 누가 아니래나? 지금도 빛이 나는구먼, 반짝반짝. 그래도 타고나길 그랬다 그 말이지.

내가 다시 말했다. 현실이 꿈처럼 이루어지지 않는 건 대개 사람들이 그렇고요, 맘고생도 누구나 하는 것이고, 제 나이에 절간의 보살처럼 외로운 사람들 쌨잖아요. 남자요? 스무 살에 만난 남자하고 삼십 년째 붙어살면 실패한 걸까요? 세상에 갚아야 할 게 많다는 말씀이나 공부 많이 해야 한다는 것도, 세상사람 누구한테나 해당하는 거 아니에요? 또, 제가 타고난 수명이 짧다고 하셨는데, 저 이미 50년이나 살았어요. 이제 언제 죽어도 수명 짧다 하기는 어렵게 됐다고요.

내가 점쟁이들 생리를 잘 알고 있다는 협박이었고, 긍정의 말을 듣기 위한 강요였다. 내 생떼가 안쓰러웠는지 점쟁이할머니가 말했다. 이제부터 말하려고 하는데 성질도 참 급하네. 이번 가을부터는 풀리고, 내년부터는 다 좋아. 아주 좋아져. 그런데 댁네가 뭘 하는 사람이라고?

생억지였을망정 점쟁이할머니에게서 듣고 싶은 말은 얼추 듣고 나왔다. 이제부터 나아질 거라는 가느다란 희망.

이번 소설집에 실릴 원고를 정리하다가 알게 됐다. 소설 속 인물들이 하나같이 전후좌우가 꽉 막혀 갈 데 없는 사람들이라는 걸. 죽어라 열심히 살아왔지만 세상에서 밀려나 빈사 직전의 상황에 내몰려 있음을. 그리하여 전의와 투지를 상실하고 잔뜩 웅크린 채 떨고 있음을. 그들이 곧 나라는 걸. 하여 나는 점쟁이를 찾아가 억지 희망이나마 억지로 이끌어 냈던 것이다.

소설이 희망을 설파할 필요는 없겠지만 이번 내 소설 속 인물들의 현실에는 필요한 것 같다. 사람들을 두렵게 하는 사람들로부터 한껏 치어 상처 입은 채 내몰려 있는 소설 밖 사람들한테도. 점쟁이할머니한테서 받은 작은 희망과 용기를 백만 배쯤 아니 천만 배쯤 부풀려 그들에게, 그들인 나에게 전하고 싶다.

2014년 가을 무등산 아래 동네에서

송은일

Contents

탁자가 있네

탁자가 있네

대부분의 집에 탁자 하나쯤은 있지. 희든 검든 빨갛든, 네모 나든 세모 나든 동그랗든, 긴 다리든 짧은 다리든 없는 다리든, 새 것이든 낡은 것이든. 생김새는 제각각일지라도 있기는 할 거야. 대개 있고 당연히 있는 것이라 눈에 띄기는 어렵지. 어느 집에 손님으로 간 사람이나 탁자를 지닌 사람 입장에서도, 탁자 앞에 그냥 앉지 탁자가 있네, 하면서 앉지는 않잖아. 특별히 아름답거나 유난히 이상하게 생겼거나 제 자리를 찾지 못해 돌출했을 경우를 예외 한다면 말이지.

한 탁자가 있어. 이름이 뱀발이사족이야. 탁자한테 이름이 붙은 것보다 이름 자체가 더 웃기지. 서글프기도 하고. 뱀발이면 뱀발이고 사족이면 사족이지, 뱀발이사족이 뭐야. 쓸모없고 쓸모없다니. 대체 날 뭘로 보고!

맞아. 뱀발이사족이 바로 나야. 나는 한 탁자이지만 생각이 가능한 생물체야. 내가 만들어진 순간 생각이라는 게 생겼거든. 기억도 생겼고. 판재가 아니라 소나무로 이백 년쯤 살았던 때의 기억 말야. 나는 영월 땅 태화산에서 살던 금강송이었어. 집을 지을 때 가장 귀히 쓰이는 소나무 목재가 금강송이야. 춘양목이라는 별칭이 따로 있을 정도지. 나는 어느 궁궐의 재건 기둥이 되려다가 도목수가 죽는 바람에 판재가 되었어. 근원이 뚜렷한 생물체란 말이지. 어쨌든 당신들, 내가 그냥 탁자가 아니라 생각이 가능한 생물체인 걸 인정해. 그래야 내가 이야기를 할 수 있잖아. 당신들 말법에는 의인화라는 게 있으니까 어렵지도 않을 걸?

내가 처음 만들어졌을 때부터 뱀발이사족은 아니었어. 나도 분명히 그 어떤 필요에 의해 사뭇 공들여 지어진 어엿한 탁자였다고. 나는 초겨울 새벽에 완성됐어.

"자아 새벽이다. 동이 텄어! 그러니 이제 살아."

한 사람이 내 상판을 툭툭, 고루 두드리면서 하는 말에 내가 눈을 떴지. 탁자가 무슨 눈을 뜨느냐고? 의인화라고 했을 텐데! 눈을 떴다는 건 생각이 생겼다는 것이고 생각이 생겼으니 존재화한 거지. 데카르트가 말했잖아. 코기토 에르고 숨cogito ergo sum! 나는 생각한다, 고로 존재한다. 생각하는 나를 입증하는데 어느 누구나 어느 것의 도움을 받을 필요가 없다는 말이야. 나는 나의 존재를 스스로의 힘으로 확보한다는 것이고. 그러니까 '생각하는 나'는 모든 불확실하고 모호한 사고를 해소한다는 뜻이지. 부연하자면, 내가 데카르트에 대해 알게 된 것은 눈을 뜬 새벽으로부터 십 년도 더 지났을 때야.

그 새벽에 나를 깨운 남자 이름은 기역이야. 기억이 아니라 기역! 하긴 기억이라 해도 무방하겠네. 아무튼 그가 나를 만들었으므로 조물주나 부모 격이지만 기역을 그리 부르지는 않아. 자연에서는 모든 게 스스로 되는 것이고 나는 자연의 산물이니까. 그리고 기역도 나를 생물체, 혹은 한 존재로 대하기는 했어도 자식으로 치지는 않았어.

나는 태화산에서 베인 뒤 통나무로 마르다가 판재로 나뉘어졌어. 원래 내 중심을 이루었던 둥치가 흩어지지 않은 채 더불어 묵혀졌고. 덕분에 탁자인 나는 원래 내 몸이었던 판재 여러 장이 겹치거나 맞물려 이루어지게 되었지. 겉면은 내 몸체의 결을 살린 무늬에다 연한 회청색 무광 페인트를 칠했어. 상판 긴 쪽 모서리 가까이에 가로세로 6센티인 감청색 타일 하나가 마름모꼴로 박혔고 그 곁으로 가로세로 1센티인 흰 타일 52개가 촘촘히, 한 줄로 박혔어. 속에는 넉 장의 판재가 가로세로 맞물려 상판을 받치고 있지. 뒤집어 길게 세워놓았을 때 4단 8칸의 책장 같은 모습이라고 보면 돼. 몸무게는 45킬로그램이고, 120킬로그램쯤의 하중을 감당할 수 있어. 나는 앉은뱅이인데 다리가 없고 아랫부분의 네 귀와 사면 안쪽에 받침대 같은 여덟 개의 발이 있어. 가로 길이가 120센티, 세로 길이가 80센티, 높이가 36센티인데 받침대의 높이는 4센티야. 겉에서 보면 사면이 거의 막힌 셈이지. 사람들이 탁자 앞에 앉을 때는 보통 무릎이나 발이 탁자 밑으로 들어가게 되는데 나한테는 그게 불가능해. 바닥과 몸통 사이가 4센티밖에 되지 않으니까 사람들은 함부로 내 속에다 잡스러운 걸 넣기 어렵지. 가령 고린내 풍기는 발이나 허접스러운 비닐봉지나 걸레통 같은 거 말이야. 그게 탁자로서 내 맹점으로 작용하리라는 걸 기역은 몰랐을 거야. 아마도.

기역은 독신이었고 고등학교 음악 선생이었어. 나중에 알게 된 거지만 상판에 박힌 52개의 흰 타일은 그의 나이였어. 그는 취미로 가구 만들기를 좋아했어. 그가 물건 하나를 만들 때 걸리는 시간이 꽤 길었지. 못을 치는 대신 전통기법인 사개물림으로 맞추니까 오래 걸릴 수밖에 없었어. 나는 일 년하고도 한 달쯤 더 걸려 완성됐어.

나를 다 만들어 깨운 기역은 밤이면 작업실로 들어왔어. 그는 내 몸을 마른 수건으로 한 번씩 닦고는 내 상판에다 술병을 올려놓고 술을 따라 마시면서 의자를 만들었어. 그럴 때는 구석에 있는 오디오를 켜 놓고 오페라 음악을 듣곤 했어. 모차르트의 〈피가로의 결혼〉의 서곡, 〈이제는 날지 못하리〉, 〈사랑의 괴로움을 그대는 아는가〉 같은 거. 카탈리니, 베르디, 푸치니, 마스카니, 헨델, 들리브, 바그너, 드보르작, 글룩, 멘델스존, 로시니 등의 오페라도 들었어. 어떻게 아느냐고? 그가 학생 가르치듯 나한테 일일이 설명했거든.

“지금 흐르는 오페라는 바그너의 〈발퀴레〉 중에서 ‘발퀴레의 기행’이라는 부분이야. 발퀴레는 〈라인의 황금〉, 〈지그프리트〉, 〈신들의 황혼〉 등과 함께 4부작으로 구성된 악극 〈니벨룽의 반지〉 중의 한 작품이야. 발퀴레는 북유럽 신화에서 최고의 신인 오딘을 받드는 처녀들인데, 전쟁에서 승리와 죽음을 부여하기 위해 보내진다고 해. 하지만 보통은 오딘의 명에 따라서 전쟁에서 전사한 영웅들을 발할라 궁전으로 이끄는 역할을 한다고 알려져 있지."

그런 식으로 내가 오페라 음악을 공부하는 동안 봄이 왔어. 기역은 등받이가 낮은 동그란 의자 세 개를 만들었지. 비슷하게 생긴 것 같아도 뜯어보면 같은 곳이 하나도 없는 의자들은 나와 한 동아리였어. 나한테서 분리된 또 다른 나였지. 소나무 적의 내 몸의 일부로 만들어진데다 나처럼 회청색 무광 페인팅이 되었거든. 등받이에 감청색 마름모 타일 하나가 박혔고. 나는 내 동아리 의자들한테다 해, 달, 별이라는 이름을 붙였어. 넷째한테는 땅이라는 이름을 붙일 셈이었지. 만들어진 순서대로 일월성신지수화풍日月星辰地水火風을 붙일 계획이었으니까. 기역이 의자 네 개를 만들려고 했는지, 여섯 개 혹은 여덟 개를 만들려 했는지는 모르겠어. 내가 몇 인용인지 애매했거든.

내가 그걸 알기 전에 니은이 왔어. 〈피가로의 결혼〉 수잔나의 아리아를 부르는 목소리처럼 말하는 여자였어.

"어머나, 선생님. 탁자가 있네요?"

나는 니은이 대번에 맘에 들지 않았어. 굳이 탁자를 거론하려면 탁자가 어떻네 저떻네 하는 감상을 말해야지. 탁자를 보고 탁자가 있다고 말하는 여자가 어떻게 맘에 들겠어? 나한테 맘도 있냐고? 내가 생각이 있다고 했잖아. 생각이 있으면 맘도 있는 거지. 그 유아독존하는 나쁜 습성을 버려. 인간 족속의 습성 중에 가장 나쁜 게 그거야. 삼라만상이 자신들을 위해 있는 듯이 여기는 것. 만물이 저희들을 위해 존재하는 줄 알잖아. 백 년 살기도 어려운 족속들이, 쯧쯧! 정 나를 인정하기 힘들면 귀신이라 여겨. 소나무 귀신이나 탁자 귀신. 그게 더 쉽다면 말이지. 그런데 내가 귀신들을 좀 아는데 말이야. 그것들, 생각하는 나무나 생각하는 탁자보다 결코 쉽지 않아. 그것들은 형체가 없어도 사람처럼 움직이고 생각하잖아. 당신 뒤에 당신처럼 생각하고 움직이는데 당신을 미워하는 그것이 붙어 다닌다고 상상해 봐. 이백 년 넘게 살아본 내가 장담해. 귀신들보다 나를 믿는 게 여러 모로 쉬워.

니은은 서른 살이나 될까? 그보다 덜 돼 보이기도 했어. 수잔나의 아리아를 부르는 여자와 목소리는 닮았는데, 어쩐지 경박한 거 같았어. 짐짓 명랑한 체하면서 기역을 살짝 무시하는 어조였기 때문에 내가 그렇게 느꼈을 거야. 뭐랄까. 기역이 자기를 아주 많이 사모하는 걸 알면서 모른 척하고, 그러면서 선심을 쓰는 것 같았어. 무엇보다 가을 겨울을 지내는 동안 기역으로부터 니은에 대한 이야기를 전혀 듣지 못한 게 께름칙했어. 조짐이 좋지 않았다는 거지. 정말 중요한 건 입 밖에 내지 않잖아.

"멋지네요, 이 탁자."

니은이 내 동아리 달에 앉으면서 그렇게 말했어. 정작 그 눈은 나를 향해 있지 않더군. 기역을 향해 있지도 않았고. 작업실 전체를 훑어보고 있었어. 면적을 살피고 작업실 안에 어떤 물건들이 있는지 계량하는 것처럼. 아무 거나 찍어서 가져갈 수 있을 거라는 자신감이 깃든 눈길이랄까. 그러면서도 쓸 만한 게 없다는 투였어. 달이 니은을 향해 눈을 흘기더군. 부러 건성인 체하거나 무관심을 가장하는 니은 때문에 난, 우린 불안했어. 니은이 우리를 가져가겠다고 나설까 저어하기도 했지만 기역이 의연하지 못하고 조바심을 쳤기 때문이야. 그는 니은이 아무것도 가져가지 않겠다고 할까봐 초조한 것 같았거든. 기역이 니은의 눈치를 보면서 말했어.

"김 선생, 그 탁자와 의자들 맘에 들면 가져가요."

저런 바보 같으니. 저 저자세는 뭐야. 내 속에 불만이 생기는데 니은이 높은 음으로 지껄이데.

"아이, 제가 가져가서 뭐하게요. 더구나 저한테는 너무 커요. 이 작업실보다 작은 전세집에 사는데 어디다 놓겠어요? 그냥 두세요."

그렇게 말한 니은이 달한테서 일어나 별에 앉은 기역에게 다가들었어. 장난스럽게 몸을 굽히더니 입을 맞추데. 어리떨떨한 기역이 니은을 자신의 무릎에 앉히면서 약간 떠는 것 같더니 망설임 끝에 마주 입맞춤을 했어. 한참 입을 맞추던 기역이 니은을 안아 들어 내 상판에 눕혔어. 둘은 내 몸 위에서 부단히 수선을 피웠는데 어느 순간 니은이 기역을 밀어내며 말했어.

"여기서는 안 되는 것 같아요. 나중에 해요, 선생님. 우선은 집안에 가서 뭔가 좀 먹어요. 배고파요. 먹을거리는 있지요?"

기역이 몹시 무안한 얼굴로 일어났어. 옷을 추스르는 얼굴이 붉더군. 부끄러워 한지도 모르지. 니은은 짧은 치마를 내리며 일어나 기역의 등을 다독였는데 웃는 얼굴이었어. 그 회심의 미소라는 거 있잖아. 은근히 득의양양한. 니은을 보면서 나와 내 동아리들 안에 있던 이백 년 넘은 욕설의 씨가 발아하고 순식간에 무성하게 자랐어. 저 썩을 년! 저 망할 년! 똥친 막대기 같은 년. 거름으로도 못 쓸 년. 우리가 욕을 해대는 사이 두 사람은 작업실을 나갔어. 그날 기역은 작업실로 돌아오지 않았어. 다시는 안 들어왔지. 이후 우리는 기역을 영영 못 보게 됐으니까.

길가 은행나무에 노란 물이 들기 시작할 무렵에 나는 디귿의 아파트 거실로 옮겨졌어. 디귿은 기역의 아우야. 그는 나를 거실의 창 가까운 곳에 놓았어. 기역의 작업실과 달리 정리가 아주, 너무 잘 돼 으스스한 곳이었어. 나를 옮겨온 날 밤에 디귿이 제 형처럼 내 위에다 술병을 놓고 술을 마셨어. 그리고 혼잣말을 시작했어.

"나한테 선생이라는 단어로 연상되는 사람은 고등학교 다닐 때의 국어 선생님이야. 그때 선생님이 서른 살이나 됐을까. 체구가 자그맣고 얼굴이 희었지. 체구에 비하면 목소리가 웅숭깊었고. 슈트름 운드 드랑! 질풍노도의 시기라는 말을 그 선생님한테서 배웠지. 그 선생님 수업시간에 소설 독후감을 써내는 숙제가 있었어. 그때 내가 독후감을 써낸 책은 최인훈의 『광장』이었을 거야. 독후감을 어떻게 썼는지 이제 생각 안 나지만 선생님이 내 글에 내린 평은 뚜렷이 기억해. 어이, 너. 책 좀 읽은 거 같더라. 글 솜씨도 제법이고. 독후감 멋졌다. 상으로 내가 좋아하는 책 한 권 주마. 그때 선생님이 상으로 주신 책이 문고판 『바다의 침묵』이었어. 나치 점령기의 프랑스. 한 노인과 노인의 질녀가 사는 집으로 들어온 점령군 장교. 그들 사이에 벌어진 침묵은 처음엔 일종의 전쟁이었지. 시간이 흐르면서 침묵은 대화가 되었고 사랑도 되었어. 그 책을 읽으면서 나는 침묵이라는 단어의 실체를 비로소 안 거 같아. 소설 속에서 침묵은 바다처럼 거대하고 깊었어. 가슴 저린 것이었고 맨발에 감기는 고양이처럼 간지럽고 아름다운 것이었어. 그런데 형은 대체 뭐냐. 벙어리처럼 입 처닫고 살다가 한 번에 사고를 쳐버리냐, 썩을 새끼야!"

디귿이 주먹으로 나를 쾅 내리쳤어. 술병이 넘어져서 술이 쏟아졌지. 내 상판의 무늬 결을 따라 술이 줄줄 흘러내렸고. 그 바람에 방에서 디귿의 아내인 리을이 나와 소리 질렀어.

"한밤중에 무슨 짓이야? 뭐 좋은 물건이라고 끌고 들어와서 그걸 상대로 주정이냐고! 그게 당신 형이나 돼?"

"그래, 형 같아서 그런다, 왜?"

"살아 있을 때 그렇게 하지? 그랬으면 그 아무짝에도 못 쓸 탁자보다는 쓸 만한 뭔가가 동생 차지가 됐을 거 아냐."

디귿과 리을이 큰소리를 내며 싸웠어. 디귿이 술잔을 텔레비전 위쪽 벽을 향해 집어 던지는 것으로 싸움이 끝났고. 디귿이 자기 방으로 들어갔고 리을이 휴지로 유리 조각을 치우고 술을 닦았어. 내 상판에 남은 술을 닦으면서 지껄이더군.

"지랄도 가지가지다!"

리을이 거실의 난장판을 대충 치우고 불을 탁 끄고 안방으로 들어갔어. 전등이 꺼져도 아파트는 어둡지 않더군. 거실이며 부엌 쪽의 가전제품들마다 저희들이 살아 있다는 걸 알리듯이 빨갛거나 파란 불빛들을 깜박였어. 창에서도 불빛이 들어왔고. 그 불빛들을 향해 내가 말을 건네 봤는데 통하지 않았어. 언어가 달라서가 아니라 그것들은 햇빛이나 달빛이나 별빛 같은 언어를 가지고 있지 않았던 거지. 바람이나 구름이나 비나 노을, 모든 식물들, 동물들, 곤충들이 지닌 말을 갖지 못했던 거야. 내 동아리 해와 달, 별이 몹시 아쉬웠어. 디귿이 트럭을 불러 나를 실을 때, 곁에 있던 리을이 해와 달과 별 싣는 걸 반대했거든. 집에 놓을 곳이 없다는 핑계였어. 그들은 기역의 집이 있던 마을 노인들 집으로 흩어졌어.

내가 동아리들을 떠올리고 있는데 한 방문이 살짝 열리더니 미음이 나왔어. 미음은 디귿과 리을의 외동딸이야. 미음은 거실 불을 켜지 않은 채 나한테 다가오더니 내 몸에 기대어 앉았어. 무릎을 껴안고 어스레한 창밖을 내다보더군. 귀에 이어폰을 꽂고 노래 들으면서 창에 비친 제 모습을 상대로 고개를 까닥이면서 놀았어.

그 세 식구가 나를 상대하는 양상은 각자 나름대로 일관성이 있었어. 아침이면 디귿이 식탁 대신 내 상판 앞에 앉아서 간단하게 아침을 먹고 출근했어. 그는 무슨 공무원이었어. 특별한 일이 없는 한 일정한 시각에 귀가해서 내 상판에다 저녁을 차려놓고 텔레비전을 보면서 혼자 먹는 일이 잦았어. 책도 읽었어. 그가 『람세스』라는 책을 읽던 밤에는 창밖에 첫눈이 내렸는데 폭설이었어. 그는 아내와 딸을 기다리는 거 같기도 하고 아닌 것도 같았어. 식구들을 기다렸다면 전화를 해봤겠지. 그는 식구들에게 어디냐거나 눈 오는데 안 들어오고 뭐하느냐는 등의 전화를 하지 않았어. 대신 여러 번 발코니로 나가서 밖을 내다봤어. 창에 비친 그는 눈처럼 펄펄 날아 내리고 싶은 얼굴이었어. 아득한 표정이더라고. 그 밤에 리을은 눈길에 막혔다는 전화만

해왔고, 미음은 제 아버지가 잠든 직후에 돌아왔어.

미음은 늦은 밤이면 내게 기대거나 위에 올라앉아서 노래 들으며 한 시간쯤씩 혼자 놀았어. 휴일이면 나한테 책을 펴놓고 엎드려 읽거나 학교 숙제를 할 때도 있었지. 미음이 나한테 말을 거는 경우는 집에 저 혼자 있을 때뿐이었어. 어느 주말에 아이가 내 상판에 엎드려서 제 아버지 방에서 가지고 나온 낡은 책을 읽었어. 『인도방랑』이란 책이었을 거야. 아이가 말했어.

"난 방랑이라는 단어만 떠올리면 가슴이 뛰어. 스무 살이 되면 집을 나가 세상을 떠돌아다닐 거야. 헤어지고 싶은데 붙어서 떨어지지 못하는 아빠나 엄마처럼 살지 않을 거라고. 또 큰아빠처럼. 넌 우리 큰아빠를 알지? 바보 같은 큰아빠. 큰아빠의 꿈이 방랑자였대. 노래하면서 세상을 떠돌아다니고 싶었다나. 근데 왜 죽니? 바보같이. 떠돌아다니면 되잖아. 혼자서라도 노래하면 되고. 노래라는 게 꼭 누가 들어줘야 하는 거 아니잖아? 안 그래?"

말을 하다가 말고 미음이 내 위에서 내려오데. 낑낑거리며 나를 세우더군. 그럴 수밖에. 난 덩치에 비하면 사뭇 가볍지만 미음은 속 빈 나보다 체중이 덜 나갔으니까. 나를 세운 미음이 내 속을 찬찬히 매만지다 싱긋 웃더니 방으로 들어갔어. 파란 매직펜을 가지고 나와 내 안쪽에다가 '내 이름은 방랑자'라고 적었지. 2000년 1월 15일이라는 날짜도 적었고. 덕분에 나는 미음과 같은 방랑자라는 이름을 얻게 됐어. 뱀발이사족이 되기 전 내 이름이 방랑자였단 말이지.

리을은 남편과 딸을 내보낸 아침이면 청소귀신처럼 집안을 쓸고 닦았어. 뭐든 자로 잰 듯이 반듯하게 만드는 게 리을의 집안일이었어. 일주일에 두어 번 화려한 운동복을 입고 집을 나갔지. 나간 날이면 한밤중에 돌아왔고. 나가지 않는 날의 리을은 수시로 집안 물건들의 위치를 바꾸었어. 그러다 뭔가가 마음에 들지 않으면 사람을 불러 한 부분을 싹 쓸어내고 새 물건을 사다 놓곤 했지. 내가 그 집에 머물던 1년여 동안에 내 주변에 의자 대신 놓이던 방석들이 여덟 번은 교체되었을 거야. 벽걸이 텔레비전이 바뀌었고, 식탁 세트와 장식장이 바뀌었어. 커튼이 죄 뜯긴 뒤 창마다 블라인드가 드리워졌고 미음의 방 가구 일체가 쓸려나가고 새로 들어왔지.

리을이 일을 벌일 때마다 나는 개밥의 도토리처럼 이리저리 굴러다니다가 결국 거실 창 앞에 다시 놓여졌어. 리을에 따르면 나는 규격화되지 않아 호환성이 없고, 색깔이 어느 것과도 조화를 이루지 못하게 애매했어. 리을이 나를 미워한 이유가 그래. 리을이 나를 처치하지 못하는 이유는 남편 디귿 때문이었어. 디귿은 집안 물건이 바뀔 때마다 물건을 함부로 바꾸는 리을을 탓하는 게 아니라 '형님 탁자'는 그냥 두라고 못 박았거든. 그가 형님 탁자라고 할 때마다 내 맘이 묘했어. 내가 형님의 탁자라는 뜻인지, 나를 형님이라 부르는 것인지 궁금했고.

리을이 그나마 제 남편 눈치를 보는 까닭은 따로 있었어. 내가 그 집에 들어선 지 며칠 되지 않았을 때 알게 된 사실이야. 리을은 이른바 바람이라는 걸 피웠어. 저는 사랑이라 우기긴 하더구먼. 암튼 리을은 운동 나가는 날 골프만 하고 오는 게 아니라 외간 사내와 사통인지 사랑인지도 하는 거였어. 리을이 집에 있는 날 전화로 수다를 떨기 때문에 내가 모를 수가 없지. 디귿도 그 사실을 모르지는 않았어. 알면서도 모른 체, 방기했던 거 같아. 디귿은 우울증까지는 아니었어도 자주 울적해 했어. 울적할 때면 내 앞에 앉아서 술을 마시며 텔레비전을 보다가 리을이 들어오기 전에 잠이 들곤 했지.

리을이 나를 처치하기로 한 이유는 만나던 외간 사내와 헤어진 사건 때문이었어. 외간 사내가 다른 외간 여자한테 혹했던가 보더라고. 그 다른 여자하고 전화로 대판 말싸움을 벌인 리을이 애먼 나를 밀치면서 욕을 해대다가 울었어. 그리고 또 머리 푼 귀신 꼴로 청소를 시작하더군. 리을의 청소는 보통 부엌에서 시작되어 방 네 칸을 다 돌고 거실에서 끝나는데 최소한 네댓 시간이 걸려. 방방을 돌아 거실로 온 리을이 소파에 앉더니 나를 노려보았어. 그리고 말했어.

"넌 뱀발이야. 넌 아무 것과도 어울리지 않고 아무 짝에도 쓸모없는 사족이라고. 뱀발이사족이! 넌 불길해. 네가 우리 집에 들어온 뒤로 나는 되는 일이 없어."

동대문에서 빰맞고 태화산 와서 똥 싸는 격이었지. 나를 저주한 리을이 114에 전화를 걸어 시내에서 가장 오래된 중고가구점이 어디냐고 물었어. 114 안내원이 '산전수전 중고가구'라고 알려줬나 봐. 한 시간도 되지 않아 산전수전의 남자 비읍이 들이닥치더니 나를 세워 이모저모 살폈어. 그가 내 안에 쓰여 있던 '내 이름은 방랑자'라는 문구를 보고 웃더니 말했어.

"목재가 워낙 좋아서, 낙서가 없었다면 좀 더 쳐드릴 수 있겠는데 아쉽네요. 30만 원 드리지요."

리을은 그제야 제 딸이 써놓은 글자들을 발견했어. 눈살을 찌푸리면서 잠시 망설이는 눈치더니 치우고 말겠다는 듯이 고개를 끄덕였어. 비읍이 물었어.

"누가 만든 겁니까?"

리을이 내 내력에 대해서 말했어. 나를 만든 기역이 죽었다는 말은 빼고 아이의 큰아빠한테 선물 받은 것이라고 하더군. 결국 나는 30만 원에 팔려서 그 집을 나왔어. 나한테 엉겨 붙어 노래 듣기를 좋아하던 미음이 마음에 걸리기는 하데. 또 자주 창을 내다보는 디귿도. 그렇지만 내가 사람을 상대로 할 수 있는 일은 없잖아.

난 산전수전 중고가구점 작업실로 들어갔어. 비읍은 쉰 살이 약간 넘은 사람이었어. 시옷이라는 젊은이 한 명 데리고 중고가구점을 운영하면서 가구 수선을 직접 했지. 시옷은 비읍의 점원 겸 제자 격이었어. 그 둘이 내 몸 안쪽에 미음이 적어놓은 문구와 날짜를 두고 어찌할까 의논하더군. 결국 내 상판에 박힌 것과 비슷한 감청색과 흰 색 타일을 붙여 가렸어. 그 밑에다 원형 동그라미가 세 개 겹친 문장 화인을 찍고 산전수전(山傳水傳)이라는 한자 화인도 찍었어. 그러니까 중고가구점 이름인 산전수전은, 온갖 짓을 다 해봤다는 뜻이 아니라 산과 강의 이야기를 전한다는 의미였던 거지. 아무튼 그들은 나를 자신들이 생산한 물건으로 둔갑시킨 거야. 비읍은 나한테 300만 원이라는 가격표를 얹어 중고가구점 옆에 있는 앤티크가구점, '센스빌리티'에 놓았어. 비읍은 중고가구점 산전수전과 앤티크가구점 센스빌리티를 동시에 운영하는 거였어. 쓸 만한 가구를 헐값에 사서 수리하거나 단장한 뒤에 앤티크가구로 판 거야.

비읍의 센스빌리티에서 나를 산 사람은 한국 주재 네덜란드 대사의 부인인 이웅이야. 나를 발견하고 대번에 회색 눈을 반짝인 이웅 덕에 나는 대사관의 사저로 들어갔어. 이웅의 손님 접견실에서 손님을 아주 많이 치렀지. 그 무렵에 가장 많이 듣던 이름이 노무현이야. 내가 이웅의 접견실에 놓인 뒤부터 그가 부각되기 시작해 대통령에 당선되었거든. 내가 이웅의 접견실에서 3년여를 보냈을 때 대사가 귀국하게 되었어. 이웅은 나를 데려갈 준비를 했지. 짐을 꾸리기 직전에 이웅이 교통사고를 당하지 않았다면 나를 데려갔을 거야. 이웅은 보름쯤 입원했다가 퇴원했지만 나를 포기했어. 한국에서 구입한 물건들은 다 한국에 두고 가자 한 거야. 그러면서 이웅은 나를 자신의 통역사 노릇을 하던 지읒에게 주었어. 그 동안 지읒이 여러 차례 나한테 멋지다는 둥 아름답다는 둥 했기 때문이야. 지읒의 그 말은 사실 이웅을 향한 아부였을 뿐인데 그 결과 내 갈 곳이 정해진 거지.

지읒은 네덜란드에서 공부하고 온 서른 살의 임시직 외교부 공무원이었어. 언젠가는 정식 외교부 공무원으로 네덜란드에 다시 가서 살고 싶은 여자였고. 이웅이 귀국한 뒤 지읒은 외교관이 되기 위한 시험공부에 매달렸지. 공부하는 동안 나를 보조 책상 겸 평상으로 사용했어. 내 위에다 온갖 자료를 펼쳐놓고 살았지. 두 해쯤 지나 지읒은 외교관 시험에 들었어. 국내 근무를 하게 됐고. 더불어 결혼하게 됐는데 나를 놓고 고심했어. 내가 이웅으로부터 받은 선물이기 때문이지. 언젠가는 이웅을 다시 만나게 될 것이라 나를 아주 없앨 수는 없는 입장이었거든. 그렇다고 신혼살림에 나를 끼워 넣기는 싫었던 거지.

"가질 수도 버릴 수도 없는 넌 참 애매한 존재구나. 아니 넌 쓸모없는 뱀발 같아. 사족이라고."

나는 지읏의 말에 의문을 느꼈지. 실컷 써먹고 나서 뱀발 같다고 하는 말 때문이 아니라 지읏이 결혼할 수 있을지 의심스러웠거든. 지읏의 약혼자 치읓이 수상했다는 거야. 치읓은 대기업 사원이었어. 지읏보다 두 살이 적었지. 내가 치읓을 본 게 2년여지 그들이 만난 햇수는 5년쯤 되나 봐. 지읏이 네덜란드에서 한국으로 돌아온 직후에 만났다고 하니까. 내가 2년쯤 걸쳐 드문드문 본 치읓은 지읏한테서 차츰 맘이 뜨는 거 같았어. 지읏이 정식 외교관이 되었다고 해도 뜬 마음이 가라앉지는 않는 것 같았고. 결혼하자는 결정을 한 뒤에도 마찬가지였어. 지읏이 음식을 차리거나 둘이 교접한 뒤 몸을 씻고 있을 때 치읓이 딴 여자하고 통화하는 걸 내가 본 게 여러 번이었어. 내가 지읏이 알아들을 수 있는 말을 할 수 있다면 그만 놈 내버리고 딴 녀석 찾으라고, 치읓의 실상을 알려줄 텐데 아쉬웠지. 한편으로는 지읏이 내 말을 알아듣지 못하는 게 다행이기도 했고.

며칠 뒤 늦은 밤에 치읓이 왔어. 지읏이 몇 시간이나 기다리면서 십수 번의 전화를 해댄 끝에 찾아온 치읓은 술에 많이 취했더군. 그가 내 위에 걸터앉아 흔들거리며 말했어.

"나, 맨 정신으로는 도저히 못하겠어서 취해서 왔어. 진작부터 말하고 싶었는데 못했던 말이야. 나 결혼 못하겠어. 너하고 못하는 게 아니라 결혼 자체를 못하겠어. 도저히 결혼할 용기가 안 나. 헤어지자, 우리."

치웇의 뺨에서 짝 소리가 났지. 맞은 사람은 치웇인데 때린 지읒이 울더군. 지읒이 치읓을 포기하기까지 한 달쯤 더 걸렸나봐. 살림을 정리했어. 어차피 하려던 살림 정리이긴 했지만 방향은 달랐지. 지읒이 자주독립을 위한 작업으로 정리할 첫 번째 대상은, 물론 뱀발이사족인 나였어. 지읒은 예전에 내가 잠시 묵었던 앤티크가구점에 전화를 걸었어. 주인 비읍이 아니라 제자 시옷이 왔더군. 시옷은 그 사이에 사뭇 의젓해져 있었어. 오륙 년이 지났으니 당연하겠지. 시옷이 나한테 생채기가 많다는 이유로 지읒한테 30만 원을 건네더니 나를 차에 실었지.

시옷은 예의 산전수전 뒤편 작업실에서 저 홀로 나를 수리했어. 시옷이 텔레비전을 노상 켜놓고 일한 덕에 나는 이웅의 접견실에서 친숙하게까지 느꼈던 대통령 노무현이 서거한 걸 알게 되었지. 시옷이 그날 내 몸을 미세 사포로 쓰다듬다 말고 내 위에 걸터앉아 울더군. 옆에 있는 센스빌리티에 손님이 들면 나갔다가 와서 울고, 배달을 나갔다가 돌아와서 울고, 밤에는 문을 닫고 들어앉아서 울고. 국장國葬 기간 내내 그랬어. 멀쩡한 젊은 녀석이 완전히 울보더라고. 그 덕에 사포질에만 열흘이나 걸렸어. 열흘 동안 나한테 배인 녀석의 눈물이

한 됫박은 됐을 거야.

연한 회청색 페인트를 살짝 벗겨내고 내 무늬를 더 살린 시옷은 나한테 무광의 니스를 정성들여 칠했어. 나는 언뜻 보면 훨씬 은은해졌지만 약간만 눈여겨보면 이백여 년의 세월이 배어나는 고급한 탁자가 되었지. 시옷이 한 말이 그래.

"넌 이백여 년이나 산 귀하고 고급한 탁자로 다시 태어났어. 그렇게 살아. 오래오래."

시옷이 두 달여에 걸쳐 나를 수리한 뒤 그의 사장이자 스승인 비읍은 나한테 500만 원이라는 가격표를 얹어 센스빌리티에 놓았어. 내가 반 년가량 센스빌리티에 머문 즈음에 비읍의 딸 키읔이 왔어. 키읔은 스물여덟 살로 대학원에서 박사과정을 시작한 학생이었어. 학교 앞에 방을 얻었는데 가구가 필요해 아버지 가게에 들렀다가 나를 발견한 것이지. 키읔이 눈을 반짝이며 말했어.

"탁자가 있네."

작업실에서 2인용 원탁을 내어다가 전시하던 시옷이 웃으며 말했어.

"이 안에 탁자가 스무 개도 넘게 있는데요."

키읔이 내 상판에 올라앉으며 말했어.

"나한테는 얘만 보인다는 말이에요. 아버지, 이 탁자 저 주세요."

비읍이 고개를 저으며 말했어.

"남이 사용하던 가구는 집에 들여놓는 게 아니야."

"아버지도 참. 남이 사용하던 가구를 팔면서 그게 말이 돼요?"

"누가 썼는지 모르는 사람한테는 괜찮아. 하지만 나는 그 탁자의 내력을 소상히 아는데 딸자식한테 쓰라고 하겠냐?"

"이 탁자의 내력이 어떤데요?"

비읍이 나를 가리켜 수령 이백삼십 년의 금강송이 어느 집의 기둥이 되지 못하고 가구 판재로 쓰일 때부터 팔자가 기구한 것이라고 시작하더군. 내가 거쳐 온 사람들에 관해 죽 읊었어. 기역과 디귿과 리을, 미음, 이응과 지읒과 치읓까지, 내가 거쳐 온 사람들을 죽 읊는데 난 참 뜻밖이었지. 아주 소상히, 뱀발이사족으로 불린 것까지 알더라니까 글쎄. 제 아버지 설명을 다 듣고 난 키읔이 짝짝 박수쳤어.

"더 좋아요, 아버지. 여러 사람한테서 사랑받으면서 이야기가 생긴 탁자잖아요. 그만큼 멋진 거고요. 뱀발이사족이라는 이름은 귀엽네요. 저 주세요. 제가 지금 이 탁자가 딱 필요해요."

딸이 반 시간쯤 졸라대니까 비읍도 별 수 없더군. 사흘이라도 졸라댈 기세에 하는 수 없이 시옷한테 나를 실어다주라고 했어. 시옷은 키읔과 나를 싣고 학교 앞 한 칸 방 집, 이른바 원룸에 도착했어. 11평이라는 방이 순 책으로 차 있더군. 키읔은 시옷한테 나를 책장을 겸한 긴 탁자로 쓰겠다고 했어. 시옷은 키읔의 주문에 따라서 나를 주방과 방 사이의 넓은 곳에 가로대처럼 놓았어. 내 상판은 방 쪽으로, 안쪽은 2단 책장처럼 주방 쪽으로 향하게 됐지. 시옷이 나를 자리 잡아주느라 조심스레 움직일 때 그가 키읔을 좋아하는 걸 느꼈어. 수줍고 그윽한 눈길이었거든.

시옷은 스물아홉 살로 키읔을 알게 된 지 벌써 9년이나 됐어. 부모 없이 보육원에서 살다가 열아홉 살 청춘에 대학 대신 가구점 점원으로 들어선 시옷에게 키읔은 내내 사장집 딸이었지. 아주 통속적인 금기에 매인 셈이었고. 그런데 키읔도 시옷을 새삼스런 눈으로 보는 것 같았어. 차를 끓여내면서 시옷을 바라보는 눈길이 느닷없는 곳에서 꽃을 발견한 것처럼 빛났거든. 차를 마시고 나갔던 시옷이 돌아와 독립을 축하한다며 장미 한 다발을 안겨줄 때는 키읔의 눈이 기쁨으로 반짝이고 볼에 홍조가 돌더군.

시옷이 돌아간 뒤 나의 원룸살이가 시작됐어. 거기서 데카르트에 대해 알게 됐어. 데카르트가 '나는 생각한다. 고로 나는 존재한다'고 할 때의 생각이라는 건, '나'라는 현존의 현상을 규명하고 규정함으로써 세상에 내놓는 행위라는 걸 키읔에게서 들었지. 카프카니, 들뢰즈니 하는 작가며 철학자들, 수많은 시인과 시들에 대해서도 익혔어. 키읔에게서 들은 것 중 가장 사무쳤던 건 신경림이라는 시인의 시구야.

하늘은 날더러 구름이 되라 하고
땅은 날더러 바람이 되라 하네
청룡 흑룡 흩어져 비 개인 나루
잡초나 일깨우는 잔바람이 되라네
……

그 방에는 온갖 종류의 언어가 있었어. 하늘과 구름과 땅과 바람과 문학과 철학과 음악과 춤과 우정과 사랑까지. 고등학교 졸업한 시옷과 대학원생인 키읔은 그 모든 말을 다 나눌 수 있었지. 그들은 조심스럽게, 그렇지만 젊은이들답게 사랑했어.

혹시 왔다 갈 시간 있어? 키읔이 전화로 물으면 시옷이 시간을 내어 왔어. 시옷이 전화로 가도 돼? 물으면 키읔이 와, 했지. 둘이 만나면 서로 어떻게 지냈는지 이야기해. 서로의 언어를 알아들으니까 자주 만나는데도 이야기가 끝도 없지. 그런 젊은이들이니까. 참말 보기에 좋았어. 그들의 교접은 감질나게 재미있었고. 그들이 알몸으로 하는 짓을 보고 있노라면 내 몸에 싹이 돋는 것처럼 설레었지. 십여 년 전의 미음이 자랐다면 지금의 키읔과 같지 않을까. 나는 두 사람을 보면서 가끔 미음을 떠올려보곤 했어. 그 어미 리을이 미음의 마음에 초만 치지 않았다면 잘 자랐을 거라고, 지금쯤 인도를 방랑하고 다닐지도 모르겠다고 생각했지.

내 원룸살이가 두 해쯤 됐을 때 키읔에게 문제가 생겼어. 티읕이라는 작자 때문이지. 티읕은 키읔의 지도교수인데 그 작자 싸가지가 깨진 바가지 같은 놈이었던 거라. 그 잡놈이 반반하다 싶은 지도학생들을 건드리는 거였어. 논문지도 한다는 핑계로 만나자 하고선 성추행을 하는 거지. 그 놈 지도학생들 중 그 놈한테 추행 당한 여학생 아홉 명이 연대해서 지도교수의 성추행 사실을 학교에 고발하고 대자보를 붙이고 인터넷에도 띄운 거야. 난리가 났지. 그 난리의 한가운데에 키읔이 들어 있었고. 키읔은 제 논문 통과할 때까지 기다릴까 하다가 그건 비겁하다는 생각에 함께 터트린 거였어. 키읔이 그렇게 나서기까지 시옷이 격려했어.

"지금 하지 않으면 나중에 어떻게 해. 좋은 게 좋은 거라고 넘어가고 말겠지. 그렇게 학위 따서 교수 되면 뭐해? 학생들한테는 뭘 가르칠 건데? 코기토 에르고 숨?"

시옷은 큰소리도 쳤어.

"네가 정말 용기가 나지 않는다면, 하지 마. 괜찮아. 대신 내가 그 놈을 아무도 모르게 죽여줄게."

키읔이 한바탕 울더군. 용기를 내게 됐고. 학생들의 고발에 티읕이 명예훼손으로 아홉 명의 여학생을 고소하며 맞섰지. 결국 티읕은 대학 강단에서 쫓겨났어. 그 과정이 일 년이나 걸렸어. 키읔을 비롯한 아홉 여학생들의 면면이 모두 너덜너덜해지고 나서야 결론이 난 거야. 와중에 키읔과 시옷의 관계가 키읔의 어머니 피읖한테 발각됐어. 폭탄이 터진 것 같은 난리가 났지. 교수한테 당한 성추행은 아무 것도 아니더군. 시옷은 비읍의 가게에서 그날로 쫓겨났고, 키읔은 집으로 끌려들어갔어. 키읔의 짐들도 모두 집으로 실려 들어갔고.

나? 나는 비읍의 가게로 되돌아왔어. 앤티크가구점이 아니라 그 곁의 중고가구점으로. 비읍은 이번에는 나를 손볼 생각도 하지 않고 중고가구점의 구석진 자리에 모로 세우네. 투명한 비닐 한 장을 나한테 덮어 씌워. 나는 처박히는 셈이지만, 어쩌면 영영 볕 보기 힘들지 모르지만, 동면에 드는 걸로 생각하려고 해. 오늘이 2012년 1월 15일이라는 걸 기억하면서. 내가 인간이 아니라 슬픔이나 쓸쓸함을 모르는 건 다행이지. 불행도 없으니까.

"이봐, 방랑자. 여기 있었어?"

얼마만의 목소린지 모르겠어. 봄볕처럼, 바람처럼 나를 깨우는 소리. 그 동안 괜히 나를 건드리고 가는 시답잖은 소리들에 반응하지 않은 게 버릇이 된 참인데 이번엔 다르네. 나를 톡톡 건드리는 손길이 다정하거니와 목소리가 익어. 더구나 나를 방랑자라고 부를 사람이 누구겠어? 눈을 떠보니 그 아이, 이제는 아이가 아닌 미음이야.

"어쩐지 여길 들어와 보고 싶더라니. 반갑다, 야."

맙소사! 이러면 안 되는데. 자칫 그리움까지 갖게 되면 큰일인데. 인간화가 너무 됐나 봐, 난. 감격해 눈물이 생길 것 같아. 팔이 있다면 와락 끌어안을 것 같고.

"알았어, 알았어. 너도 내가 반갑다는 거잖아. 그래. 설마, 널 두고 가겠어? 지금 같이 갈 거야. 내가 거래 끝낼 때까지 조용히 기다려."

참내. 내가 조용히 있지 그럼 춤이라도 출까봐? 내가 체면도 없이 새침해져 있으려니까 가게 주인이 다가와. 비읍인 줄 알았더니 어라! 시옷이네. 그가 내게 씌워진 먼지 쌓인 비닐을 벗겨 내. 시옷이 언제, 어떻게 중고가구점으로 되돌아왔는지도 나는 몰랐어. 나는 그만큼 깊이 잔 것이지. 동시에 시옷이 나를 깨울 생각을 하지 않았다는 뜻이기도 하겠고. 미음이 비닐 옷을 벗은 나를 어루만지면서 시옷에게 물어.

"얘, 얼마 받으실 거예요?"

시옷이 되물어.

"얼마쯤 주실 생각이신데요?"

"파는 쪽에서 가격을 결정해야 사는 쪽도 살지 말지 결정하죠."

"5백 주십시오."

"정말이요?"

"정말이요."

"알았어요. 카드 되죠? 최대한 길게 할부해 주세요."

"정말이요?"

"뭐가요?"

"5백만 원에라도 얘를 사실 생각인지 묻는 겁니다."

"네."

"왜요?"

"참 내. 물건 사겠다는 손님한테 왜 사냐고 묻는 주인이 어딨어요?"

"중고가구점의 구석자리에서 먼지 잔뜩 쓰고 있는 탁자를 오백이나 지불하고 사시겠다니 궁금해서요."

"중고가구점의 구석자리에서 먼지 잔뜩 쓰고 있는 탁자를 오백이나 부른 이유하고 같겠죠? 얜 이름이 방랑자예요. 십여 년 전에 제가 붙인 이름이고요. 돌려보면 그렇게 적혀 있을 걸요. '내 이름은 방랑자' 라고요. 그리고 그 전에 얘는 우리 큰아버지가 만드신 거예요."

시옷이 미음을 건너보다 씩 웃더니 말해.

"주인이셨네요. 그렇지만 그냥은 드릴 수 없고, 오천 원 주세요. 배달료 만오천 원은 따로 주시고요."

"정말요?"

"정말요."

두 사람이 크륵크륵 킬킬 마주 웃더니 악수를 나눠. 미음이 오천 원과 일만오천 원을 건네고 주소를 적어준 뒤 가방 안에서 책 한 권을 꺼내. 표지에 『내 이름은 방랑자』라는 제목이 적혔고, 제목 아래에 '미음 장편소설'이라고 씌어 있네. 그러니까 미음은 작가가 된 모양이야. 방랑자가 된 게 맞은 거지. 미음이 표지를 넘겨 사인을 한 뒤 시옷에게 건네며 말해.

"최근에 출간된 제 소설책이에요. 탁자를 상대로 이야기를 늘어놓는 열여섯 살짜리 여자아이가 주인공이죠. 그 아이 눈에 비치던 세상 이야기고요."

시옷이 두 손으로 책을 받으며 대꾸해.

"고맙습니다. 제 아내가 좋아할 겁니다. 이 방랑자, 제 아내도 아주 좋아 했거든요."

내가 잠들어 있던 사이에 시옷은 키읔과 결혼을 했나 봐. 해피엔딩이로군, 생각하며 나는 중고가구점을 떠나 미음의 집으로 왔어. 미음은 예전 그 아파트에서 혼자 살고 있군. 집안이 휑해. 오래 전 그 자리에 놓인 나를 닦으면서 미음이 설명해.

"너 떠나고 일 년쯤 뒤에 엄마아버지는 이혼했어. 몇 년 뒤에 엄마는 재혼했고. 아버지는 작년에 정년퇴직하고 예전 큰아버지가 사시던 시골집에서 홀로 살고 계셔. 잠깐 기다려. 너 돌아온 기념으로 맥주 한 잔 해야겠어. 아참, 너랑 세트였던 의자들 있잖니. 걔네들, 아버지 집에 있어. 아버지와 내가 다 찾아다 놨거든. 나중에 가서 데려오자."

미음이 술을 가지러 부엌으로 향해. 한 치 앞일 모르는 게 사람살이고 나는 그 사람 곁에 있지만 그 사람이 미음이므로 느긋해. 모처럼 집에 돌아온 것같이 마음이 쭉 펴지네. 거실 창으로 들어와 있던 노을빛이 말을 걸어와. 너, 벌써 술 취한 것 같다. 온 마음이 붉어 보이거든. 건들거리고 말이지. 노을빛과 어우러진 바람이 간지럽게 속삭여. 너 아주 신세가 쭉 폈구나, 태화산에 온 것처럼. 나는 근지럽고 간지러워 웃어. 언제까지일지 알 수 없어도 지금은 신세가 쭉 편 거 같아, 정말.

나비의 동굴

나비의 동굴

1.

사내 인생의 첫 눈은 핏빛이었다.

대여섯 살쯤, 자고 일어나 오줌을 누기 위해 방문을 열었다. 세상이 온통 하얬다. 눈 때문에 눈이 부셨던가, 혹은 무서웠던가. 마루 끝으로 나가 토방을 향해 눠야 할 오줌을 방문 안쪽에서 빨간 내복에다 지리고 말았다. 읍내 장날이었던 전날에 어미가 새로 사다준 내복이었다. 멍청이새끼! 작은형으로부터의 욕설과 함께 엉덩이를 차인 아이는 마루로 엎어졌다. 코피가 터졌고 이마가 깨졌다. 소란에 잠이 깬 큰형이 개새끼라 소리치며 작은형을 마당으로 메어꽂았다. 작은형이 마당에서 빨간 내복에 눈가루를 뒤집어쓰고 일어나며 시발놈이! 욕을 했다. 큰형이 빨간 내복바람에 맨발로 마당으로 뛰어내렸다. 열

살 안팎에 이미 곰처럼 몸피들이 컸던 형제가 뒤엉켰다. 헛간 앞까지 굴러다니며 피투성이가 되었다. 하얗던 마당이 온통 벌개 보였다.

사십 년 전쯤 사내의 형들이 뒤엉키던 마당에 첫 눈이 채에 친 쌀가루처럼 버슬버슬 내린다. 헛간 앞에서는 고양이 세 마리가 머리털을 잔뜩 곤두세운 채 대치 중이다. 셋이 다 배불뚝이다. 새끼 낳을 헛간을 차지하기 위한 전쟁을 치르느라 고양이들은 사람을 안중에 없어 했다. 사내의 어미가 고양이들을 내쫓는 대신 말했다.

"요새 동네에는 사람보다 나비가 열 곱은 많을 것이다."

예전부터 금당에서는 고양이를 나비라고 칭했다. 왜 고양이가 나비로 불렸는지는 알 수 없되 집집마다 고양이 이름이 나비였다. 지금도 고양이를 나비라고 부르는 어미 집에는 나비들의 거처가 군데군데 있었다. 그 중 제일 좋은 곳이 헛간 안의 시렁이라 나비들이 싸우는 것이다. 모자는 나비들이 싸우게 두고는 뒤란의 동굴로 향한다.

어미 집 뒤란의 언덕에서 시작되는 동굴은 일제 말엽에 종가에서 뚫었다. 그 무렵 종가의 종손자가 일본에 유학 가 있었는데 거기서 무슨 중죄를 지었다는 소문이 났던가 보았다. 타국이며 타향에서 죄를 지었으니 집으로 도망을 올 터. 몰래 돌아올 그를 위해 종가의 하인들이며 마을 사내들이 밤을 낮 삼아 굴을 팠다. 반 년에 걸쳐 팠다는 동굴은 네 귀가 반듯하고 벽에 판자들을 대고 있고 북쪽 벽으로 통로가 났다. 직경 일 미터쯤에 백오십여 미터 길이의 통로는 뒷산으로 뻗었다. 탈출로였다. 뒷산 어름에 난 출구에 산신당 같은 자그만 건물을 세워 빗물이 드는 것을 방지했고 동굴 앞에는 초가를 앉혀 방어벽으로 삼았다. 그렇게 은신처는 파놨는데 죄를 지었다는 종손은 돌아오지 않았다. 그는 해방이 된 후 죄인이 아닌 독립운동가가 되어 귀향했다. 덕분에 종가의 영지領地에 속했던 사내의 할아비와 할미는 동굴을 지닌 초가와 함께 해방되었다. 이후 동굴은 사내 집안 아이들의 방이 되거나 곳간이 되거나 쥐와 고양이의 거처가 되거나 했다.

동굴에는 선참들이 있다. 어미 고양이와 새끼 다섯 마리로 이루어진 한 식구다. 사내가 어미와 더불어 동굴을 치우기 시작하자 어미 고양이가 새끼들을 거느리고 나갔다. 아주 나간 줄 알았더니 동굴이 방 꼴이 된 뒤 새끼들을 몰아 돌아왔다. 바뀐 동굴 안을 훑어보던 어미 고양이는 방을 그에게 내주겠다는 듯 거드름을 피우며 동굴 안쪽의 통로로 들어갔다. 새끼들이 폴짝폴짝 뛰어 제 어미 뒤를 따랐다. 사내의 어미가 고양이들이 깔고 살던 맷방석을 통로 안으로 들여 주었다.

사내는 차에 싣고 온 짐을 풀었다. 짐이라야 병원에서 쓰던 물건들이 담긴 가방과 늘 차에 실려 있던 공구상자가 전부다. 약은 더 이상 먹지 않기로 했다. 발병한 이후 끼니때마다 한 주먹씩의 약을 먹었다. 사내의 병명은 통풍痛風이었다. 증세가 심할 경우 관절들에 결절이 돋는데 사내의 통풍은 정도가 몹시 심했다. 전신의 관절마다 호두알이나 포도송이 같은 결절이 매달렸다. 몇 년에 걸쳐 복용한 약은 내성만 키워놓았을 뿐 약발이 전혀 듣지 않았다. 통증을 낮춰주기는커녕 결절들을 더 돋게 하는 것 같았다. 그래서 어미 집으로 돌아오며 한 보따리의 약을 버렸다. 아니 약을 버리자 어미의 집으로 올 수 있었다.

더불어 처자식도 놓을 수 있게 되었다.

"참말로 여기서 잘래? 오늘만이라도 방에서 안 자고?"

동굴방에서 저녁을 먹은 뒤 어미가 다시 물었다.

"정말 갑갑해서 그래요. 전기장판 깔았고 화로도 있잖아요. 그래도 엄니 불안하시면, 낼이라도 이 안에다 화덕 하나 만듭시다. 와상도 만들고 문짝도 손보고요. 오늘은 이대로 잘게요."

통증이 심해 신음이 나는데 어미 앞에서 참으려니 비질비질 진땀이 났다. 하루에도 몇 번씩 찾아오는 전신의 통증은 고압선에 몸을 대고 있는 듯 극렬했다. 아들의 통증을 눈치챈 어미의 외눈에서 눈물이 흘렀다. 어미는 어릴 때 산에 올랐다가 비탈을 굴렀고 나뭇가지에 눈을 찔려 한 눈이 없어졌다. 눈동자가 있어야 할 곳에서 눈꺼풀이 거의 맞붙었고 비어버린 그곳에서는 눈물 아닌 진물이 흘렀다.

어미가 상을 들고 나간 뒤 사내는 눕지 않는다. 눕는다고 줄어드는 통증이 아니었다. 화로를 가까이 당겨 끄느름한 불덩이를 부집게 대신 맨손으로 뒤적인다. 불꽃이 벌겋게 일었다. 어미 집 뒤쪽 산자락에 지천인 때죽나무의 숯인지 연기는 나지 않는다. 괴물처럼 변한 손 일망정 숯불 뜨거운 줄은 알아 통증이 온 몸을 휘감는다. 통풍의 통증과 숯불에 데는 통증이 그의 몸 안에서 격렬하게 충돌한 순간 사내는 화로에서 손을 뗀다. 통증에 떠밀린 듯 눈물이 왈칵 터진다.

"이건 오개피 대린 거시고, 이쪽 거는 때죽이 대린 물이다."

다시 온 어미가 사내의 우는 얼굴을 외면하느라 고개를 외로 꼰 채 한 되짜리 주전자 두 개를 들여놓곤 선걸음에 나갔다. 밖에서 판자

문을 꾹꾹 여며 닫는다. 문 앞에다 비닐도 친다. 어미의 기척을 느끼며 사내는 오가피 주전자를 들어 주둥이에 대고 몇 모금 마신다. 오가피만 달인 건 아닌지 온갖 약재 맛이 난다. 때죽나무 열매 달인 물은 주전자에 반쯤 들었다. 때죽나무 열매나 잎사귀에는 동물을 기절시키는 독성이 함유되어 있다. 많이 섭취하면 죽을 수도 있는 성분이다. 어미는 그 성분이 에고사포닌이라 불린다는 것은 알지 못해도 때죽나무 열매가 심한 통증에 시달리는 환자를 재울 수 있다는 건 알았다. 사내의 아비를 통해 경험한 적이 있기 때문이다. 아들이 죽기 위해 왔는지, 살기 위해 왔는지 몰라도 어미가 약물을 반 주전자만 들여준 건 우선은 잠을 자라는 뜻이다. 우선 좀 자기 위해 사내는 반 주전자의 약물을 모두 마신다.

사내의 아비는 소년기부터 인물이며 풍채 좋기로 삼동네에 소문이 자자했다. 인물만큼 소문이 높았던 게 그의 게으름이었다. 얼마나 게을렀던지 제 인물에 혹해 눈웃음 짓는 처녀들 쳐다보기도 귀찮아했다. 덕분에 아비는 이웃마을 외눈이 처녀 차지가 되었다. 처녀는 외눈이었을망정 그 시절에 배곯지 않은 집의 외동딸이었다. 논 닷 마지기에 밭 세 뙈기를 이고 금당마을 맨 위 초가집으로 시집 왔다. 해 바른 땅 금당에서도 가장 먼저 해가 뜨고 제일 늦게까지 해가 비추던 집. 사내의 아비는 평생 지게 한 번 지지 않고 낫 한 번 잡지 않았다. 초상집이나 잔칫집 찾아다니는 게 유일한 일이었던 아비가 한 일이라곤 외눈이 아내에게 아들 셋을 낳게 한 것밖에 없었다. 아비는 마흔 중반에 암에 걸렸다. 병원에서 치료하지 못한다는 진단을 받고 집으로 돌아온 뒤 통증이 찾아올 때마다 온갖 패악을 부려대다가 때죽나무 달인 물을 마시며 잠을 자곤 했다. 그리고 외눈이 아내가 자식들을 건사하던 논밭을 모조리 약값으로 탕진하고 죽었다.

2.

마을에서 유일하게 슬레이트 지붕을 이고 있는 어미 집의 대문은 낡아빠진 나무 문짝이었다. 그나마 사시장철 양쪽으로 열린 채 돌담에 기대 있었고 그 널문 위로 담쟁이 넝쿨이 뻗어 있었다. 마을 사람들은 재 너머 들판을 오가며 잿등에 외떨어져 있는 어미 집을 흔히 들여다보곤 했다. 어미는 아들이 돌아온 날 밤부터 사립문짝을 아귀 맞춰 닫았다. 아침에 집을 나갈 때는 닫은 문에 금줄을 치듯 마른 담쟁이 넝쿨을 걸쳐 놓았다.

어미가 겨울이면 다니는 유자가공공장은 마을에서 북동쪽으로 3킬로 남짓한 운대 오거리, 폐교 인근에 있었다. 사내가 졸업한 운대학교는 폐교된 뒤 방치되어 있다가 십 년 전쯤 운대리 도요지박물관이 되었다. 사내는 동굴로 돌아온 이튿날 유자공장까지 걸어 출근하는 어미를 폐교 앞까지라도 차로 데려다주려 했다. 어미는 마다했다. 집에 곱다시 있그라. 그 한 마디에 담긴 말이 너무 많아 사내는 다시 나서지 못했다.

저녁이면 어미는 유자 향기 풍기는 비닐봉지를 들고 돌아왔다. 봉지 속에는 뭉개진 유자 속이 들어 있었다. 유자가공 과정의 부산물인 유자 속은 공장에서 퇴비용으로 처분하는 것이라 얼마든지 들고 나올 수 있는 모양이었다. 유자 속뿐만 아니라 오가피며 상황버섯, 더덕이며 말린 나무새들이 든 봉지들도 주렁주렁 달고 귀가한 어미는 공들여 저녁을 준비했다. 새로 밥을 안치고 국을 끓이고 고기를 굽고 갖가지 김치를 한 끼 먹을 만큼만 상에 올렸다. 어미는 외눈에 허리가 굽었을망정 손끝이 야무졌다. 살림살이는 몇 십 년 전과 별로 다를 것 없어도 살강의 그릇들은 언제나 반짝였고 행주는 희었으며 수저 짝이 어긋나는 법도 없었다. 음식은 정갈하면서도 색채로웠다. 그렇게 차린 밥상은 방이 아닌 부엌의 아궁이 앞에 놓였고 모자는 밥상 양쪽에서 도래방석 한 장씩 깔고 앉아 밥을 먹었다. 사내가 어미의 방으로는 들어가려 하지 않기 때문이었다.

어미는 아들의 먹이만큼이나 고양이들 먹이에 공을 들였다. 모자가 남긴 음식은 물론 경로당이며 마을회관에서 음식찌꺼기를 수거했고, 장에 가면 생선가게들을 돌며 부산물을 얻어왔다. 일 다니는 곳에서 남은 음식을 챙겨오기도 했다. 그렇게 가져온 것들을 갈무리했다가 필요한 만큼씩 꺼내 절구에다 쿵쿵 찧었다. 찧은 것에다 된장을 풀어 고양이죽을 끓였다. 새벽마다 뒤꼍 화덕에서 고양이죽 끓는 구수한 냄새와 따뜻한 불 냄새가 동굴 안에서 잠든 사내에게 풍겼다. 그 냄새는 집안 고양이들은 물론 바깥 고양이들도 불러들였다. 그래선지 어미 집에는 종일 고양이가 끓었다. 어미가 한 차례 고양이들 밥그릇을 채워놓고 일을 나가면 사내는 생각날 때마다 비어 있는 고양이 그릇들에 죽을 담아놓곤 했다.

사내는 누워 지내지 않기 위해 일을 찾았다. 먼저 통로 안 흙벽에다 고양이들의 둥우리를 팠다. 그가 통로를 드나들자니 고양이들이 매번 소스라치는지라 놈들의 피난처가 될 장소를 몇 군데 파준 것이었다. 둥우리들이 생긴 뒤 고양이 식구는 사내가 통로 안으로 기어들면 둥우리 속으로 뛰어들었다가 사내가 지나가고 나면 그의 방으로 나와 놀았다. 고양이들을 지나 통로 끝에 이르면 흙 계단이 나타났다. 계단을 오르면 판자로 된 덮개가 있었다. 그걸 밀어 올리면 산신당 내부였다.

처음 판자 지붕을 얹고 지어졌다는 산신당은 원래 산신당이 아니었다. 두 사람이 반듯이 눕기도 어려울 만치 자그만 방의 정면 벽에 산신도山神圖 한 장 붙이고 그 앞에 촛대 두 개를 놓은 것은 일종의 속임수였다. 산신당이 동굴을 감추기 위한 속임수라는 것을 동네 사람들도 처음에는 다 알았다. 칠십여 년이 지난 현재 건물은 보자기만한 지붕에 인조 기와를 얹고 있었고 이따금 안노인들이 찾아들어 촛불 켜고 비손하는 진짜 산신당이 되었다. 산신당 제단 아래에 동굴이 있다는 사실을, 그 동굴이 어미 집 뒤란에서 시작된다는 걸 마을사람들은 잊었다.

덕분에 사내는 동굴 안에서 고양이처럼 자유로웠다. 통증과 대적하기 위해 통로를 기어 다니노라면 통증의 강도만큼 삶이 가벼워지는 듯했다. 삶이 가벼이 느껴질 때마다 사내는 동굴 방의 낡은 판자벽을 수선했고 통로를 통해 산신당을 드나들며 너덜거리는 판자들을 고정시켰다. 낡은 판자를 새 것으로 교체해 놓기도 했다. 와중에 수레 한 대를 만들었다. 어미에게 돌아온 지 달포쯤 됐을 때였다.

어미를 차에 싣고 읍내 철물점 앞까지 가 자그만 바퀴들을 사게 할 때만 해도 사내는 자신이 왜 수레를 만들려 하는지 몰랐다. 수레란 결국 짐을 옮기기 위한 물건이었다. 사내는 네 발로 통로를 잘 기어다닐 수 있게 되었으므로 수레에 실릴 물건은 자신이 아니었다. 그렇다면 수레에 무엇을 실을 것인가. 궁리하던 사내는 수레에다 흙을 실어내기로 결정했다. 굴을 이어 뚫기로 한 것이다.

굴 뚫기는 일단 산신당 아래쪽 직경 일 미터 남짓한 공간을 넓히는 것으로 시작했다. 어느 방향으로 파 들어갈지 가늠하려는 작업이었다. 굴에서 산신당까지의 높이는 오 미터쯤 됐다. 사내가 주로 쓰는 도구는 호미와 삽과 낫과 톱이었다. 삽이나 호미로 흙벽을 허물다가 나무뿌리가 나타나면 낫으로 자르거나 톱으로 썰었다. 뿌리는 땔감으로 쓰기 위해 잘게 잘라 모아두고 흙은 비료를 비워낸 비닐 포대에 담았다. 하루 두세 번, 통증이 유난한 날은 종일토록 드나들며 수레에 실을 수 있을 만큼씩의 포대를 채웠다. 그렇게 퍼낸 흙은 어미의 마당이나 뒤란이나 텃밭에다 뿌려 다졌다. 그 바람에 겨울이 지나기 전에 어미의 영토들이 온통 붉어졌다.

3.

봄이 되자 어미는 겨우내 유자공장에서 번 돈으로 대문을 바꿨다. 널문짝이 떼이고 양쪽 돌담 사이에 쇠로 된 문설주가 박히더니 은색 철문이 달렸다. 봄이 되어 집 앞을 지나다니는 사람들이 많아질 것에 대한 어미의 대비였다. 마을 사람들이 경운기며 오토바이를 타고 재를 넘어 다니기 때문이었다. 마을 사람들은 닫힌 대문 앞에 탈 것을 세우고 안을 엿보곤 했다. 그래도 어미가 완강하게 닫아놓은 문을 열고 들어오지는 못했다. 문 밖에서 이따금 소리를 낼 뿐이었다.

"어이 자네, 안에 있능가? 차 있는 거 봉게 거그 있그만? 아프담서 몸은 잔 어짠가? 에지간하믄 동각에 마실이라도 나오소. 다 한 식구 같이 사는디 얼굴이나 봄서 살자고!"

괴물처럼 변한 얼굴을 한 번 보여주고 나면 다시 보고 싶어 하지 않을 터였다. 보여주고 다시는 궁금해 하지 않도록 만들까도 싶었다. 그때마다 사내는 아들을 사람들 앞에 내놓고 싶어 하지 않은 어미의 속내를 생각했다. 집에 없는 사람인 듯, 세상에 없는 사람인 듯 반응하지 않았다. 골칫거리가 없지는 않았다. 초등학교 중학교 고등학교 동창생인 장희였다.

몇 해 전, 대형 금융 사고를 친 두 은행원에 관한 뉴스로 떠들썩했던 때가 있었다. 경력 15년차의 은행원이 직속상관과 함께 은행돈 30억 원을 외국으로 빼돌렸는데 은행원과 직속상관은 내연 관계였다. 상관은 벌써 돈과 함께 외국으로 달아났고 은행원 혼자 검거됐다. 그 은행원이 장희였다. 장희는 3년의 실형을 살았다. 출옥 뒤 넋이 반쯤 달아난 멍청이가 되어 금당으로 돌아왔다더니 이따금 대문 앞에 나타나 외쳤다.

"야, 너 거기 있는 거 다 알아. 빨갛고 노란 털의 우리 나비, 느네 집에 있지? 온 동네 나비들이 전부 느네 집에 모인다면서? 문 열어 봐. 빨리! 안 열어?"

초등학교 때부터 학교 안에서 공부 제일 잘하고 가장 예쁘던 년이었다. 읍내 실고를 다닐 때도 그랬다. 다른 동창들이 다 큰 도시로 나가 고등학교를 다녀도 집안 형편이 안 되어 읍내 실고를 다녔다. 고등학교 졸업식도 하기 전에 은행에 취직해서 마을을 떠났던 년이 저 꼴이다. 제 일생을 떼어먹히고 병들어 돌아와서 고작, 빨갛고 노란 털의 고양이타령이나 하고 있다. 멍청한 년! 천치 같은 년! 그렇게 터지려는 욕설을 삼키며 사내는 움직이지 않았다.

대문 밖에 있던 사람이 떠나면 잠깐 멈췄던 일을 계속했다. 마당가 화단을 손질하고 고양이들이 떼로 드나드는 헛간과 변소를 치웠다. 밤에 숲에서 줍거나 베다 놓은 나무들을 잘게 잘라 차곡차곡 여퉜다. 빨래도 정성들여 했다. 노상 흙범벅이 되는 옷일지라도 제 빛깔이 날 때까지 문질러 헹궜다. 맑은 물이 떨어질 때까지 옷을 빨다보면 그의 몸에 엉겨 붙은 이물질들도 떨어져 나가는 착각이 생기곤 했다. 착각일 뿐이었다. 사내의 관절들에서 돋아난 것들은 그가 숨을 쉬는 동안 그와 더불어 움직이다가 그가 무덤에 누울 때 함께 누울 터였다.

사내가 동굴로 돌아오면 고양이 식구들이 둥우리에서 뛰어나왔다. 통로는 고양이들에게는 꽤 넓은 편이고 그 안에다 사내가 둥우리를 열댓 개나 파 놓았다. 그래도 고양이 두 식구가 함께 살 수 없는 모양이었다. 지난 달 네 번째 둥우리에서 새끼를 낳았던 얼룩고양이가 새끼들을 달고 나간 뒤 검정빛 암고양이가 새로 들어와 여섯 번째 둥우리에서 새끼 여섯 마리를 낳았다. 새끼 고양이들은 한 달쯤 지나자 통로를 나와 사내의 방에서 놀았다. 사내가 방을 비웠다가 들어서면 다람쥐들처럼 쪼르르 통로 안으로 들어갔다가 그의 움직임이 가만해지면 슬그머니 고개를 빼 분위기를 살핀 뒤 나왔다.

어미는 일주일에 한 번 정도 말랑한 엿을 고았다. 그걸 한 숟가락씩 떼어 콩가루나 계피가루, 팥고물 등에 굴려 경단을 빚었다. 말간 플라스틱 통에 담긴 경단은 사내의 주전부리였다. 어미가 출근한 뒤 집안일을 마친 사내는 주전부리와 물통을 챙겨 동굴 방으로 돌아왔다. 새끼 고양이들은 사내를 정물로 인식하는 듯 임의로워 했다. 손바닥이며 무릎은 물론 어깨며 머리 위로도 올라와 놀았다.

사내는 밤톨만한 경단을 콩알만하게 떼어내 손가락 끝에서 굴린 뒤 새끼 고양이들에게 먹이곤 했다. 사내가 콩알 같은 경단을 손바닥에 놓고 있노라면 새끼 고양이들이 갓 돋은 참깻잎만한 혀로 날름날름 당겨 먹었다. 손이 비면 더 없냐는 듯 그의 눈을 올려다보았고 손가락을 움직이면 핥았다. 사람 앞에 내놓을 수 없는 사내의 괴물 같은 손을 고양이들은 장난감인양 가지고 놀았다. 새끼 고양이들의 혀는 입자 고운 사포 같았다. 종유석처럼 울퉁불퉁한 손가락에 미세한 촉감이 느껴지곤 했다.

맛있어? 고양이들에게 말을 걸며 사내도 한 입 먹노라면 새끼 고양이들이 그의 입을 바라보며 눈을 깜박였다. 그의 턱 관절에 오종종 돋아 있는 결절들이 경단처럼 보이는지도 몰랐다. 아들을 위해 만든 어미의 경단은 엿기름과 유자와 수수와 마늘과 오가피와 영지버섯이며 상황버섯 등 온갖 맛이 났다. 사내는 어미의 경단에서 한 가지 낯설고도 구수한 단맛을 느꼈는데 처음엔 그게 무엇에서 비롯된 맛인지 짐작하지 못했다.

처음에 몰랐던 건 그뿐만이 아니다. 열흘에 한 번이나 장 구경 가자고 사내에게 운전을 시키는 어미가 무슨 수로 끼니때마다 뽀얀 곰국이며 달고 보드라운 고기반찬을 상에 올리는지 몰랐고 그게 무슨 고기인지도 몰랐다. 이제는 알고 있지만 상관없었다. 경단은 그저 경단이고 고기는 그저 고기일 뿐이다. 어미 집에 드는 고양이들과 사내는 똑같은 먹이를 먹었고 먹성이 점점 더 좋아졌다. 먹성만 좋아진 게 아니었다. 정도가 달라도 항상 지속되던 통증이 멈추는 때가 생겼다.

발병 이후 통증은 소리와 함께 찾아왔다. 아파서 신음하고 비명을 지르는 게 아니었다. 바람이 무엇엔가 부딪쳐야만 소리를 내는 게 아니라 허공을 스치면서 스스로 소리를 내는 것처럼 통증 자체가 소리를 내곤 했다. 통증이 약하면 약한 소리가 나고 통증이 심하면 소리도 컸다. 그런 통증이 잠깐씩이라도 멈추고, 멈춤이 잦아진다는 걸 깨달았을 때 사내는 움직이지 못했다. 너무 고요해 불안했던 것이다. 요즘은 그 잠깐씩의 휴지를 가만가만 누릴 줄 알게 되었다.

일하고 올게. 놀고 있어.

새끼 고양이들에게 속엣말을 한 사내는 통로 입구에 대놓은 수레에다 물병과 경단이 담긴 통을 싣는다. 헤드램프를 쓰고 굴 안으로 들어간다. 사내는 몸피가 꽤 컸다. 굴은 일 미터 남짓한 높이라 그가 움직이려면 앉은걸음이나 허리를 접는 것보다 상체를 수레에 얹고 헤엄치듯 기는 것이 편했다. 두 손과 두 발을 짚으며 기듯이 움직이는 건 의외로 자유로웠다. 통로 안의 흙벽에는 자갈이나 잔돌이 별로 없었다. 흙이 곱고 차졌다. 차진 만큼 벽은 단단했다. 통로는 직선이 아니라 바위나 큰 뿌리를 만날 때마다 구부러져 뚫린 상태라 모퉁이가 여러 군데였다. 사내는 모퉁이마다 둥우리 모양의 구멍을 파 양초며 연기 나지 않는 싸리나무와 때죽나무 가다귀를 놓아두었다. 사내는 굴을 드나들다 심심할 때면 멈춰서 불 한 번씩을 켜고 담배 한 대참씩이나 바라보곤 했다.

서너 달에 걸쳐 넓힌 산신당 아래의 굴이 사내의 동굴만한 넓이가 되었을 때 계속 뚫을 수 있겠다 싶은 방향이 드러났다. 나침반으로 확인한 방향은 마을 뒷산의 동쪽이었다. 사내는 산신당 아래에 넓힌 둥그런 공간에다 바르도bardo라는 이름을 붙였다. 바르도는 두 개의 전생轉生 사이에 머무는 매혹적인 정토淨土였다. 그의 첫 여자는 독실한 불교도 집안 출신이었다. 여자를 좇아 그도 한 동안 절에 다닌 적이 있었다. 같은 사무실에서 근무하던 여자는 사내와의 섹스를 꽤 즐겼고 그때마다 사랑한다고 속삭였다. 두 해쯤 사귀고 난 뒤 여자는 대학 졸업한 공무원과 결혼하면서 그를 떠났다.

태곳적처럼 느껴지는 온갖 일들이 흙 속에서 이따금 나타나는 돌멩이들처럼 그를 찾아왔다가 사라지곤 했다. 아플 것도 귀찮을 것도 없는 돌멩이 같은 단상들이었다. 굴 속에서의 시간은 빨리 가거나 더디 가지 않았다. 흐르지도 않았고 멈춰 있지도 않았다. 그의 시간들은 그의 곁에 그저 있었다. 사내는 바르도에서 동쪽으로 뚫어나가는 굴에 동바르도 길이라는 명칭을 부여했다.

4.

초여름부터 초가을까지의 어미는 미역가공공장에 돈 벌러 다녔다. 미역공장은 여섯 시부터 일이 시작되므로 어미는 다섯 시에 마을 광장까지 데리러 오는 공장 차를 탔다. 공장 차는 몇 동네를 돌아 어미 같은 일손을 잔뜩 실은 뒤 바닷가에 있는 공장에 도착한다고 했다.

초가을 장맛비가 억수로 쏟아지는 아침. 사내가 비를 피해 토방에서 바깥 고양이들의 먹이를 챙기고 있을 때 어미의 방안에서 전화 벨소리가 났다. 모자에겐 안부를 물어올 사람이 없었다. 곰처럼 덩치 크던 어미의 큰아들은 대학에 입학한 해 여름에 동무들과 물놀이 갔다가 물귀신에게 혼자 잡혀 갔다. 어릴 때부터 발길질 잘해 중학생 되면서 축구부원으로 뽑혔던 어미의 둘째 아들은 차범근 같은 세계적인 축구선수가 되겠다고 큰소리 탕탕 치더니 세계적인 축구선수는커녕 제 평생 삼류 선수로 살다가 군대에서 총 맞아 죽었다.

전화 벨은 고집스레 울려대다 멈춘다. 간밤에 흙포대를 내느라 마당으로 나왔던 사내는 어미의 말소리를 들었다. 그라냐, 오냐, 그라냐, 오냐. 이따금 그라냐와 오냐를 반복하며 상대의 말을 듣기만 하는 것 같던 어미가 말했다.

니 사정이 딱한거슨 알것다마는, 어짜냐. 암만 탈탈 털어 봐도 나는 팽생이 빈손이라, 하루 벌어 하루 때우기 바뻤는디. 벌써 여러 번 한 말이다마는 인자 나는 내 새끼 말고는 암 것도 뵈는 게 없다. 그랑게, 니 새끼들은 쌀마묵든지 보까묵든지, 니 알아 하고, 나한테 전화해싸치 마라.

사내가 처음 듣는 어미의 단호한 어조였다. 어미가 그렇게 단호하고 매정했어도 어미를 쥐어짜면 나올 게 있으리라 여길만 한 사람이 누구일지, 뻔했다. 이제 전처가 된 아이들 엄마였다. 전처도 사내에게 단호히 말한 적이 있었다. 뭐든 당연하게 여기지 말고, 제발, 당신 삶에, 당신이 갖게 된 결함들에, 의문을 가져 봐. 마디마디 힘주어 내뱉던 아내의 그 말에 의문을 품어보니 괴물처럼 변해가는 몸뿐만 아니라 사십여 년 삶 자체가 의문이고 결함이었다. 전 생애가 결함이 된 사내에게 처자식이 있는 집은 더 이상 집이 아니었다. 그래서 어미 집으로 왔다.

그렇게 제 생애의 결함을 제거해버린 전처지만 아쉽기는 할 터였다. 어미는 사내가 결혼한 뒤 매달 날짜 맞춰 쌀을 보냈다. 어미 집에 가기를 저승가기 만큼이나 싫어하는 며느리에게 철철이 된장과 고추장 단지를 부쳤으며 양념거리들과 밑반찬들을 밀봉해 보냈다. 생선이며 나무새들도 철에 맞게, 넘치지 않되 끊이지 않게 꾸준히 부쳤다. 초겨울이면 배추김치, 백김치, 갓김치, 알타리김치, 파래김치, 동치미등의 김장을 담가 보냈다. 서울에서 나고 자란 사내의 아내는 어미가 보낸 것들을 한 점도 버리지 않았다. 한 점도 버릴 것이 없었던 것이다. 어미는 사내가 입원해 있던 동안에는 다달이 사내의 아내에게 송금도 했다. 한 번도 같은 금액인 적이 없던 그 돈들은 어미가 매달 번 돈들의 전부였다. 사내가 동굴로 돌아온 뒤 어미는 아들이 버리고 온 것들을 일체 돌아보지 않았다.

아침 일과를 마친 사내는 통로 입구에 대놓은 수레에다 물병과 주전부리통을 싣고 헤드램프를 쓰고 통로 안으로 들어온다. 수레에 상체를 얹고 두 발로 밀면서 바르도까지 곧장 온다. 바르도에 도착하면 벽에 박아놓은 호롱불을 켜고 가부좌를 한 채 잠시 쉰다. 머리 위에 산신당이 얹혀 있는 형세지만 기도를 하거나 명상에 드는 일은 없다. 오래 앉아 있지도 못한다. 그의 몸 속의 무엇인가가 일어나 움직이라 채근하기 때문이다.

날마다 지난 번 일했던 곳에 다다른 뒤에는 헤드램프에 의지해 삽질을 했다. 작은 뿌리가 나타나면 낫으로 치고 낫으로 치기 힘든 뿌리는 톱으로 잘랐다. 큰 뿌리는 굴의 기둥이자 지지대이므로 건드리지 않고 에돌았다. 드물게 바위가 나타날 때는 정동 방향이 될 때까지 돌아서 팠고 잔돌들은 흙벽에다 심었다. 그렇게 흙을 파담은 포대를 낮이면 통로 입구 쪽까지 가져다 줄 세워 놓았고 밤이면 포대를 지게로 져다 뒷산에 뿌렸다. 뒷재 너머 들판에다 뿌리면 쉽겠지만 지하에서 수백 수천 년 머물렀을 생흙이 너무 붉어 사람들 눈에 띌 것을 경계했다. 시간을 보내고 통증을 견디기 위해 하는 일이므로 굳이 일을 쉽게 할 필요도 없었다.

두 해 정도에 걸쳐 그가 뚫은 동바르도 길이 얼추 백 미터쯤 됐다. 언제일지 알 수 없으나 동바르도가 만들어지면 사내는 그곳에다 고양이들의 둥우리도 마련할 계획이었다. 바르도까지 드나드는 고양이들이 생겼으니 동바르도까지 따라오는 고양이도 생길 것 아닌가. 땅속 사내의 세상이 느린 속도로나마 넓어져 가는 중이었다.

오늘은 비가 너무 심하므로 동바르도 길로 들어가기 전에 산신당과 그 어름을 살피기로 한다. 사내가 산신당 제단의 판자를 밀어 올렸을 때 먼저 본 것은 촛대다. 그가 들어 올린 판자가 촛대를 넘어뜨린 것이다. 그리고 여자를 본다. 느닷없이 나타난 사내 때문에 놀랐다기보다 멀뚱해진 동창생 장희다. 장희가 눈을 동그랗게 뜨고 중얼거린다.

"시, 시, 신령님, 안녕하세요?"

사내는 어이가 없어 대답한다.

"그래 나는 안녕하다. 유장희, 너는 이 우중에 여기서 뭘 하고 있냐?"

"나비 땜에요. 우리 나비가 자꾸 자꾸 안 보여서요."

어떤 나비를 찾느냐고 물으려던 사내는 금도끼은도끼의 산신령이 떠올라 웃고 만다. 나비를 찾는다는 장희는 산신당 마룻장에 무릎 꿇은 채다. 제 어머니의 옷을 걸치고 긴 머리는 양 갈래로 땄다. 머리에 꽃만 꽂으면 영락없이 미친년 소리 듣게 생긴 형상이다. 그 동안 어미로부터 잠깐씩 들어 장희가 반쯤 제 정신이 아닌 줄은 알고 있었다. 지금 장희는 온 정신이 다 나간 여자 같다. 사내는 딛고 있던 계단을 내려서며 아직도 쳐다보고 있는 장희에게 신령님처럼 손을 들어 보인다. 밀어뜨렸던 판자를 주워 머리를 덮고는 장희로부터 물러난다. 머리 위에서 신령님, 하고 부르는 소리가 난다. 사내는 갑자기 치미는 울화를 내뱉는다. 미친년.

5.

잔돌조차 흔치 않았던 흙 속에서 사금파리가 나왔다. 열흘 전이었다. 처음엔 다섯 개였다. 한때는 접시나 잔이나 단지였을 듯한 조각들이었다. 이튿날은 세 조각이 나왔고 그 다음날은 스무 조각도 넘게 나타났다. 사금파리가 나올 때마다 사내는 조짐이 좋지 않다고 느끼면서 그것들을 추려 포대에 따로 담았다. 어제까지 포대 두 자루가 사금파리로 채워졌다. 사내는 그걸 내다버리지 않고 작은 굴을 파서 들여놓았다.

삽날 끝에 또 사금파리가 걸린다. 사내는 삽을 내려놓고 사금파리가 느껴진 곳을 호미로 긁어낸다. 기껏해야 손바닥만한 조각일 거라 예상했는데 파내어 흙을 털고 보니 녹갈색 빛이 나는 사발이다. 실금이 보이기는 해도 지난 열흘 동안 나온 사금파리들에 비하면 온통에 가깝다. 이런 모양의 사발을 차 좀 마신다는 사람들은 다완이라 칭하던가. 큰일났다, 생각한 사내는 사발을 들고 털퍼덕 주저앉는다.

삼십여 년 전 어느 대학 발굴팀이, 재 너머 마을 석촌에 찾아왔다. 그들은 석촌이 속한 운대리 일대가 고려시대 이전부터 임진왜란 즈음까지 청자며 분청사기 등의 도요지터였다는 걸 밝혀냈다. 이후 운대리 여섯 마을에서 28개에 이르는 가마터가 원형에 가깝게 발굴되었다. 운대리 가마터들은 지방 기념물로 지정되었으며 일곱 마을 가운데에 있는 폐교에는 도요지박물관이 생겼다. 금당에서는 사금파리들이 출토된 적이 없었다. 있었어도 눈여겨볼 만큼 유별나지 않았기에 집에서 쓰다 깨져 내버린 사금파리들과 구분되지 않았을 것이다. 사내의 삽날에 걸려 나온 녹갈색 사발이 그 증거였다.

사내는 녹갈색 사발을 옷자락에 쓱쓱 문질러 물병에 담긴 오가피 물을 반나마 따랐다. 지난 삼 년 동안 어미가 주는 것만 먹고 마셨다. 덕분인지 사내의 몸 속을 고압선의 전압처럼 오가던 통증이 많이 숙어들었다. 굴 안에서는 거의 잊고 살 정도가 되었다. 굴 밖에서는 달랐다. 밖에서는 아직 통증이 잦기도 하려니와 금세라도 통증이 찾아올 거라는 불안에 늘 시달렸다. 사람들 앞에 나설 수 있는 몸은 어차피 포기했다. 괴물 같은 형상이나마 숨 쉬는 동안 아프지만 않으면, 곧 아플 거라는 불안만 없다면 괜찮았다. 그런데 이 굴 언저리가 가마터였다는 게 밝혀지면 굴은 더 이상 굴일 수가 없어진다. 물을 다 마신 녹갈색 다기를 쳐들며 사내는 중얼거린다.

"어쩐다?"

사발을 들여다보며 한참을 앉아 있던 사내는 일어나 플라스틱 통을 우그려 사발 파낸 자리에 놓는다. 흙을 채워뒀던 포대를 거꾸로 들고 흙을 쏟는다. 물을 따라 마신 사발도 그 안에 묻는다. 포대에 모아두었던 사금파리들을 와르르 쏟아 흐트러뜨린 뒤 그 위에 다시 흙을 붓는다. 지난 열흘 동안 판 게 오십 센티도 안 됐다. 파기도 하는데 메우기가 어려우랴. 사내는 마당을 꾹꾹 밟듯 삽으로 흙을 꾹꾹 눌러 다진다. 두 해 넘게 파서 내다버린 흙을 주워올 수는 없겠으나 바르도로 돌아가 궁리하면 방법이 생길 터였다.

6.

고양이들도 회귀 어류처럼 제가 태어난 통로를 잊지 않는 듯했다. 사내가 동굴살이를 시작한 이래 열 마리도 넘은 암고양이가 각기의 둥우리에서 새끼를 낳고 길러 나갔다. 이번에 둥우리에 새로 들어온 흰 고양이는 일 년 전쯤에 자라 나간 새끼 고양이들 중 한 마리였다. 꼬리에만 검정과 회색의 얼룩무늬가 있을 뿐 몸은 온통 하얬다. 사내는 고양이들에게 이름을 붙인 적이 없었다. 이번에 찾아든 흰 고양이도 다르지 않았다. 그러면서도 꼬리만 얼룩인 흰 고양이가 어떤 빛깔의 새끼를 몇 마리나 낳으려나 궁금했다. 늘 그랬듯 고양이가 새끼를 낳는 동안은 통로 안으로 들어가지 않고 집안일을 하며 기다렸다. 꼬리얼룩이가 둥우리로 들어간 지 한 나절이 지나서야 밖으로 나갔다. 둥우리로 다가가 살피던 사내는 실소했다. 둥우리 안의 마른 풀 속에 딱 한 마리 새끼가 웅크리고 있지 않은가. 다른 빛깔 털이 한 오라기도 섞이지 않은 하얀 새끼다.

쩟쩟 혀를 찬 사내는 새끼 고양이를 만지지 않은 채 꼬리얼룩이의 먹이를 따로 마련해 제 둥우리 앞에다 놓아주었다. 고양이죽이 아니라 하루 세 번, 어미의 냉장고를 뒤져 자신의 밥상에 오를 생선이며 고기를 녹이고 끓여서 차려 냈다. 꼬리얼룩이는 사내가 둥우리 앞에다 차려준 걸 깨끗이 먹어치우면서도 수시로 밖으로 나갔다. 한두 시간 간격으로 드나들며 젖을 먹이고 다시 나가길 반복하는 것 같았다. 새끼 낳은 지 일주일째 되는 오늘 새벽에도 꼬리얼룩이는 사내보다 먼저 일어나 둥우리를 나왔다. 동굴 문을 열라고 나무 문짝을 긁으며 재촉했다. 어미의 솥에서 고양이죽 냄새가 풍겨올 때였다. 엊그제 주말 장에 갔을 때 어미가 어물전에서 얻은 생선찌꺼기가 유난히 많더니 오늘 고양이죽이 풍기는 생선 냄새가 유난히 짙었다. 고양이들이 훨씬 많이 꼬일 날인 것이다.

"야, 너는 그냥 내가 차려주는 거나 먹지 그러냐? 젖도 조금만 먹이면 되잖아!"

이불을 개면서 괜한 소리를 해본 사내는 꼬리얼룩이를 내보냈다. 어미는 일 년을 하루같이 새벽 세 시면 일어났다. 사내가 부엌으로 가면 어미는 일 나갈 준비까지 끝내놓고 아들을 기다리고 있게 마련이었다. 어미가 출근한 뒤 사내는 설거지며 청소를 하고 늘 그렇듯 바깥 고양이들 밥을 챙겼다. 꼬리얼룩이를 위해서는 어미의 냉장고를 다시 뒤적였다. 고등어 대가리만 모아놓은 봉지를 꺼내고 밥을 떠다 동굴 안 화덕에서 꼬리얼룩이 죽을 끓였다. 끓인 죽을 냄비째 동굴 안에다 두고 실내 온도를 가늠한 뒤 사내는 일을 하러 들어왔다.

작년에 동바르도 길 백 미터 지점에서 낭패를 당한 뒤 북쪽으로 길을 잡았다. 서쪽 방향에는 재를 넘어 다니는 길이 있고 길 너머에는 밭들이 널려 있었다. 북쪽은 숲이 우거진 뒷산이었다. 북쪽으로 뚫어가는 그 길을 사내는 북바르도 길이라고 명명했다. 북바르도 길의 지상에는 큰 바위가 많았다. 지하에는 훨씬 큰 바위들이 묻혀 있었다. 이십여 미터 나아간 지점에서부터 바위들을 만났다. 바위들에는 나무뿌리가 얽혀 있기 일쑤였다. 동쪽에서 일정한 넓이를 유지했던 사내의 굴은 북쪽에서는 넓이는 물론 방향도 들쭉날쭉했다. 그렇지만 흙을 밖으로 퍼내는 게 아니라 동쪽 굴에다 옮겨 쌓는 식이어서 일은 외려 쉬웠다.

점심때가 되어 북바르도 길에서 나온 사내는 고양이 둥우리를 들여다본다. 둥우리 안의 새끼 고양이가 훈기 없이 내버려져 있다. 끓여 놓았던 꼬리얼룩이 먹이도 그대로 있다. 꼬리얼룩이가 오전 내 한 번도 제 새끼한테 돌아오지 않은 것 같다. 기척을 느꼈는지 새끼 고양이가 어미 찾는 듯한 신음을 냈다.

"암만해도 나비 너한테 큰일이 난 성싶다."

새끼 고양이를 그대로 두고 굴을 나온 사내는 꼬리얼룩이를 찾아 집안을 돈다. 꼬리얼룩이는 부엌 뒤꼍의 나뭇단 사이에 내버린 솜뭉치처럼 끼어 있다. 그 곁 장작더미 위에 회색 얼룩고양이 한 마리도 널브러진 채다. 집 주변 어딘가에 한두 마리가 더 넘어져 있을 터이다. 예상했던 대로 어미가 고양이를 잡는 날이라 고양이죽에 때죽나무 열매 성분이 들어간 듯하다. 적당히 먹었으면 기절했다가 일어났을 텐데 욕심껏 먹다가 변을 당한 것이다.

난 지 일주일째인 새끼 고양이한테는 뭘 먹여야 하나.

사내는 고양이들의 주검을 그대로 둔 채 마당으로 나오며 궁리한다. 아무래도 우유가 있어야 할 것 같다. 어미는 유자공장에 갔으므로 여섯 시 반이나 돼야 돌아올 텐데, 겨우 두 시다. 어미 집으로 들어온 이후 사내는 혼자 차를 몰고 나간 적이 없었다.

"나비야."

사내가 부르자 흰 새끼 고양이가 고개를 들며 우는 소리를 낸다. 소리가 아까보다 약하다. 그는 나비를 손바닥에 올려 들어낸다. 무게가 느껴지지 않는 손바닥 위의 나비는 바들바들 떤다. 추워 떠는지 무서워 떠는지 알 수 없다. 배가 고파, 힘이 없어 떠는 것일지도 모른다. 사내는 그 동안 자신이 먹어치운 고양이가 몇 마리나 되는지 가늠해보지 않았다. 경단과 곰국과 불고기와 조림과 찌개와 전골과 전적 등. 손끝 야무진 어미가 온갖 형태로 만들어내는 음식들에 어떤 고양이가 쓰였는지 신경써본 적 없으므로 마리 수를 알 수도 없다.

"너를 어쩌냐, 나비야."

다시 중얼거린 그는 흙범벅인 작업복을 벗고 깨끗한 옷으로 갈아입었다. 상자 안에서 지갑을 찾아내 주머니에 넣고 모자를 벗어 나비를 담는다. 나비 담은 모자를 둥우리에 넣으려다 망설인다.

차라리 같이 가는 게 낫겠다.

사내는 모자 든 손을 옷자락 안에 품은 채 일단 대문을 나섰다. 주변엔 바람만 휘몰아칠 뿐 아무도 없다. 모자가 함께 외출할 때는 동네 안길을 가로지르지 않고 작은 뜸 외곽의 구부정한 옛 길을 오갔다. 사내가 한 손에 고양이 담은 모자를 든 채 한 손으로 운전을 하며 작은 뜸을 벗어나려 할 때 불쑥 솟아오른 것처럼 장희가 나타났다. 그러고보니 장희네 집 근처다. 장희는 사내의 차를 알아보는지 손을 흔들며 다가오다가 앞을 막아선다. 하는 수 없이 차를 세우자 대뜸 조수석으로 들어앉는다.

"어디 가? 혼자서? 대낮에? 근데 그건 뭐야?"

사내는 한숨을 쉬고는 나비 담은 모자를 장희한테 건네주고 동네를 빠져나온다. 장희는 모자 속을 들여다보고 어쩔 줄 몰라 하지만 사내가 운전하기는 한결 편하다. 폐교 근방 오거리의 정류장에도 가게가 있긴 했다. 그가 초등학교 다닐 때부터 같은 자리에 있는 가게였다. 일곱 마을을 통틀어 하나뿐인 가게이기도 했다. 사내는 자신이 그곳에 출현했을 때 어떤 일이 벌어질지 아는 터라 읍으로 내닫는다. 읍내 초입의 커다란 마트를 지나면 어미가 자주 들르는 가게가 있었다. 가게 앞에 이르러 차를 세운 사내는 장희를 돌아본다.

"가서 우유 좀 사와."

"내가 가? 네가 가."

미친년이라 왜 저한테 우유를 사오라 하는지도 모른다. 사내는 심호흡을 하고 옷에 달린 모자를 뒤집어쓰고 마스크로 턱을 가리고 손에는 어미가 만들어준 장갑을 낀다. 지갑에서 만 원짜리를 꺼내 장갑 낀 손에 들고 다시 심호흡을 한 뒤 차를 나선다. 가게 안에는 사람이 보이지 않았다. 가겟방 안이 왁자했다. 사내는 돈 든 손으로 냉장고 문을 열고 우유 큰 통을 집어든 뒤 가겟방 앞으로 다가들어 외친다.

"우유 파십시오."

가겟방 문이 드르륵 열리더니 어미 또래의 여주인이 내다보았다. 방 안에는 화투판이 벌어진 참이다. 우유통과 함께 돈을 내밀자 사내를 일별한 주인이 돈만 뽑아가더니 거스름돈을 내밀었다. 방금까지 요란하던 가겟방 안의 여인들이 일제히 숨을 죽이고 사내를 흘깃거린다. 거스름돈을 내민 주인의 시선은 출입문으로 향해 있다. 그 새 장희가 쫓아 들어와 있다. 주인이 장희한테 묻는다.

"뭣을 품고 있소? 괭이 새끼요?"

장희가 대답했다.

"예. 우리 나비예요. 아줌마, 여기 젖병이 있어요? 분유는요?"

"고걸 멕일라고 우유랑 젖병을 사러오샜구만? 여긴 젖병이 없고, 저 위 큰 마트에 가 보시오마는 거, 좀체 어려울 건디? 금당 외눈이할매 아들이제라? 엄니 모시고 와 차 안에 있는 거 여러 번 봤소. 근디, 젖 못 띠고 에미 떨어진 것들은 아무 심이 없이 시르르 가불데. 그것들도 목숨이라고 괜한 정이라도 준 것들이 그리 돼 불고 나면 속이 얼마나 상한지 몰른당께."

"예에. 안녕히 계십시오."

사내가 장희를 끌고 돌아서 가게 문을 닫는데 가겟방 안의 여인들은 여전히 찍소리도 내지 않았다. 문이 닫히면 달라질 터. 무슨 소리들을 할지는 뻔했다. 하나로도 모자라 쌍으로 구경거리가 된 것이다. 장희한테 소리 지르고 있을 틈은 없다. 차로 들어온 장희가 모자를 벌려 안을 살핀다. 사내도 들여다본다. 나비가 고개를 가누려 움직거리다 힘이 없는지 느즈러진다. 눈발이 시적시적 날리기 시작했다. 장희가 보챘다.

"얼른 마트로 가."

도로 건너편에 차를 세우고 보는 큰 마트 안에는 사람들이 많다. 대낮임에도 불이 너무 환하다. 젖병을 찾아 광장처럼 넓은 그 안을 헤매야 할 것이다. 직원에게 젖병이 어디쯤 있는지 묻는다고 해도 상황이 다를 건 없다. 직장에 사직서를 내기 전 일 년쯤, 그때는 결절이 몇 개 되지도 않을 즈음이었는데도 아침마다 사무실에서 시선을 느껴야 했다. 어제 보고 오늘 또 봐도 괴이하다는 그 눈빛들에는 안쓰러움과 혐오가 함께 서려 있었다.

어미는 사내가 직장에서처럼, 처자식으로부터도 당한 취급을 마을에서는 받지 않게 하려 모든 시선을 차단했다. 아들이 괴물처럼 보이는 것은 물론 사람들의 호기심의 대상이 되는 것 자체를 막았다. 어미는 마을 사람들이 사내에 대해 예전부터 알고 있는 모습 그대로 생각하길 바랐다. 아비 닮아 풍채 좋고 아비 닮지 않아 바지런하고, 시골 고등학교를 졸업하고도 턱하니 특별시 공무원으로 취직한 예전 그 모습으로. 그 헛된 바람이 외눈박이 어미의 목숨줄이었다. 그걸 알면서도 오늘 사내는 어미의 숨이 달린 줄을 한바탕 뒤흔들었다.

"장희. 네가 가서 젖병이랑 분유 사와."

"나 혼자? 싫어. 무서워!"

괴물인 사내는 마트에 들어갈 엄두가 나지 않는다. 그렇다고 미친 년인 장희와 함께 들어갈 용기는 더 없다. 하는 수 없었다. 사내는 서둘러 집으로 향한다. 집 앞에 도착하자 장희가 당연한 듯 나비 담은 모자를 안고 집 안으로 따라 들어온다. 동굴 방으로 곧장 간다. 사내는 부엌에서 냄비와 숟가락을 챙긴 뒤 동굴로 들어왔다. 화덕 안에 아직 남아 있는 숯불에다 냄비를 얹어 우유를 데웠다. 우유 냄비에 새끼손가락을 넣어 본다. 미지근하다. 잠깐 더 두면 뜨거워질 듯한 냄비를 들어내 와상에 놓는다.

장희가 우유를 떠먹어 보고 미지근한 걸 확인한 뒤 모자를 벌여 나비를 들어낸다. 숟가락으로 떠서 나비 입에 대준다. 먹을 줄 몰라선지 핥으려 들지 않는다. 장희가 손가락 끝에다 우유를 묻혀 나비 입에 대고 살짝살짝 건드린다. 나비가 입을 열고는 손가락을 핥는다. 그러길 몇 차례 반복하다 숟가락에 우유를 떠 흘려주자 삼킨다. 데운 우유를 반쯤 먹였나 싶을 때 나비가 눈을 반짝 뜬다. 눈동자가 까만 별 같다. 사내는 모처럼 흐흐 소리 내어 웃는다. 장희가 나비를 안은 채 끼루룩, 미친년처럼 웃는다.

나의 빈 틈을
통과하는 것들

나의 빈 틈을 통과하는 것들

1.

낯선 남자로부터 아내의 교통사고 소식을 들었을 때 나는 이천의 김치공장 컨베이어벨트 앞에서 배추 5천 포기의 하역을 시작한 참이었다. 아내가 위중하다는 말을 들었지만 설마 했다. 한 트럭의 배추와 5천 포기 배추의 차이를 실감하느라 아내의 위중함에 대한 실감이 덜했다는 게 맞을 것이다. 나는 하루 동안 1만 포기의 배추를 만지고 있었다. 어쨌든 배추를 다 부려야만 트럭을 몰고 속초에 있다는 아내한테 가볼 수 있을 것이므로 정신없이 일했다. 아내가 있다는 속초의 병원에 새벽 네 시쯤 도착했다. 아내는 이미 영안실에 있었다. 병원에 도착할 때 이미 숨결이 없었다고 했다. 내가 배추 하역을 포기하고 왔어도 살아 있는 아내를 볼 수는 없었던 것이다. 남자와 단 둘이 설

악산 등반을 하고 내려오던 밤 도로에서 난 교통사고라 했다. 반듯하게 누운 아내 주검은 외양으로는 크게 손상된 것 같지 않았다. 안전벨트를 매고 있지 않았는데 차가 곤두박질치면서 뇌가 깨졌다고 했다. 동반석에 있던 내 아내는 즉사한 셈인데 운전했던 남자는 왼팔에 깁스를 했을 뿐이었다. 경찰과 보험회사 담당자, 장인장모보다 늦게 내가 병원에 도착했을 때 상황이 그랬다.

사고 난 밤으로부터 사흘째 되는 아침, 아내의 관이 화장로로 들어갔다. 모든 게 너무 싱거운 것 같았다. 아내가 죽음에 이른 사고 현장에는 외간 남자가 있었다. 아내의 사망선고에 동의하고 장례회사 사람들과 장례를 의논한 사람은 장인이었다. 와중에 사위인 내 눈치 봐가며 이따금 운 사람은 장모였다. 사고 경위는 경찰이 설명했고 아내의 목숨값은 남자의 차가 들어 있는 보험회사 직원이 대략 계산해 주었다. 아내는 나보다 두 살 많은 마흔 살이었다. 결혼 13년차였으며 나와 사는 동안은 아이 낳기가 불가능하다는 판정을 받은 3년 전부터 전업주부였다. 보험회사 직원의 설명에 따르면 17년간 직장생활을 한 아내의 목숨값의 산정기준은 꽤나 복잡한 것 같았다. 얼추 내려진 결론으로는 오천만 원이 될까 말까 했다. 아내는 꽤 오래 직장을 다녔으나 이미 과거사인데다 나이가 제법 들었고 그 남편인 내 벌이가 시원치 않으므로 도매금으로 매겨진 성싶었다. 나는 그러려니 했다. 십여 년을 붙어 산 아내의 죽음 앞에서 뭘 계산하고 말 정신이 아직 없었다.

아내의 화장이 끝난 뒤 유골단지를 어쩌겠느냐는 장인의 질문에 내가 가져가겠다고 했다. 나는 시쳇말로 쪽팔려서 아내의 장례에 형제들이며 친구들한테 부고도 내지 못했다. 아내의 유골단지라도 가져가야 내가 남편인 게 증명될 듯했다. 유골단지가 담긴 목재 상자를 내 트럭에 싣는 것으로 아내의 장례가 끝났다. 남자는 어제 낮에 어딘가에 다녀온 걸 제외하고는 거의 빈소 주변에 있는 것 같았고 오늘 새벽에는 다른 사람이 운전하는 승용차를 타고 화장장에도 따라왔다. 장인장모가 딸의 죽음이 내 탓이라도 되는 양 나를 노려보고 해쓱한 낯빛으로 먼저 떠났다. 장인장모를 배웅하고 난 뒤 남자가 내게 이야기 좀 하자고 청해왔다. 나는 아직 어리떨떨한 참이라 남자와 할 이야기가 있다는 생각도 못한 상태였다. 할 말도 없거니와 아직 꿈속 같았다. 깨고 나면 나는 김치공장 컨베이어벨트 앞에서 트럭에 실린 배추를 내리고 있을 듯했다.

도로변 국밥집 창밖에 낙엽이 날렸다. 나는 국밥집 안에 들어설 때까지 바람이 세게 부는 것도 느끼지 못했다. 왼팔에 깁스를 한 채 마주앉은 남자는 사나흘쯤 깎지 못한 수염으로 턱밑이 거뭇하고 얼굴이 꺼칠하다. 갸름한 얼굴에 낯빛은 흰 편이고 입술이 얇은데다 주름살도 별로 없다. 얼핏 듣기로 쉰세 살이라는 것 같았는데 서른여덟 살인 나보다 오히려 젊은 인상이다. 은테안경 속의 눈은 불안한 듯 흔들려 보인다. 내 앞에서 그래야 마땅하다 여기는 나한테만 그렇게 보이는지도 모른다.

— 이화, 최이화 씨한테서 가끔 말씀 들었습니다. 부군 자랑을 많이 했지요. 섬세하고 맘 씀이 깊다고. 참 성실하시다고도 했고요.

자랑할 만한 남편을 두고 왜 외간 사내와 붙어 다녔을까. 우리 부부의 불임 원인이 아내가 아닌 나한테 있다는 게 밝혀진 게 3년 전이었다. 그 앞 십 년 간을 아내는 자신이 난임인 줄 알았다. 나도 그랬는데 정식으로 검사한 결과 내가 무정자증이었다. 불임 원인이 밝혀진 뒤 아내는 기다렸던 것처럼, 혹은 몹시 오래 참았다는 듯이 대번에 직장을 그만두었다. 퇴직금의 일부로 컴퓨터와 카메라와 등산장비를 새로 구입하더니 산행을 시작했다. 지난 3년여 동안 한 달에 한 번, 1박2일의 산행 날이면 무슨 일이 있어도 집을 나서던 아내였다.

— 그래서요?

— 제가, 이화 씨를 일방적으로 많이 좋아했습니다. 제가 혼자 좋아했는데 불운이 이화 씨한테 닥쳐서, 이화 씨가 새삼 욕된 일을 겪지 않았으면 싶고요. 어떤 식으로든 배상을, 제 맘을 표시해야 할 것 같아서 말입니다.

듣다보니 기분이 묘하다. 남자는 제가 최이화하고 간통한 사실을 짝사랑이었던 것처럼 희석하면서 개인적으로도 따로 배상할 테니 조용히 넘어가자는 모양 같다. 그러니까 남자는 시끄럽지 않게 이 상황을 지나가고 싶은, 지킬 것이 많은 사람인 데 반해 나는 지킬 것이 없어 막나갈 수 있는 놈으로 비치고 있는 것이다. 나는 시끄럽게 할 생각은커녕 오쟁이 진 놈으로서의 낯 뜨거움과 아내를 잃은 기막힘을 혼자 감당하며 살게 될 것이라고 여긴 터수다.

— 남녀가 만나서 놀던 중에 여자가 죽었는데, 남자가 여자의 남편한테 배상을 하시겠다! 대가는 조용히 넘어가자는 것이고요? 그런

말씀이신 거지요?

— 그, 그렇다기보다 이화 씨가 워낙 고운 사람이었기에, 이미 간 사람을 곱게 보내주고 싶어서요.

최이화는 나한테도 고운 여자였다. 첫 사랑이었고 첫 여자였으며 아내이자 유일한 여자였다. 아내한테 나도, 자랑스러운 남편은 못될지라도 그럭저럭 곱게 봐줄 만한, 그래서 곱게 봐주는 남자라고 여겼다. 지금은 고운 사람이라는 기준을 어디에 둬야 하는지 알 수 없다.

— 개소리 치우시고. 어쨌건, 내가 조용히 넘어가는 대가로 얼마를 주실 건데요, 주영문 씨?

나는 그의 이름과 쉰세 살이라는 나이와 이번 사고로 폐차시킨 그의 차가 출시된 지 6년쯤 된 에쿠스 리무진이라는 것 외에 아는 것이 없었다. 그래서 이름만 강조해 비아냥거렸는데 남자 얼굴이 창백해진다. 내가 비로소 본색을 드러냈다고 여기는 것 모양이다. 나는 내 본색을 몰랐는데 그가 그렇게 여기는 것 같으니 내 본색이, 갈 데까지 가보자는 식으로 막나가는 지금 모습인 것 같다.

— 얼마쯤 드리면 되겠는지요?

— 아아! 돈 많으신가 본데, 한 십억 주시지 그래요?

— 저, 저 그렇게 돈 많지 않습니다.

— 씨팔! 돈도 없으면서 남의 마누라 목숨에 배상 어쩌고저쩌고 해요?

— 저는 이화 씨하고 산행동기이자 친구였어요. 홍선용 씨가 이렇게 막나갈 사안이 아닙니다. 순전히 이화 씨를 좋아했던 맘으로 조금이

나마 제 맘을 표시하려는 거예요.

— 동기이자, 친구? 씨팔. 개가 웃겠네. 때려 쳐요. 난 이 사고 전까지 당신을 몰랐고, 지금도 몰라요. 방금까지는 알고 싶은 생각도 없었고. 하지만 이제부터 알아볼 거예요. 당신이 뭘 하는 사람인지, 뭘 할 사람인지. 처자식이 어떻게 되는지! 내 마누라하고 만나는 동안 어떻게 놀았는지. 내가 앞으로 어떻게 미칠지는 나도 모르지만 어디, 갈 데까지 한 번 가봅시다, 주영문 씨.

— 일억 드리지요."

— 십억이라 했는데, 일억이요? 지금 무슨 개그 하쇼?

— 일억이 제 최대치입니다. 수용하지 못하시겠다면 저도 도리 없이 홍선용 씨가 하시는 대로 대응할 수밖에 없겠지요. 이미 떠난 사람이 욕된 일 겪지 않기를 바라, 홍선용 씨 앞에 이렇게 무릎 꿇듯이 마주 앉아 타협하고 있습니다만 제가 감당할 수 없는 일을 벌이시겠다면, 어쩌겠습니까. 그 이상의 힘이 없는데요.

배추밭에서 배추 5천 포기를 적재해 김치공장에 하역하기까지 최소한 1박2일이 걸린다. 그 노역을 통해서 이것저것 제하고 나한테 남은 돈은 사십만 원가량이다. 그나마 사십만 원짜리 벌이는 한 달에 한 번이나 될까. 보통 이십만 원짜리 벌이를 하는데, 한 달에 예닐곱 번이다. 최대치로 잡았을 때 일 년 수입이 2천만 원꼴인데, 솔직히 직장 그만두면서 트럭을 구입한 이후 7년 동안 그렇게나마 번 건 두 해뿐이다. 다른 해에는 다 따져도 천여만 원 벌이가 고작이었다. 내가 첫 해 연봉이 2천5백만 원이었던 월급쟁이 노릇을 때려치운 이후 나와 아내의 생활을 유지한 사람은 우체국 직원이었던 아내였다. 트럭도 아내가 열아홉 살에 우체국에 취직하면서부터 들었던 적금을 탄 것에다 내 알량한 퇴직금을 보태서 산 것이었다.

— 주영문 씨가 힘이 있는지 없는지는 내가 알 수 없고, 내가 먼저 꺼낸 말도 아니고. 그렇다면 그만두지요.

— 그리 말씀하시면 할 수 없지요. 뜻대로 하십시오. 차후에 혹시라도 저를 만나실 일이 있으면, 지금 밖에 있는 제 변호사가 저를 대리하게 될 겁니다. 제 번호는 아실 테고, 이건 제 변호사의 명함입니다. 어쨌든 다시 뵙지요.

자못 정중하게 변호사 명함을 꺼내놓은 남자가 제 말을 끝내고는 오른손으로 왼팔의 깁스를 받치고 돌아섰다. 순간 나는 그를 붙잡기 위해 손을 뻗을 뻔했다. 알량한 자존심 때문에 움직이지 못하고 입도 못 여는 사이에 남자가 이제 막 점심시간을 준비 중인 국밥집을 나간다. 창밖의 바람은 좀 더 드세진 성싶다. 가을이 깊었으므로 곧 겨울이 닥칠 것이다. 그와 내 자리 중간의 탁자 한 가운데는 법률법인 어쩌고 찍힌 명함이 낙엽처럼 남았다. 나는 사기치려다 실패한 얼치기 사기범 같은 기분이다. 처음에 왜 여기 앉게 되었는지 아리송하다. 분명히 내가 무슨 일을 당했는데 그 일이 무슨 일이었는지 헛갈린다. 그리고 몹시 졸립다.

2.

일곱 번째 딸이 태어나던 날 지리산 피아골 우리 집 마당가의 돌배나무가 첫 꽃망울을 터트렸던가 보았다. 나를 받아낸 고모할머니가 소리쳤다고 했다. 아이구우, 또 보지가 나왔구나. 기어이 바리데기가 나오고 말았어! 그렇게나 기다렸던 아들 대신 또 딸이 태어났다는 고모할머니의 한탄에 방 밖에 서 있던 아버지는 안채 뒤란으로 돌아가 술을 마셨다고 했다. 그 지난 가을, 아무도 먹지 않는 돌배를 따 담고 소주를 잔뜩 부어뒀던 항아리를 그날 개봉했다던가. 평생 산삼이며 귀한 약초를 찾아 산을 탔던 아버지는 주정뱅이가 아니므로 세 사발 정도만 떠 마셨다. 그때 술독 뚜껑을 덮어놓은 아버지가 어칠비칠 앞마당으로 나왔더니 눈앞이 환했다. 돌배나무가 꽃을 피운 것이었다. 막내딸의 이름이 떠올랐다. 꽃잎, 배꽃잎.

내가 태어나 바리데기가 되고 꽃잎이 되던 날 집안 풍경이 그랬다고 했다. 귀에 못이 박이게 들어온 이야기였다. 언니들도 다 이름에 얽힌 기막힌 사연을 가지고 있으므로 내 이름이 우리 집안에서는 별날 것도 없었다. 평생 배워야 하는 배우리보다는 배꽃잎이 가볍지 않냐. 배수진보다는 배꽃잎이 예쁘지 않냐. 배경보다는 배꽃잎이 여성스럽지 않냐. 배추씨보다는 배꽃잎이 환하지 않냐. 일 년이면 서너 차례 만나는 요즘도 언니들은 배꽃잎이 제일 낫다고 강조했으므로 나는 그럴 수도 있을 것이라 애써 수긍해 왔다. 게다가 언니들은 나이 들면서 특이한 이름에 대한 자부심마저 느끼는 성싶었다. 개명이 유행이 되었어도 아무도 개명하려 하지 않는 게 그 증거였다. 나도 이동통신사의 콜센터 상담원만 되지 않았더라면 이름 때문에 새삼 고초를 겪지 않았을 테고 개명 따위는 하려들지 않았을지도 모른다.

— 보지가 어떻게 생겼는 줄 아쇼?

회선 너머에서 대낮부터 취한 놈이 또 묻고 있었다. 나는 내 보지는 물론 언니들과 엄마와 고모와 할머니 등 어떤 여자의 그것도 유심히 보지 못했다. 겉모양이야 무수히 봤을 것이다. 겉모양으로서의 보지를 치모가 돋기 전 어린 날의 모양새로 보자면, 세모꼴의 살빛 둔덕에 줄 하나 그어진 형태로 사뭇 얌전하다. 거울을 대고 내 걸 관찰하거나 부러 남의 가랑이를 벌려 보지 않는 한 보지는 눈에 띄지도 않는다. 치모에 덮인 그건 말할 것도 없다. 하지만 놈이 지금 말하는 건 겉모양을 말하는 게 아닐 것이므로 나는 놈이 의미하는 보지가 어떻게 생겼는지 자세히 모른다. 이 미친개 같은 놈이 내뱉을 다음 대사는 짐작한다. 직업이 트럭운전수라는 놈이었다. 놈은 술만 처먹으면 통신장애를 핑계 대며 콜센터로 전화 걸어 기어이 배꽃잎을 찾았다. 그리곤 온갖 너저분한 소리를 지껄인 다음에 묻는 게 그것이었다. 보지가 어떻게 생겼는 줄 아냐.

보지가 어떻게 생겼는지 보지 못해 모른다, 개자식아!

길길이 날뛰며 소리치고 싶지만, 통신회사 콜센터 직원이 근무시간에 전화기에 대고 사용할 수 없는 대표적인 말 다섯 가지가 아니, 안돼, 싫어, 못해, 몰라 등이다. 하면 안 되는 대표적인 행동은 무응답이다. 내뱉으면 안 되는 대사나, 하면 안 되는 행동에는 건건이 벌점이 매겨졌다. 벌점만큼 월급이 가차 없이 깎였다. 콜센터 직원이 할 수 없는 말과 할 수 없는 행동이 있다면 고객들한테도 그런 게 있어야 하는 게 아니냐. 따지고 싶지만 시도해 보지는 못했다. 그건 콜센터 상담원 3년 만에 내 능력 밖의 언어가 되었다. 그래서 모른다고 할 수 없고 대답을 안 할 수도 없는 질문에 나는 매번 혈압을 다스리며 숨이나 골라야 한다. 하고 싶은 대로 할 수 있다면 당장 찾아가 놈의 아가리를 트럭으로 깔아뭉개고 싶다.

— 홍선용 고객님, 통신장애가 발생한 위치가 어디시라고요? 다시 한 번 자세히 말씀해 주시겠습니까?

— 보지가 어떻게 생겼냐면 배꽃잎처럼 생겼다 그 말이야.

놈의 전화질이 시작되면서 내 악몽도 시작되었다. 꿈 속에서 내 보지는 신체의 일부가 아니었다. 내 몸이 통으로 배 꽃잎 모양의 보지가 되었다. 꽃잎들 낱낱이 뜯겨지고 꽃술들이 짓이겨진 내 몸을 트럭이 아무렇게나 뭉개며 지나다녔다. 놈의 전화를 받은 날은 물론이고 받지 않는 날의 밤에도 수시로 나는 트럭에 깔렸다.

— 네에, 홍선용 고객님. 그러시면 현장팀 연결해 드리겠습니다.

— 야 이년아. 내가 지금 현장하고 말하고 싶다니? 너랑 말하고 있잖냐. 내가 시방 딱 죽고 싶어서 기양 칵 뒈지려다가 네 생각나서, 너하고만 말하고 싶다는데 왜 전화를 끊으려고 지랄이야. 내가 죽으면 네가 배상할래?

웃기고 자빠졌네. 배상이란 말을 어디다 써야 하는지도 모르는 무식한 주정뱅이새끼. 뒈지고 싶음 당장 칵 뒈져라. 나는 기를 쓰고 속으로만 지껄이며 헤드폰의 오프 스위치를 손으로 더듬는다. 물론 당장 오프 스위치를 누르지는 못한다. 콜센터 직원은 고객보다 먼저 통화를 끝낼 수 없다. 누를 수도 없는 스위치는 뭣 때문에 만들어 놓아?

나는 오프 스위치를 누르는 대신 또 속으로 뇌까린다. 일주일만, 아니 열흘 정도만 참으면 된다. 개명 신청을 해 뒀다. 법원에서 소식이 온 그날로 배꽃잎을 버리고 모든 서류를 새 이름으로 바꿀 것이다. 이름만 아니라 직업도 당장 바꾸고 싶지만 그건 확실한 자리가 날 때까지 좀 신중해야 한다. 제과제빵 자격증이며 한식, 양식요리사 자격증 등을 취득해 놓은 터지만 아버지의 병원비를 분담하면서 생활하고 적금도 부을 만한 마땅한 일자리는 나지 않았다. 최소한 일 년은 더 버텨야 작은 가게라도 알아볼 만한 적금을 탈 수 있다.

— 네에 고객님. 빠른 시간 내에 고객님의 불편을 해소해 드릴 수 있도록 노력하겠습니다. 현장팀 연결해 드리겠습니다.

아버지가 치매에 걸린 건 5년 전이었다. 엄마는 치매 걸린 남편 수발 두 해 만에 마당에서 넘어져 허리를 삐끗했다더니 입원한 지 닷새 만에 숨을 놓았다. 심장마비였다. 이후 아버지의 병원비는 일곱 자매가 분담했다. 큰언니라고 더하거나 막내라고 덜하지 않고 똑같이 입금했다. 처음에는 시골집을 처분해 아버지를 시설 좋은 요양기관에 모실까 했다. 그래도 아버지가 살아계시는데 집을 아예 없애는 건 심하지 않냐 등등, 제법 효녀들처럼 시작한 의논이었다. 결론은 집을 당장 팔아봐야 시설 좋은 요양기관의 일 년치 비용으로 다 들어가고 말 것이니 아버지를 그냥 읍내 요양병원 6인실에 두자는 것으로 났다. 우리 집은 산골마을 집 치고는 부지가 제법 넓은 편인데 집이 워낙 낡아서 팔아봤자 집값은 못 받고 땅값만 받을 수 있으므로 남을 것도 없기 때문이었다.

요양병원에 있는 아버지는 작년부터 해질 무렵이면 침상 양 난간에 두 팔과 두 다리를 묶였다. 깊이 잠든 뒤에 풀어준다고 했다. 매일 해질녘부터 기운이 넘쳐나서 병동 안을 헤매는 것은 물론 수시로 병원을 벗어나려 하기 때문이었다. 일 년 전쯤 해질녘에 병원에서 사라진 아버지가 이튿날 아침에 발견된 곳은 피아골 집이었다. 환자복 차림의 아버지는 밤새 이십여 킬로의 길을 걸어 집에 도착했던 것이다. 그 밤에 아버지가 사라졌다는 연락을 받고 서울과 부산과 대구와 대전 등에서 병원으로 몰려왔던 여섯 언니들은 밤 시간의 아버지를 병상에 묶는 것에 동의했다. 가장 가까운 광주에서 쫓아간 나도 아버지를 묶는 것에 반대하지 않았다. 아버지가 그렇게 지내는 사이 우리 집의 집값인지 땅값인지는 다섯 배가량이나 올랐다. 우리 아랫집에서 솔바람산장을 운영하는 박 씨 아저씨의 아들이 우리 집에 눈독을 들이면서 다른 몇 집에서도 탐을 낸 탓이었다. 또 집이 비어 있는 것을 보고 외지 사람들도 더러 팔 집인지 물어오기 시작했다. 내놓지도 않은 집값이 저절로 올라가는 것을 알게 되면서 언니들의 욕심이 발동했다. 가만 놔두면 집값이 더 올라갈 것이라는 계산이 작동했던 것이다.

— 배꽃잎! 너, 끊지 마. 끊으면 내 손에 죽는다.

콜센터 직원의 약점을 꿰고 있는 듯한 놈은 전화를 해올 때마다 제 현재 위치가 지리산 피아골이라고 했다. 놈의 주소지는 서울이었다. 서울 놈이 피아골과 무슨 관계가 있는지, 피아골 입구인 기촌에서부터 끝 마을인 피밭골까지의 길 아무 데나 트럭을 세워놓고 술에 취해 잠들어 있다가 현장기사들에게 발견되기도 했다. 놈 때문에 피아골에 기지국을 새로 만들었다. 지난 겨울이었다. 이후 그 근방에서 통신장애 민원을 제기하는 고객은 놈뿐이었다. 분명히 통화가 되는 것으로 확인되는데도 방금은 안 됐다고 억지 쓰기 일쑤였다.

— 네에, 고맙습니다, 고객님. 좋은 하루 되십시오.

연이어 들려오는 놈의 말을 무시하고 회선을 현장팀으로 연결해 놓은 나는 헤드폰 세트를 벗어 키보드 위에 팽개치고는 자리에서 일어났다. 다 듣고 있었을 팀장 놈이 시치름한 눈빛으로 노려본다. 통화 끝에 내 이름을 다시 밝히지 않았다고 시비 걸고 있는 것이다. 더 이상 어쩌라고, 벌점 매길 테면 매겨라, 썩을 놈아. 속으로 지껄인 나는 화장실로 뛰었다. 변기를 껴안고 점심때 먹었던 비빔밥과 깍두기와 배추김치를 게웠다. 게우는 틈틈이 온 몸에서 재채기처럼 터지는 욕설을 내뱉었다. 개새끼소새끼말새끼미친새끼더런새끼두고보자홍선용새끼내가반드시죽이고만다.

3.

아내가 사라지고 나니 내가 굳이 서울에서 살아야 할 필요가 사라졌다. 아내가 사라진 덕에 뜻하지 않는 돈이 생겨 애써 일할 필요도 없었다. 이십 년 가까운 서울살이를 걷어치우고 피아골로 돌아왔다. 평도의 고향집에서 큰형이 식당을 겸하여 민박을 쳤다. 내도록 형님네에 얹혀 살 수는 없으므로 피아골 어름에서 살 집을 찾아보는 중인데 쉽지 않았다. 피아골 어름 열한 개 마을을 통틀어 빈 집이라곤 직전마을이라고 불리는 피밭골의 바리네 집 한 곳뿐이었다. 큰형에 따르면 딸만 일곱을 낳은 집이고 막둥이 이름이 바리라서 그렇게 불린다고 했다. 근동에서 꽤 이름난 심마니였던 그 아버지가 치매에 걸려 요양병원에 가 있고, 바리 어머니는 삼 년 전에 돌아갔다. 집이 비어 있기는 하되 매물이 아니거니와 그 집이 매물로 나오기를 기다리는 사람들이 쌔고 쌘 탓에 값이 천정부지로 올라갔다고도 했다.

바리네 집은 값이 올라갈 만했다. 피밭골 집들이 모두 옹색한 지형에 닥지닥지 붙어 있는데 반해 바리네 집터는 피밭골 윗자락과 아랫자락을 한눈에 조망할 수 있는 위치에서 홀로 아늑하고 넓었다. 솔바람산장 뒤쪽에서 바리네 집으로 들어가는 길은 가파르고 옹색하지만 등산객 주차장 쪽에서부터 동네를 에도는 오솔길이 따로 나 있기도 했다. 그 길을 닦아 차만 드나들 수 있게 한다면 아담한 호텔을 지어도 좋을 성싶었다. 물론 나한테 그만한 자금은 없었고 의욕은 더 없었다. 아무 것도 하지 않자니 형과 형수의 눈치가 보여 괜히 오르내리며 해본 생각일 따름이다. 뭔가 하며 살 집을 찾는다는 구실로 나다니는 것도 그랬다. 피아골을 벗어나면 매물로 나온 빈 집이며 땅들이 드물지 않았다. 사철 관광객과 등산객이 끓는 지리산을 끼고 있다고 해도 별 수 없이 시골이라 노인네들이 돌아가고 난 뒤 시골로 돌아오지 않을 자식들이 내놓은 매물들이었다. 아내의 남자한테 죽은 아내를 팔아 받은 일억과 서울 전셋집 보증금과 아내의 보험금까지, 나는 나름 꽤 부자인 셈이고 시골에서 어지간한 집과 땅을 구할 만했다.

뭘 하며 살 것인가. 아직 나는 그걸 결정하지 못해 어느 곳에서 살아야 할지도 정하지 못했다. 아직 아내의 유골단지도 처리하지 못한 상태였다. 무한히 넓고 깊은 지리산자락 아무 데나 뿌려 버리려 싣고 왔는데 그러지 못했다. 추위나 가시면 하지. 꽃이나 피면 뿌리지. 집을 구한 뒤에 뜰에다 묻지. 그런 식으로 자꾸 미뤘다. 추위가 가셨고 봄은 너무 쉽게 왔다. 천지에 꽃은 더 쉽게 피었다. 쉽게 온 봄이 또 너무 쉽게 간 탓에 나는 집을 구하지 못했다. 아내의 유골단지는 이중 상자에 담긴 채 내 트럭의 짐칸 앞쪽 왼쪽 구석에 아직 단단히 묶여 있었다. 아내를 실은 대형 트럭을 승용차인 양 끌고 다니며 아무 때나, 아무 데나 세워놓고 술을 마시고 그 자리에서 퍼질러 잤다. 조동마을 입구이거나 양지뜸 언저리거나 남산마을 건너편이거나 죽리 모퉁이거나 중터 밑이거나 기촌마을 앞이거나. 내가 어디서 어떻게 자든 뭐라 할 사람이 없었다. 문제는 귀향하기 전에 없던 괴상한 술버릇이 생긴 것이었다.

괴상한 버릇의 시작은 뚜렷이 기억했다. 작년 십이월 초, 서울에서 내려온 지 일주일쯤 되었을 때였다. 연곡사에서 두 모퉁이 올라간 갓길에 차를 세워놓고 술을 마시는데 전화가 울렸다. 나한테 가끔 화물 배송을 주선하는 친구였다. 받으려는데 끊겼다. 차를 나가 이십 미터쯤 움직인 뒤 전화를 걸었더니 통화가 되었는데 몇 마디 나누다보니 또 끊겼다. 그런 식으로 몇 차례 반복하다 화가 나서 이동통신사에 전화를 걸었다. 아무개 통신사의 상담원 배꽃잎입니다, 하는 말이 나왔다. 이름이 배꽃잎이라니, 웃기네! 뇌까리다가 감전된 듯 찌릿했다. 아내 이름이 이화梨花, 배꽃이라는 사실이 떠올랐던 것이다. 그날은 분명히 통신장애를 신고하는 것으로 끝났다. 그 다음 주에 또 통신장애가 생겼을 때 배꽃잎 상담원을 찾았더니 다른 전화를 받고 있다고 했다. 배꽃잎이 다른 전화를 끝낼 때까지 기다렸다가 통화를 했다. 그때는 통화를 끝내고 술을 마셨다.

세 번째부터가 문제였다. 일주일에 한두 번 꼴로 트럭에서 자다 일어나보면 뭔지 아찔했다. 나 모르는 사이에 아내의 유골단지가 없어졌을 것 같았다. 황급히 운전석을 나가보면 아내의 유골단지는 그대로였다. 운전석으로 돌아와 전화기를 열어보면 일은 거기 나 있었다. 010으로 시작하는 보통 전화번호가 아니라 101로 시작하는 이동통신사 서비스센터 번호가 여러 통 찍혀 있게 마련이었다. 그 중 한두 통의 통화기록은 이삼십 분씩이나 될 때도 있었다. 통신사 콜센터의 배꽃잎한테 건 전화가 분명했다. 대체 내가 무슨 말을 하기 위해 기어이 배꽃잎을 연결하라고 매번 억지 부리는지 알 수 없었다. 배꽃잎과 연결된 뒤 무슨 말을 하는지도 몰랐다. 그 부분에 관한 한 언제나 먹통이었다.

오늘 낮에도 또 무슨 짓을 한 모양이다. 빗발이 차창에 형체 불분명한 물방울 그림을 그리고 있다. 연곡사 위쪽, 계곡의 피서객들에게 대피령을 내리는 스피커가 아홉 개의 입을 벌린 채 잠잠히, 피밭골 방향으로 주차한 채 앉아 있는 나를 내려다보고 있다. 한반도에 전쟁이 일어날 때마다 피아골의 계곡물이 온통 피로 물들었다던가. 그 바람에 원래 곡식에서 비롯되었다는 명칭 피아골이 사람 피와 관계된 듯 왜곡되어 비치고 있다고도 했다. 이름값을 하려는지 이 계곡에서는 요즘도 한 해 두어 명은 꼭 죽어나갔다. 일기예보에서 비 소식을 알리면, 계곡마다 설치된 스피커에서 대피하라는 방송이 온 산을 뒤흔들지만 죽을 사람은 피하지 않는다. 설마 나한테 무슨 일이 생기랴 하는 것이다. 조금 전에도 철 이른 피서객들한테 계곡에서 철수하라고 방송을 한 것 같다. 아니 대피령은 비가 내리기 전에 발령되므로 한참 전일 수도 있다. 잠들기 전의 상황이 떠오르지 않는다. 전화기에는 예의 통신사 번호가 찍혔고, 통화가 27분 31초라고 기록되어 있다. 그리고 낯선 번호로부터의 문자 메시지가 와 있다.

홍선용, 개자식아. 더런 쌍놈새끼야. 나, 너 때문에 오늘로 죽는다. 너는, 보지들에 빠져 백 년쯤 살면서, 딱 너 같은 새끼, 하나 낳아라. 그리고 죽어서도 내 앞에는 나타나지 마, 추잡한 나쁜 새끼야.

여섯 개의 쉼표와 다섯 개의 마침표 사이에 끼어 있는 욕설이 살벌하다. 배꽃잎인 것 같다. 내가 기억하는 한 언제나 네, 홍선용 고객님, 불편을 드려 죄송합니다,라고 하던 통신사 상담직원. 대체 내가 무슨 짓을 했기에 그 고운 목소리로 이렇게 호된 욕을 할 만큼 독이 올랐을까. 아니 그보다 오늘로 죽는다는 게 무슨 말일까. 설마 자살한다는 뜻은 아닐 것이다. 고객 상담 센터 직원이 고객한테서 좋잖은 말 좀 듣는다고 죽기까지 할 리는 없지 않은가. 한 시간 전쯤에 메시지가 수신된 번호로 전화를 해본다. 전화번호를 바꾸면 대개 바뀐 번호로 연결되게 마련인데 없는 번호라고 나온다. 다시 걸어 봐도 마찬가지다. 배꽃잎은 나를 향해 욕설 한 번 퍼붓고 나서 제 전화번호를 버린 것이다. 그냥 분풀이를 한 것일 뿐 정말 죽지는 않을 터이다. 8년 전쯤의 내가 월급쟁이 노릇이 더러워 회사를 때려치운 것처럼 배꽃잎도 나를 상대하기 더러워 회사를 그만뒀을 수는 있겠다. 콜센터에 전화를 걸어봐야 확인시켜 주지는 않을 것이다. 전화 걸어볼 용기가 없거니와 배꽃잎이 사라진 걸 확인하고 싶지도 않다.

지난 반 년 동안 밥 대신 먹고 산 술을 끊어야 할 때인지도 모른다. 통신회사를 바꿔 전화기를 교체하거나 아예 없애는 게 나을 수도 있다. 사실 전화기가 꼭 필요한 것도 아니다. 근래에는 스팸 전화를 제외하고는 일주일에 한두 통이 고작이다. 오히려 세상에 없는 아내의 전화기가 더 자주 울렸다. 통신료만 지불되면 본인이 세상에 있든 없든 계속 울릴 아내의 전화기를 나는 아직 폐쇄하지 못했다. 아내의 유골단지를 처리하지 못한 것과 같은 이유였다. 또 아내의 전화기 속 내용을 살펴보지 못한 까닭도 있었다. 아내의 컴퓨터도 열어보지 못했다. 나는 아내의 바깥남자한테 일억을 받는 순간 아내에 대해 알아볼 권리가 사라졌다. 그때, 피아골로 오기 전에 아내를 처리했어야 하는 것이다.

— 그만하자, 진짜.

누구에겐지 중얼거리고 아내의 유골단지를 꺼내 안고 계곡으로 향하는 가파른 숲으로 내려선다. 갈참나무 그늘 아래 얼크러진 산딸기나무 가시들이 사정없이 발목을 휘감는다. 빗발은 점점 더 드세진다. 비로소 술이 깬다. 계곡의 물살은 아직 거세지 않다. 피서객이 모여드는 지점이 아니라서 근방에는 사람이 없다. 유골단지 안에는 연회색 뼛가루가 팔 할 정도 차 있다. 텔레비전 드라마 같은 데서 유골 뿌리는 장면을 보면 대개 눈물 흘리며 한 줌씩 집어내어 물에다 띄우는 것 같았다. 현실의 나는 아내의 유골을 맨손으로 만지고 싶지 않다. 언제 물살이 몰려올지 모른다. 계곡의 물살은 삽시간에 우레처럼 닥치게 마련, 한가하게 뼛가루를 흘리고 있을 때도 아니다.

— 잘 가라, 최이화. 내가 죽어도 내 앞에는 나타나지 말고.

아내의 유골단지를 통째로 큰 바위들 사이 여울물에다 얹는다. 금세 탁해진 물이 두 바위 사이에서 소용돌이치며 흘러내려간다. 붙들고 있던 유골단지에서 손을 떼자 단지가 쿨렁, 여울을 넘어간다. 아래쪽의 소沼가 잔뜩 흐려진다. 흐려진 물이 물결 방향으로 가지런해지는 걸 보고 있는데 어디선가 지진이 이는 듯한 소리가 난다. 계곡의 물살이 몰려 닥치고 있는 것이다. 슬픔도 모른 채 지니고 있던 아내의 유골을 길게 조상하고 있을 틈이 없었다. 두 계절에 이르는 동안 시달렸던 긴 악몽을 팽개치듯 계곡에서 벗어난다. 숲으로 올라선 순간 계곡 위쪽에서 몰아쳐 온 물살이 내가 서 있던 바위들에 부딪쳐 물보라를 일으킨다. 아내의 유골가루로 탁해져 있던 물이 아우성을 치듯 뒤섞이며 떠밀려 나간다. 유골단지는 가라앉았는지 휩쓸려 내려갔는지 보이지 않는다. 아내는 곧 섬진강에 닿을 테고 바다로 퍼져나갈 테지만 아내에 관한 한 이번에도 내가 한 일은 없는 것 같다. 그저 비만 맞았을 뿐.

4.

오늘 아버지는 대낮인데도 묶여 있다. 병원을 벗어나려다 붙들려 결박되었다고 했다. 아버지는 당신 하의에 손을 넣어 기저귀를 확인하는 나를 노려볼 뿐 말은 하지 않는다. 아버지는 스스로 움직일 때면 대소변을 가린다고 했다. 묶어 놓으면 마구 지리는 모양이었다. 병원을 나가 행려병자로 떠돌다가 객사케 할 것인가, 똥오줌도 못 가리는 상태로 묶어놓을 것인가. 그 문제에서 일곱 자매의 의견은 엇갈렸다. 결정은 큰언니 배우리가 했다. 아버지 행방을 찾느라 날 새우며 살 수는 없다고. 큰언니의 결정에 모두 수긍했다.

— 아부지, 또 집에 가려고 하셨어요?

아버지의 눈빛은 흐린 채로 맹렬하다. 적의 같다. 자기 삶의 모든 불운이 바리데기 때문인 양 미워하던 그 시선. 누군지 기억하지 못하면서도 적의를 품을 수 있는 걸까. 혹시 아버지는 지금 눈앞의 바리데기를 기억하는 게 아닐까. 노려보기도 힘이 드는지 아버지가 스르르 눈을 감는다. 동시에 아버지의 움직임이 고요해진다. 잠든 체 할 수는 없을 테니 진짜 잠이 들었을 것이다.

— 아이, 막둥아.

교장 선생님으로 퇴직해서 병원에서도 오 교장으로 불리는 노인이다. 정년퇴직 직후 부인과 사별했던 그는 홀로 살다가 뇌졸중으로 쓰러져 반신불수가 된 뒤 이 병원으로 왔다고 했다. 아버지와 한 병실에 있는 노인들 중 유일하게 온 정신인 이가 오교장인 것 같았다.

— 예, 교장 선생님.

— 바리가 누구냐? 바리데기의 그 바리인 거 같은데?

오 교장은 뇌졸중으로 넘어진 뒤 재활훈련을 열심히 하고 있는데 말투가 아직 어눌했다. 못 알아들을 정도는 아니다.

— 제가 일곱 중에 막둥이라 집에서는 그렇게 불립니다. 왜 그러세요?

— 네 아부님이 한사코 집에 가고 싶은 이유가 뭔가 했드니, 바리 때문인 성싶다. 바리를 헛간에다 버려뒀다고, 버려둔 지 이틀이나 됐다고, 당장 가지 않으면 바리가 죽을 것이라고, 걱정이 되어갖고, 자꾸만 집으로 가시고 싶은 모양이야. 어짜냐. 그 바리가 막둥이 아니냐고, 예쁘게 잘 커서 시집갈 나이가 됐잖냐고, 암만 말해 줘봐야 알아듣지 못하시니.

나 태어났을 때 꽃잎이라는 이름을 붙이고 난 아버지는 일곱째마저 보지를 낳은 울분을 주체하지 못해 핏덩이를 가져다 헛간에다 내놨다. 물론 죽어버리라고 내다놓은 것이었고 온 식구가 동의한 셈이었다. 나는 이틀이 지나도 죽지 않았고, 시시로 울다가 자다가 그랬다. 사흘째 되는 새벽에 엄마가 미약해진 내 울음소리에 마지못해 헛간으로 나갔고 젖을 물렸다. 덕분에 나는 간신히 살아나긴 했다. 새끼를 하나도 낳아보지 못한 나는 갓 난 새끼를 이틀이나 죽으라고 내버려 둘 수 있는 엄마아버지의 그 울분과 미안함을 이해하지 못한다. 이해하고 싶지도 않다.

— 우리 아버지가 그런 말씀을 왜 하셨을까요? 삼십 년 넘게 지나서 새삼스럽게?

— 왜기는. 그 일이 내내 마음에 맺혀 계셨기 때문이지. 사지가 멀쩡하신 편이니, 형편만 된다면 집에서 마당이나 거닐며 살다 가시면 좋을 텐데. 그렇게는 못해도 막둥아. 네가 네 형들하고 의논해서 아부님을 한 번 집에 모시고 다녀오는 게 어떻겠냐. 헛간의 바리가 죽지

않고 잘 커서 네가 되었다고 보여드리면, 집에 가시겠다고 나서다 묶이는 일도 없어질지 모르지 않냐. 아무리 병자라고 대낮부터 묶어놓는 게 짠해서 말이다. 오지랖 넓은 늙은이 말일지라도 생각해 봐라.

당신 몸도 못 추스르면서 오지랖이 지리산을 덮을 만하다. 집에다 데려다 놓으면 우리는 아버지를 찾아 온 지리산을 헤매야 할지도 몰랐다. 언니들뿐만 아니라 나도 아버지를 집으로 데려가기 위해 모험을 하고 싶지 않았다. 옛날 이야기 속의 바리데기는 죽은 아비도 되살린 효녀라지만 나는 효녀 흉내 같은 것에 관심 없었다.

— 언니들하고 의논해 보겠습니다. 내일 다시 올게요.

— 담 주가 아니라 내일 오냐?

— 예, 낼 이 근방에 일이 있어서요. 안녕히 계세요.

지금까지는 내가 시골집으로 들어와 살리라는 궁리 같은 걸 해보지 않았다. 배꽃잎을 버리고 새 이름으로 모든 서류를 바꾸고 회사에 바뀐 이름을 알리려다 생각이 달라졌다. 홍선용 같은 놈들한테 새 이름을 뇌까리며 살고 싶지 않았다. 자그만 가게 하나 낼 만한 돈을 모을 때까지 견디기로 했는데 그러기도 싫었다. 홍선용 같은 주정뱅이는 물론 이동통신사 콜센터를 114나 119라고 여기는 인간들부터, 음담패설을 주고받는 전화라고 여기거나 가정상담소 전화라고 생각하는 인간들까지. 배꽃잎이 배소윤이 되어도 콜센터에서 일하는 한 달라질 게 없었다. 콜센터를 그만두고 홍선용한테 욕설 문자를 보낸 뒤 번호를 해지하고 집으로 들어가 전화기를 망치로 두들겨버렸다. 새 이름으로 전화기를 구입하고 유일하게 전화번호를 외고 있던 큰언니한테만 새 번호를 알려주었다. 그러면서 개명한 사실을 말했더니 큰 언니는 쓰다달다 없이 알았다, 한마디만 했다. 계약기간이 남았음에도 방을 내놓겠다고 했더니 전셋집을 사글세로 바꾸어 내놓고 싶어 하던 집주인이 환호했다. 나는 열흘 안에 집을 비워야 하는데 아직 방을 구하지 못했다. 전세보증금으로 가게 자리를 얻어 보려 갖은 애를 써봤지만 시간만 자꾸 흘렀다. 일단 시골집에다 짐을 옮겨놓고 궁리를 더 해볼 작정으로 왔다.

— 계십니까?

사들고 온 캔 맥주를 야금야금 마시며 청소를 어떻게 할 것인가 궁리하고 있는데 열어놓은 대문 어름에서 소리가 났다. 나는 십 년 묵은 중고차를 산 지 일 년쯤 되었다. 끌고는 다니지만 우리 집은 차가 들어올 수 없으므로 아예 마을 아래 주차장에다 세워놓고 올라왔다. 그런데도 집에 사람 든 걸 알아챈 사람이 솔바람산장의 박 씨 아저씨일 거라 예상했더니 낯선 얼굴이다. 마흔 살쯤이나 됐을까. 등산객 차림은 아니다.

— 어떻게 오셨어요?

— 저는 저 아래 평도 사는데요. 솔바람산장의 박 씨 형님하고 잘 압니다. 이 댁 따님이십니까? 바리 씨?

경상도와 전라도 말이 뒤섞인 피아골 사람들과 달리 서울 말씨를 쓴다. 피아골 태생이기는 해도 여기서 살지는 않는 게 틀림없다. 언제부턴가 피아골사람들은 젊고 늙고 상관없이, 장사를 하건 하지 않건 남자는 남자들끼리, 여자는 여자들끼리 비슷해 보였다. 산골사람의 촌스러움과 장사치의 영악함이 뒤섞여 한 동아리로 보였다.

— 예에, 그런데요.

— 집이 고와서요. 몇 번이나 집 둘레를 돌아보다 오늘은 마침 대문이 열렸기에 들어와 봤습니다. 아버님이 병원에 계신다고 들었는데, 좀 어떠세요?

— 그럭저럭 하세요. 그런데, 솔바람 아저씨한테 우리 집, 팔지 않는다고 듣지 않으셨어요?

— 그 형님은 자기가 이 댁 따님들한테 오빠 같은 사람이라고 하더니, 바리 씨는 아저씨라 부르시네요?

나름 농담인지 혼자 웃는다. 솔바람산장의 박 씨는 큰언니 동창이었다. 큰언니는 나하고 십오 년 터울이 졌고 여섯째 언니 배추 씨는 나보다 다섯 살이 많았다. 작은언니들이 그를 오빠라고 부를 수도 있겠지만 나한테는 그냥 아랫집 아저씨였다. 게다가 나는 저를 오빠라고 불러주길 원하던 놈한테 데인 적이 있어 오빠라는 호칭이 질색이었다. 저랑 나랑 피가 섞여 오빠일 것인가. 제가 오빠노릇을 한 적이 있어 오빠일 것인가. 내 방으로 들어와 나한테 들러붙어 살고 싶어 하기에 그것만은 마다하면서 네 해 가까이 만났다. 백수로 나를 사귀다 취직한 놈이 다른 여자하고 결혼하려면서 나한테 한 말은 저를 남자로 존중해주지 않는다는 것이었다. 너는 나를 오빠라고 부를 줄도 모르잖아!

— 어쨌든, 우리 집 팔지 않아요. 제가 살 거거든요.

낯선 사람한테 선언하고 나니 내가 집으로 돌아오는 것이 기정 사실이 된다. 스무 살 때부터 서른두 살인 지금까지 혼자 살았다. 산골 집에서라고 혼자 못 살 까닭이 뭔가. 병원에서 나오면서 등산객들을 상대로 도시락 장사를 해보면 어떨까 하는 생각도 했다. 대학을 못 다닌 대신 배울 수 있는 건 뭐든지 배우면서 자격증을 취득해온 덕에 음식 관련 자격증만 네 개나 되었다. 혼자 살아도 먹기는 해야 할 테니 도시락을 만들어 팔고 팔리지 않으면 내가 먹으면 되지 않을까. 그도 저도 안 되어 정 먹고 살 일이 막막하면 아버지를 데려다 담보물처럼 잡아놓고 나보다는 효녀 흉내를 잘 내는 언니들한테 간병비를 받아도 될 것이다. 헛간에다 가둬놓든지, 돌배나무에다 묶어 놓든지.

— 바리 씨 집을 사러온 거 아니니까 경계치 마세요. 이 댁이 고즈넉해서 욕심내기는 했지만 지금은 중터 쪽에서 살 곳을 찾고 있어요. 거기 차밭 나온 게 있기에 이것저것 궁리하는 중입니다. 차밭머리에 자그만 토담집이나 하나 앉혀볼까 싶기도 하고요.

우리 집을 탐내 온 게 아니라니 도사렸던 마음이 풀쳐진다. 그도 피아골에 살게 될 모양이니 이런 기회에 안면을 터놓으면 돌아와 살 일이 아무래도 임의로울 것이다.

— 평도에 계속 사셨어요? 평도에 제 동창이 있는데, 연락 안 한 지가 오래 돼서 요즘은 어디서 사는지 모르겠네요. 어느 댁이세요?

— 저도 오래 밖에서 살다가 귀향한 지 얼마 안 됐습니다. 큰형님이 평도에서 홍가네산장이라고 식당 겸 민박집을 하고 있어요. 젊고 고운 분이 이제부터 여기서 사실 거라니, 피아골이 환해지겠어요. 반갑습니다.

— 그렇다면 또 뵐 수도 있겠네요. 저는 이 집의 막둥이 소윤이고 이 동네 나이 많은 분들은 저를 바리데기, 바리라고 불러요. 그쪽 분은요?

— 저는 홍가네 막둥이 홍선용입니다. 그만 가보라는 말씀이신 것 같으니 가겠습니다. 나중에 또 뵙죠, 소윤 씨. 그때는 차 한 잔이라도 얻어먹을 수 있기 바랍니다. 술은 끊었거든요.

흔연히 손을 들어 보인 홍선용이 얼어붙은 내 얼굴을 알아채지 못한 채 몸을 돌려 솔바람산장 쪽으로 난 계단을 내려간다. 좁은 계단이 심하게 구불거리게 놓여서 놈의 모습은 금세 나뭇가지 사이로 사라진다. 솔바람산장 앞쪽에서는 사람들 웅성거리는 소리가 났다. 노루목과 노고단 쪽에서 내려온 등산객들이 막걸리 등을 마시며 떠드는 소리다. 나는 다리가 떨려 대문간 내 방 앞 쪽마루에 걸터앉는다. 캔맥주를 마주 잡은 손이 달달 떨린다. 깡통이 찌그러질 정도로 움켜쥐고 마당을 노려본다. 마당에 개미가 줄지어 다니고 있다. 두 줄이다. 쪽마루 밑에 개미집이 있는가, 마루 쪽으로 오는 개미들의 입에는 뭔가가 물려 있다. 홍선용을 죽이고 말겠다고 수없이 이를 갈았지만 누군가를 죽이고 싶다고 정말 죽이는 사람이 몇이나 되랴. 나는 그 몇 중에 낄 수 없는 족속이므로 꽃잎이라는 이름을 대신 죽이는 것으로 홍선용을 잊기로 했다. 그리고 콜센터를 그만둔 지 한 달이 지났다. 뭔가를 잊기로 작정한다고 대번에 되는 건 아니었다. 간밤 꿈에도 내 몸은 배꽃잎처럼 생긴 보지가 되었다. 꽃잎들이 뜯기고 꽃술들이 짓이겨지면서 몸이 뭉개지는 가위눌림이 너무나 생생해 진땀 흘리며 깼다. 그랬는데 하필이면 오늘 놈이 내 눈 앞에 나타났다.

움직임과 정지
사이의 기승전결

움직임과 정지 사이의 기승전결

1.

여보, 세면대 밑에 버섯이 피었어요.

화장실에 들어갔던 조曹가 상기된 얼굴로 나와 말했다. 하룻밤 새 버섯이 피다니 말이 되는가. 박朴은 별 농담을 다 한다고 코웃음쳤다. 정말이에요. 버섯이 사람 귀처럼 생겼어요. 귀엽다니까요. 그렇게 종알거리는 조는 알몸이었다. 긴 머리를 수건으로 감고 있어 드러난 귀가 귀여웠다. 박은 조를 다시 침대에 눕히고 귓불을 물까 하다 그네가 흘기는 바람에 화장실로 들어섰다. 과연 세면대 하부와 바닥 이음새 한 곳에 버섯이 세 닢이나 피어 있었다. 두부색과 팥죽색이 곡선 단층으로 형성된 버섯들은 귀엽기는커녕 시신에서 떨어져 나온 귀인 양 음침하고도 기괴했다.

소름을 떨치며 나온 박은 가정부 안 씨를 불러 화장실 청결에 대해 나무랐다. 그로부터 며칠 뒤 버섯이 다시 생겼다. 한 달 후쯤 조가 세 번째 버섯이 피었다고 했을 때 박은 화장실에 들어가 보는 대신 안 씨에게 먼지 한 톨 남김없이 싹싹 긁어내고 새로 만들라고 명령했다. 며칠에 걸쳐 화장실이 새로 만들어졌으나 박은 더 이상 안방 화장실에 들어가고 싶지 않아 다른 화장실을 사용했다. 새 화장실이 어떻게 바뀌었는지도 세세히 몰랐으므로 지금 눈앞에서 마주하고 있는 새 화장실에 다닥다닥 피어난 버섯들이 꿈인지 회상인지 애매하다. 버섯들은 세면대 밑은 물론 세면대 안과 수도꼭지, 거울이며 수납장과 욕조 등에 두루 퍼져 있다. 귀무덤을 헤집어 널어놓은 것 같았다. 소름이 끼치기는 해도 버섯이 워낙 많이 피어 있으니 무섭지는 않다. 더구나 내내 느껴지던 차의 진동이 느려지고 조의 목소리가 들리는 걸 보면 꿈결이지 않은가.

"화장실 안 가시냐고요! 저는 소변 보고 커피 한 잔 마셔야겠어요."

운전석에서 조가 하는 말에 뒷자리에서 졸던 박은 또 화장실 타령인가 한다. 혼자 다녀오라고 고갯짓 하고 다시 꿈 속으로 미끄러져 들어간다. 조가 나가는지 찬 기운이 느껴지다 스러진다. 이어 들어간 꿈에는 안방 화장실의 버섯대신 어린 날의 팥죽이 나타났다. 동짓날 점심상에 팥죽이 올랐다. 상 주변에는 일곱 살의 그와 부엌어멈뿐이었다. 어멈이 숟가락에 뜬 팥죽을 후후 불어 그에게 내밀었다. 숟가락이 몹시 뜨거웠다. 비명과 함께 푸, 팥죽을 내뱉었다. 그가 내뱉은 팥죽은 어멈의 저고리 앞섶으로 날아가 엉겨 붙었다. 어멈의 고개는 아버지의 의원이 있던 바깥채 쪽으로 향해 있는 것 같았다. 바깥으로부터 소란스러운 기척이 들렸다. 박이 기억하는 건 입안으로 들어왔던 한 숟가락의 뜨거움과 어멈의 저고리 앞섶에 붙어 있던 팥 국물의 불길한 색깔뿐이었다. 그날 아버지의 의원에서 불이 났고 그 불로 어머니가 사망했다. 그 후 몇 해 간의 기억이 팥죽색깔처럼 희불그레했다. 진탕에 잠겼던 것처럼 생각나는 게 없는데 이후 팥죽은 물론 팥으로 만들어진 음식은 무엇이건 먹고 싶지 않았다.

잠이 깨는 게 아니라 뭔가에 밀려나가는 것 같다. 서늘한 느낌에 박은 퍼뜩 눈을 뜬다. 차 안에는 그 혼자뿐이다. 차 열쇠가 꽂힌 상태로 시동이 걸린 채이고 계기판의 불빛들은 두런두런 살아 있다. 블랙박스 화면이 음험하게 어둡다. 디지털시계는 03시 01분이라고 깜박거린다. 비로소 차창 밖을 내다본다. 안개가 꽉 찼다. 저만치서 어룽거리는 불빛이 휴게소 건물 같다. 조가 화장실에 간다고 한 게 몇 분 전인가. 전화를 걸어보니 전원이 꺼져 있다는 안내가 나온다. 지난 초저녁에 남원의 모텔에 들어가면서 조가 제 전화기의 배터리가 닳았다고 했던 게 생각났다. 충전을 하라고 하자 그네가 전화 걸어올 사람도 없는데 뭘요, 했다.

부부는 박의 학회 세미나차 통영으로 가는 참이었다. 세미나를 빙자한 동년배 의사들의 휴가 모임이었다. 경치 좋은 곳을 정해 일 년에 한 번 만나는지라 박은 조와 결혼한 뒤로 그네를 모임에 대동했다. 이번이 세 번째 동반이었다. 부부가 원거리 여행을 할 때면 운전기사 대신 조가 운전했다. 운전기사가 있으면 아무 때나 아무 데서나 섹스를 벌이기에 아무래도 불편한 탓이었다. 이미 통영 바닷가의 호텔에 묵고 있어야 할 새벽에 고속국도를 달리고 있는 까닭도 같았다. 어제 석양 참 88올림픽 고속국도에 올라 남원 근방에 이르렀을 때, 집에서 한 바탕 치르고 출발했음에도 또 조의 몸을 안고 싶었다. 하루에도 몇 번씩 발기하는 그것을 달래야 했다. 운전하는 조에게 남원으로 들어가자 했고 남원 외곽에서 모텔을 발견했다. 몇 시간의 색정놀음 끝에 조가 모텔에서 그냥 자고 이른 아침에 출발하자 했다. 박은 아침을 중소도시 외곽의 모텔이 아니라 바다가 내려다보이는 호텔 방에서 맞고 싶었다. 기어이 어둠 속으로 나섰을 때 바람이 너무 차긴 했다. 2월 두 번째 주말. 봄이라기엔 아직 일렀던 것이다.

시동을 그대로 둔 채 전화기를 들고 차를 나온다. 차가 휴게소 건물 가까이 주차한 상태임에도 건물이 흐릿해 보인다. 건물 앞에서 광장을 훑어보니 방금 나온 조의 차도 아스라하다. 당연히 광장에 어떤 차가 몇 대나 주차되어 있는지 알 수 없다. 일생 겪어보지 못한 지독한 안개다. 여자 화장실 칸칸을 다 열어보고 남자 화장실까지 뒤져보고 나오자 휴게소를 점령한 검은 안개가 몸 속으로 뭉게뭉게 스며든다. 안방 화장실에서 사람 귀 닮은 버섯을 보았을 때처럼 뭔가, 치명적으로 잘못된 듯하다. 박은 다시 편의점이며 휴게소 건물 안팎을 뒤졌다. 여보, 조여영 씨! 여영아! 소리쳐 불러보고 안개 속을 오가는 몇 사람에게는 조를 보았느냐고 물어보기도 했다. 검정 사파이어 장식이 반짝이는 은색 재킷에 검정색의 긴 치마를 나풀거리며 BMW 엑스파이브의 운전석에서 내린 삼십대 후반의 여자. 조를 보았다는 사람은 없고 밤중에 늙은이가 웬 소란인가 하며 쳐다보는 사람은 있다. 전화를 해보시죠, 누군가 소리친다.

납치된 게 틀림없었다. 그렇지 않다면 이런 황당한 상황이 돌발할 수 없었다.

박은 덜덜 떨리는 심신을 달래며 차로 돌아왔다. 경찰에 신고하려 112를 누르려다 숨을 다스린다. 납치해 갔다면 전화를 걸어올 터. 기다려봐야 할 것 같다. 납치범의 목적은 보나마나 돈일 것이니 그것 먼저 준비하는 게 순서였다. 얼마를 달라 할지 모르지만 대비는 하고 있어야 하는 것이다. 병원 총무부장으로 있는 조의 오빠한테 전화를 걸었다. 누이동생 덕에 이태 전부터 총무부장에 앉은 놈이었다. 명색이 오라비라고 누이가 납치된 것 같다는 말에 놀라 펄쩍 뛴다. 박의 가슴도 심하게 뛰는 중이다. 처남과의 통화를 끝내고 최 기사에게 전화를 걸었다. 역시나 놀라 허둥거리는 놈에게 박은 당장 88올림픽 고속국로 하행선의 지리산휴게소로 오라고 명령했다. 전화를 접는데 손이 보인다. 내과 전문이라 희고 긴 손가락들은 옹이는커녕 굳은살 하나 없이 부드럽다. 외양은 양순해 보일망정 원하는 걸 놓쳐본 적이 없는 손이다. 그런데 지금 쥐고 있던 걸 놓쳤다. 아니 빼앗겼다.

조는 두 번의 이혼과 십수 번의 실직 끝에 청소용역업체에 취직해 박의 병원에 출근했다. 첫 출근한 날 조는 선참을 통해 병원장인 박이 상처한 지 석 달쯤 되었다는 것을 알게 됐다. 조는 일당벌이에 넌더리가 난 참이었다. 그나마 일자리를 찾기 위해 전전하는 것도 지긋지긋했다. 어느 일자리에서든 묵묵히 일만 해도 업주나 관리자가 조의 몸을 탐하며 접근해왔다. 물리치면 그들에게서 내쫓겼고 물리치지 않으면 그들의 아내들에게 곤욕을 치르고 결국은 직장에서 쫓겨났다. 조는 병원장 박이 몇 살이든 독신이라는 말에 흑심을 가졌다. 며칠 뒤 1인 병실을 청소하다 회진차 들른 박과 마주쳤다. 꽤 신산하게 살아왔을 것임에도 조에게서는 귀티가 났고 눈빛이 밝았다. 제 속에 발광체를 지닌 여자였다. 조가 눈웃음을 지어 보였을 때 박은 대번에 그녀의 의도를 읽었다. 그 눈빛은 같은 성향의 상대를 감지한 설렘이자 동족임을 알리는 뚜렷한 신호였고 저를 알아봐달라는 호소였다.

그날 진료가 끝난 뒤 조를 원장실 안쪽의 방으로 이끌었다. 그때 박은 조가 네댓 차례의 격렬한 오르가즘을 느끼는 것에 사뭇 감동했다. 여자들이 흔히 쓴다는 속임수가 아니었다. 박이 섹스에 열정적이듯 조도 그런 여자였다. 그럼에도 그 동안 만난 사내들이 조에게 오르가즘을 느끼게 해주지 못했던 것이다. 아직 젊은 여자가 자신으로 하여 환희의 신음과 더불어 눈물 흘릴 때 박의 몸도 환희로 떨렸다. 이튿날 조를 원장 보좌실에 앉혔다. 일주일 뒤 쯤 결혼을 생각했다. 박의 삶에 편승해 안주하고 싶다는 속내를 말할 만큼 솔직한 조가 마음에 들었거니와 매번의 섹스 때마다 감격하리 만치 둘의 몸이 잘 맞았던 것이다. 조는 박의 보좌에도 탁월했다. 청소용역업체 직원이 아니라 원장 보좌로서의 조는 박의 휘하 사람들을 삽시간에 아우르는 아우라가 있었다. 사방으로 퍼져 있던 박의 일상이 간결해지면서 동선이 짧아졌다. 결혼 직전 박이 조에게 물은 건 단 한 가지였다. 나한테만 충실할 수 있는가? 조는 기꺼이 약속했다. 만난 지 석 달 만에 결혼했다. 조는 병원 일을 계속하고 싶어 하지 않았다. 내조하면서 제 시간을 갖고 싶다고 했다. 그 점도 예뻤다.

아침이면 춘천호수가 내다보이는 별관 운동실에서 함께 운동하고 저녁이면 같은 서재에서 다른 책을 읽었다. 피치 못할 일이 생기면 조를 동반했다. 박은 원래 담배를 피우지 않았고 술은 반주로 와인 한두 잔씩만 했다. 섹스는 하루 몇 번이고 했다. 아무 것에도 방해받지 않고 몇 시간이 계속 되는 섹스. 조는 그게 가능한 여자였다. 박은 일주일에 이틀씩 세 병원으로 출근하는데 조와 함께 출근하고 퇴근했다. 점심도 조가 도시락을 병원으로 날라 와 함께 먹었다. 조가 도시락을 풀기 전에 박은 그네의 치맛자락을 먼저 걷게 했다.

당신은 나이를 먹지 않는 사람이네요!

조가 헐떡이며 감탄사를 터트릴 때마다 박은 점점 젊어지는 자신을 느꼈다. 철철이 동반하여 외국여행을 다니게 된 것도 조가 들어와 누린 호사였다. 겪을수록 조는 솔직하고 맑은 여자였다. 무엇이건 빨리 배웠다. 자신이 처한 상황에서 나름 최선을 다하거니와 자신을 다른 사람과 비교, 평가하며 스스로를 낮추거나 우쭐대는 우둔함이 없었다. 그 결과로 박에게 이르렀고 박의 모든 것을 가졌다. 그렇게 3년이 가까웠다. 떠돌지 않아도 되는 안락함과 수시로 취할 수 있는 몸. 각자 뚜렷한 목적으로 결합한 부부였으므로 상대의 목적을 온전히 채워주면서 각기의 일상을 살았다. 조가 스스로 사라질 이유나 내외 간의 균열 같은 건 없었다. 박이 아는 한 그랬다.

안개가 걷히면서 여명이 텄다. 아침은 잿빛이다.

휴게소 안으로 차량이 셀 수도 없이 들어왔다가 나갔다. 그리 큰 휴게소가 아니다. 산으로 에워싸여 있는 것이나 엘피지, 엘엔지 등의 주유소가 있는 것도 여느 휴게소와 비슷하다. 오른쪽 언덕에 새가 나는 모양의 거대한 탑이 보인다. 하릴없이 올라보니 88올림픽 고속국도 개통 기념탑이다. 영호남의 화합을 기념하여 전 시대의 한 대통령이 세우게 한 탑이라 한다. 길이 뚫리면 화합이 가능한가? 길을 잃으면? 중얼거리며 탑 주위를 한바탕 돌아본다. 조가 있을 리 없었다. 조에게서는 물론 몸값을 요구하는 납치범의 전화 따위도 오지 않았다. 박은 탑 앞에서 통행이 활발해진 휴게소 광장을 내려다보며 중얼거렸다.

"그러니까 스스로 떠났다 이건가. 왜?"

자문하노라니 조가 스스로를 실종시켰다는 사실이 분명해졌다. 그걸 인정하기까지는 시간이 더 필요했다. 차로 돌아와 문을 열려는데 운전석 사이드밀러가 안쪽으로 접혀 있다. 누가 지나다가 부딪힌 것 같다. 그걸 펴던 박은 거울 표면에 글귀가 쓰인 걸 발견했다. Objects in mirror are closer than thay appear. 사물이 거울에 보이는 것보다 가까이 있다는 말인데, 옳은 소리다. 운전을 해본 적이 없는 박은 차량의 사이드밀러에 글귀가 씐 걸 평생 몰랐다. 뒷자리에 앉은 박은 날이 완전히 밝을 때까지 꼼짝도 하지 않고 왜? 라는 질문을 자신에게 던졌다. 사물이 보이는 것보다 가까이 있다는 문구의 뜻도 생각했다. 조가 떠난 이유가 가까이 있을 텐데 백방으로 따져 봐도 그걸 알 수 없었다. 이해할 수 없기 때문이다. 날이 완전히 밝아, 최 기사와 총무부장이 도착했다. 박은 얼굴을 쓸어내고는 경찰에 조의 실종을 신고하는 전화를 걸었다. 그리고 아내가 납치된 것 같다고 덧붙였다.

***

조가 사라진 것으로 추정되는 새벽 두 시에서 세 시 사이, 휴게소 안팎의 모든 폐쇄회로 카메라는 안개만 기록하고 있었다. 어떤 차들이 몇 대나 들어왔다 나갔는지 전혀 파악되지 않았다. 88올림픽 고속국도는 전라남도 무안에서 대구광역시의 달성까지 뻗은 길이라 양방향을 상하행선으로 구분하지 않고 광주 방향, 대구 방향으로 부른다고 했다. 조는 대구 방향 지리산휴게소에서 사라진 것이었다. 휴게소 2킬로 전방에서 직진하는 함양 방향과 우회전하는 지리산인터체인지로 길이 갈라졌다. 지리산인터체인지의 폐쇄회로 카메라는 그 한 시간 동안에 트럭 5대와 승용차 13대가 빠져나간 것을 기록하고 있었다. 18대의 차량에 조와 같은 여자는 없었다. 함양으로 직진한 차들은 십여 분을 달려 함양인터체인지에 닿는데 그 시간에 그곳을 빠져나간 차는 모두 139대였다. 함양인터체인지를 지나면 함양분기점이었다. 거기서는 도로가 크게 세 방향으로 나눠졌다. 그곳은 지나는 차량을 기록하지 않는 장소이므로 어떤 차들이 어떤 방향으로 얼마나 지나갔는지 몰랐다.

지난 1년 간 조와 통화를 한 사람은 그네 친정의 작은언니와 남동생, 남편인 박과 가정부 안 씨뿐인 것으로 나타났다. 작은언니와의 최근 통화는 넉 달 전이었고 남동생과는 달포 전에 통화했다. 한 집에 사는 박과 안 씨는 조에게 하루 네댓 차례씩 전화를 걸었다. 조의 통화 내역이 너무 단조롭거니와 날마다 얼굴 대고 사는 박과 안 씨가 하루 네댓 번씩 전화 건 사실을 경찰은 이상하게 여겼다. 수사 방향을 박과 박의 가정사 쪽으로 틀었다. 부부의 나이 차이가 29년이나 된다는 사실에도 주목해 자진 가출이 아니냐며 희번덕거렸다. 조가 박의 네 번째 아내이며 전처들이 모두 병사했다는 내용도 아울러 까발려졌다. 전처들이 거듭하여 병사한 박의 불운을 경찰들은 색안경을 끼고 샅샅이 파헤칠 태세였다.

박은 아내가 자진 가출한 것 같다고 조에 대한 실종신고를 철회한 뒤 일단의 수사 자료를 입수했다.

강릉 태생인 조는 1974년 광복절 저녁에 태어났다. 그날 대통령 부인이 광복절 기념식장에서 총에 맞아 죽는 바람에 온 나라가 떠들썩했다. 조의 아버지는 배 다섯 척을 가진 선주였다. 조는 그 집의 셋째 딸이었다. 오빠와 언니 둘에, 남동생이 있었다. 조의 어린 날 어머니가 점쟁이한테 셋째 딸의 사주를 보인 적이 있는데 왕비 사주를 타고 났다고 했던가 보았다. 어머니는 왕비 사주를 지니고 태어난 조에게 몹시 공을 들였다. 조가 여고 입학한 초봄에 아버지가 바다에서 사라졌다. 배가 침몰한 게 아니라 아버지만 사라진 것이었다. 아버지가 지고 있던 빚이 배 다섯 척으로 모자랄 만큼 많았다. 남매들이 살며 학교를 다니던 서울 집을 팔고도 빚을 다 못 갚았다. 어머니는 강릉 집도 처분했다. 조의 대학 진학은 꿈도 못 꿀 처지가 됐다. 조는 여고 졸업과 동시에 결혼했으므로 뭘 하며 살지는 궁리하지 않아도 되었다. 그때는 그렇게 생각했다. 왕비 사주를 타고났다는 어머니의 믿음을 조 또한 믿었으므로.

조의 왕비 사주를 박도 믿었다. 왕비처럼 살게 해주고 싶었다. 춘천호수를 정원처럼 거느린 박의 집에는 집사 격인 가정부 안 씨와 김 씨가 있고 파출부 한 명이 날마다 드나들었다. 박은 조와 결혼하면서 안 씨에게 파출부 둘을 더 쓰게 했다. 결혼 초, 조는 그림 공부를 하고 싶다며 그림방을 차렸다. 조의 그림방은 만들어질 때와 거의 비슷했다. 노트북이 놓인 탁자와 오디오 세트. 그림 도구들. 이젤이며 물감들, 각종 펜과 스케치 용지들. 삼 년 남짓 함께 사는 동안 조가 그린 그림은 스케치북 한 권 정도로 그나마 결혼 초에 그린 것들이었다. 조가 세계 유명 화가들의 화첩 한 질을 구입한 것도 그 무렵이었다. 그림은 제대로 그리지 못했어도 120권으로 이루어진 화첩은 이따금 봤던지 고루 흔적이 느껴졌다. 마그리트 화집에 묻은 손때의 흔적은 더 짙었다. 마그리트가 초현실주의를 표방하며 현실의 일탈의 묘사한 화가라는 걸 박은 비로소 알게 되었다. 눈에 보이는 것들이 전부였다. 조가 숨겨 놓은 것은 전혀 없었다. 몇 장의 신용카드들과 박의 와이프라 쓰인 여권도 화장대 서랍에 담긴 채였다. 조는 아무 작정 없이, 불현듯이 몸만 나간 게 분명함에도 박의 눈에는 그네가 사라지기 위해 완벽하게 준비해온 것처럼 보였다.

박은 안 씨에게 조에 대해 처음으로 물었다. 조가 나를 출근시켜놓고 돌아온 아침 여덟 시 반경부터 점심을 가지고 병원으로 가는 열한 시 반 사이, 점심 지나 돌아온 한 시 반부터 나를 퇴근시키러 집을 나서는 다섯 시 반 사이에 뭘 하는 것 같더냐고. 안 씨가 근 몇 달 간의 조는 아무 것도 안 하더라 했다. 그저 창 앞에 앉아서 호수나 멍하니 바라보고 그림방에 들어가 잠이나 자는 것 같더라고. 희한한 건 꼭 맨바닥에서 누에처럼 웅크리고 낮잠을 자는 것이라 했다. 그 대답을 듣고 박은 안 씨에게, 무슨 일로 날마다 조에게 네댓 번씩 전화를 걸었는지 물었다. 안 씨가, 사모님이 보이지 않으면 걱정되어 찾아본 것이라 대답했다. 평생 박의 집안에서 살아온 안 씨나 박이 조를 찾아댄 이유가 같았다. 눈앞에 두기.

박은 흥신소를 직접 물색했다. 춘천 시내에도 그런 업체가 있지만 지역사회가 워낙 뻔했다. 박은 춘천 시가지와 관내인 서면과 서면에서 가까운 가평 등 세 곳에다 요양병원과 부속 요양원들을 벌여놓고 있었다. 다른 의사들보다 일찍 요양병원의 사업성을 깨친 덕이었고 그걸 깨치게 한 부친 덕이기도 했다. 내과의였던 부친은 비교적 이른 나이에 치매에 걸렸다. 박은 부친을 수용할 곳이 필요했다. 서면 요양병원을 만들어 부친에게 특실을 내어드렸다. 반 년도 되지 않아 장기요양을 필요로 하는 노인환자로 병상이 모자라게 되었다. 대개 서울에서 온 환자들이었다. 증축과 개축과 신축을 거듭하며 세월이 지나는 동안 병원이 세 개, 요양원이 세 개가 되었고 천여 개에 이른 병상은 사철 내내 거의 만원이었다. 특실이나 1인실 등은 언제나 부족했다.

삼십여 년 전 내과의원에서 출발해 현재에 이르기까지 박은 지역 내 노인복지를 향상시키는 인사로서 알려지며 명망을 쌓아왔다. 병원이 현재 규모가 된 이후 더 키우려 욕심 부리는 대신 의료진과 편의시설을 보완하는 것으로 내실을 다지면서 지역 내 노인환자들을 돌봐온 결과였다. 양지병원 의사들이 한 달에 한 번씩 관내 산골짜기 마을을 찾아다니며 노인들을 진료해온 지가 이십 년째였다. 해마다 몇 차례씩 양지병원 의료진의 진료봉사가 매스컴을 탔고 박은 스스로는 드러나지 않음으로써 오히려 명망을 높여왔다. 그렇게 쌓인 것들을 네 번째 아내가 가출했다는 소문으로 흐리고 싶지 않았다.

병원 안팎에 박의 아내들이 마흔 살을 채우기 전에 말라죽는다는 괴담이 있다는 걸 모르지는 않았다. 박이 드라큘라처럼 젊은 아내들의 기를 흡수해 젊어진다는 말들. 조 이전에는 신경써본 적 없었다. 빌미만 있으면, 없으면 만들어서라도 남의 험을 잡으려드는 하찮은 족속들의 입질 따위, 호수 건너서 들려오는 개소리쯤으로 여겼다. 그런 족속들이 박의 네 번째 마누라는 몇 년 만에 말라죽을 것인가 지켜보며 시시덕거리는 즈음이었다. 조를 찾는다고 소문나면 네 번째 마누라가 마흔 살이 되기 전에 도망친 것이라고 숙덕거릴 게 뻔했다.

서울 소재 흥신소의 소장 정鄭이라는 자가 집으로 찾아왔다. 박은 경찰로부터 입수한 수사 자료와 조의 컴퓨터를 넘겨주고 조여영曺如瑛을 찾으라 했다. 스스로는 세 번째 아내가 세상 뜨고 조를 만나기 전 석 달가량 홀로 살던 때로 돌아갔다. 아침에 일어나면 신문을 훑고 운동하고 식사한 뒤 요일 별로 정해진 병원으로 출근했다. 각 병원 부원장과 주치의들에게서 환자들에 대해 보고받으며 회진하고 진료하고 점심때면 최 기사가 집에서 가져온 도시락으로 식사하고 잠깐씩 낮잠을 잤다. 오후에는 외래 진료하고 여섯 시면 집으로 돌아와 마당을 거닐고 저녁을 먹고 책을 읽고 텔레비전을 보다 잠자리에 들었다. 생각은 틈틈이, 아니 쉼 없이 했다.

의대 입학하면서 결혼했던 첫 아내나 네 번째인 조까지, 박은 아내 이외의 여자를 돌아본 적이 없었다. 이미 미국 사람이 되어 있는 딸과 아들에게는 공부 마쳐주고 집 한 채씩 사준 것으로 아비 노릇을 끝냈다. 조보다 나이 많은 그들이 아비에게 애정 없듯 박도 자식들에게 별 생각 없었다. 두 번째와 세 번째 아내는 자식을 낳지 못했다. 박도 더 이상의 자식을 원하지 않았으므로 무던하게 여겼다. 조와 살게 되면서는 아이가 생겨도 좋을 듯했다. 그네의 밝았던 눈빛이 차츰 소들해지는 성싶었다. 그렇게나 좋아하던 여행을 가려하지 않았다. 생기가 잦아들면서 웅등그러져 가는 조가 아이로 하여 솟고라질 수 있다면 다행 아닌가 싶었다. 어쨌든 현재 박이 가진 모든 것이 조의 것이었다. 박의 사후 전 재산을 조여영에게 상속한다는 유언장이 법인 사무실에 맡겨져 있었고 주변 사람들 모두 그 사실을 알고 있었다. 그네도 물론 알았다. 그럼에도 달아났다. 왜 달아났는지는 알 수 없었다. 그 이유를 알지 못할까봐 박은 몹시 불안했다.

***

홍신소 정이 조의 컴퓨터를 가져간 지 일주일 만에 그네의 컴퓨터

사용 내역을 보고해왔다. 조의 컴퓨터는 결혼 직후 구입했다. 그네가 사용하는 이메일 계정은 십 년 가까이 된 것이었다. 그네의 아이디 '파파벨라'도 마찬가지였다. 박은 인터넷에서 파파벨라가 무슨 뜻인지 찾아보았다. 파파벨라는 고대 인도의 전설에 등장하는 새의 이름이었다. 양귀비꽃의 다른 이름이자 공주의 이름이고, 누군가에게 절대적 대상이 되는 한 존재에 대한 은유였다. 가까이 있으되 알아채지 못하면 아무 것도 아닌 대상이기도 했다, 파파벨라는.

박과 결혼한 뒤 파파벨라는 고양이를 키우려 했던지 그에 대한 정보를 수십 차례 검색했고 애완고양이 동호회의 카페에 드나들었다. 또 그림 동호회의 카페에 드나들며 초짜의 그림그리기에 관한 몇 차례의 소견을 쓰기도 했다. 독서클럽과 글짓기, 뜨개질과 바느질, 원예, 실내 인테리어, 사회복지사 등에 관한 다방면의 검색 기록이 발견되었다. 자신의 카페나 블로그 등을 만들지는 않았다. 게임을 한 적이 없으며 누구와 채팅으로 대화를 주고받은 흔적도 없었다. 박과 사는 동안 이메일을 주고받은 상대는 없으며 파파벨라의 메일함에는 열어보지 않은 수백 개의 스팸메일만 쌓여 있었다.

이메일 계정에 '내게 쓰기'라는 항목이 있었다. 그곳에서 조가 스스로에게 보낸 글 93건이 발견됐다. 그 93건의 글을 흥신소 정이 출력해 컴퓨터와 함께 가져왔다. 무슨 글을 이렇게 많이 썼나 싶어 낱낱이 읽어본 박은 사뭇 실망했다. 모조리 소설책들에서 발췌한 문장이었다. 독후감조차도 아니었던 것이다. 그 소설책들은 더러는 조가 원래 지녔던 것이지만 대개는 박의 자연과학 책들과 함께 인터넷으로 주문해 배달된 것이었다.

작년 늦가을 저녁 서재에서 조가 『죽음의 중지』라는 책을 읽을 때 박에게 물은 적이 있었다.

사람이 죽지 않는다면 세상이 얼마나 무서워지는지, 당신 아세요?

박은 사람이 죽지 않는 세상에 대해 생각해본 적이 없고 그런 얼토당토않은 내용의 소설책을 읽고 싶지도 않았다. 노벨문학상을 받은 작가의 작품이라 해도 마찬가지였다. 그런 질문을 하게 하는 소설과 그 따위 것을 읽는 조가 마땅치 않았다. 무안할까봐 내색은 못했다. 그런 세상은 없으니 무서워할 것 없어, 라고 대응하고 말았다. 읽던 책으로 시선을 돌리면서 얼핏 의문을 갖기는 했다. 조의 질문이, 사람이 죽지 않는 세상이 아니라 사람이 늙지 않는 세상에 대한 것인가 싶었던 것이다. 되묻지는 않았다. 어쨌든 조가 발췌해 놓은 문장들에서 그네의 심사를 읽을 수 있을 만한 내용은 발견하기 어려웠다. 자신에 관한 내용은 아예 쓰지 않기로 작정한 것 같았다. 자신이 어떤 사람인지, 무슨 생각을 하며 사는지 제 스스로에게도 알려주기 싫은 것처럼 남겨놓은 단서가 없었다.

조가 왜 달아났는지에 대한 의문을 풀기 위해 그네의 흔적을 더듬는 동안 박에게는 이상 증세가 생겼다. 조가 달아났다 느낀 그 새벽부터 생긴 이상이라고 봐야 했다. 중학생 시절부터 주체하기 어려워 식모를 범하며 시작된 욕정이 사라진 것이었다. 앞의 아내들은 물론 조와 함께 사는 동안에도 하루 몇 차례씩 발기하던 하초가 오줌 누는 이외에 아무 반응이 없었다. 설마 그러랴 하고 여자를 사보았다.

발기하지 않았다. 같은 일을 두 번 더 했으나 결과는 마찬가지였다. 세 번의 시도가 실패한 뒤 박은 거울 앞에 설 때마다 자신의 병원 병실에 누운 노인네들 형상과 닮아갔다. 그들은 움직이는 주검들이었다. 당장 사라진다 해도 아무도 아쉬워하지 않을 뿐만 아니라 사라짐을 오히려 고마워할 잉여들. 박은 조가 사라진 이후 날마다 자신이 잉여인간이 되어가는 것을 느꼈다.

***

사월에 이렇게 많은 꽃이 피는 줄 박은 평생 동안 잘 모르고 살았다. 자신의 병원들과 집 뜰에 그토록 다종다양한 꽃들이 피고 여러 종의 새가 사는 줄도 몰랐다. 꽃이란 꽃, 새란 새가 모두 조를 닮아 있는 것도 뜻밖이었다. 조는 꽃들로 무더기무더기 피어나고 새들로 날아다녔지만 박은 홀로 할 일을 찾지 못해 일요일에도 출근을 했다. 봄에는 장기 입원환자들의 이동률이 높았다. 이 세상에서 저 세상으로의 이동이었다. 박의 병원 홍보실에서 발간하는 월간지 『양지』에서는 가끔 멋을 부려 사망을 이동이라고 표현하는 것 같았다. 박은 저세상 따위는 믿지 않았다. 죽음이 가까이 있다는 사실은 누구보다 잘 알고 살아왔다. 그러므로 봄이면 흔히 발생하는 노인들의 죽음에 사망선고를 내릴 때도 무덤덤했다.

세 병원을 돌아 두 노인의 사망을 선고하고 집으로 돌아오는 참에 호주머니 속의 전화기가 진동한다. 홍신소 정이다. IT제국이라는 21

세기 한국에서 두 달이 되도록 여자 하나를 찾아내지 못하는 자였다. 조를 빨리 찾으나 늦게 찾으나 정이 받을 돈은 같았다. 조를 찾아 곱게 집으로 데려오는 조건으로 5천만 원을 주기로 했고 선수금 겸 진행비 조로 2천만 원을 건넸다. 찾으면 나머지 3천만 원이 제게 건너갈 터이나 찾지 못하면 계약은 종료될 것이다. 기한은 석 달이었다.

"왜! 또 곧 찾을 거라는 말을 하려 전화했나?"

"오늘은 아닙니다, 원장님. 조여영 님의 소재를 확인했습니다."

박은 순간 왜? 하고 터지려는 말을 삼켰다. 왜라니. 말이 되는가. 말이 안 되는데 터지려는 말을 삼키고 나니 말문이 막혔다.

"사실은 열흘 전에 사모님 소재를 짐작했는데 제가 직접 확인하고 자료를 마련한 뒤 알려드리려고 말씀드리지 않았습니다. 일주일 간 사모님의 현재를 살피며 확인한 터라 이렇게 말씀드리는 겁니다."

"자네는 지금 어디 있나?"

"남원에서 며칠 지낸 뒤 좀 전에 서울 제 사무실로 돌아왔습니다."

조가 남원에 있다면, 그 새벽 지리산휴게소에서 머잖은 곳으로 숨어들었다는 뜻이다. 어쩐지 그럴 것 같았다. 도망자들이란 제 세상에서 가장 먼 곳을 도피처로 삼게 마련이고 강원도에서만 살아온 조에게는 남녘 지리산 언저리가 세상에서 가장 먼 곳일 것이라고. 지리산 밑에서 도망친 인간이 숨어들 곳이 지리산밖에 더 있으랴고.

"그럼 우리 집으로 오게. 와서 자세히 보고해."

"지금 출발하겠습니다. 몇 가지 사항과 사진들을 원장님 메일로 전송해 놓았으니 우선 보고 계십시오."

서재로 들어온 박은 컴퓨터를 켜고 와인 한 잔을 따랐다. 조가 사라지고 처음 마시는 와인이다. 한 잔을 비우고 다시 잔을 채워 들고 심호흡을 하며 메일함을 열었다.

"남원시 아영면 와룡리 은곡마을 331번지. 집주인, 김산하. 조여영 님께서 들어가 은거하신 곳으로 처음에 짐작했던 주소입니다. 지리산인터체인지 폐쇄회로 카메라에 나타났던 차량 중 하나인 픽업트럭의 주소지가 거기였기 때문입니다. 은곡에 가보았습니다. 은곡은 집이 일곱 채인 마을로 한 집은 김산하의 집입니다. 또 한 집은 김산하의 외가이고 나머지 세 집에는 노인들이 살고, 두 집은 비어 있습니다. 마을이 너무 작은 관계로 저는 시골에 집을 마련하려는 귀촌인 시늉으로 은곡의 노인들한테 접근했습니다. 며칠 동안 마을 안팎을 세세하게 살피며 김산하에 대해 들을 수 있었습니다.

김산하는 양봉업자입니다. 그는 은곡에 집과 주소를 두었지만 실제 생활은 은곡에서 10여 킬로미터 거리의 숲속인 매기골에서 하고 있습니다. 그곳에 그의 벌터가 있기 때문입니다. 매기골은 전기가 들어가지 않고 차량도 접근할 수 없습니다. 그곳에 자리한 벌터에서 김산하가 생산하는 〈새맥이산하벌꿀〉은 토봉꿀입니다. 꽤 고급한 상표로 알려져 있고, 전량이 고정 고객들에게 나간다고 합니다.

매기골에서 태어나 은곡에서 중학교까지 다닌 김산하는 1969년 생으로 대학에서 토목건축을 전공했습니다. 졸업과 동시에 유수한 건설회사에 입사했고, 입사 한 달 뒤쯤에 결혼했습니다. 결혼 3년차 되던 해, 김산하의 처는 췌장암 진단을 받았고 투병 두 달 만에 사망했습니다. 당시가 아이엠에프 때였습니다. 아내를 잃은 김산하는 회사를 사직하고 — 아내 간병으로 자주 결근한 탓에 해고되었다는 말도 있습니다 — 고향으로 돌아와 부친의 양봉업을 물려받았습니다. 김산하가 귀향한 지 17년째이고 그 사이 부모는 돌아갔으며 가까운 친척으로는 은곡에 사는 외숙부모를 꼽을 수 있습니다.

매기골은 백두대간 새맥이재 아래에 들어 있고 한국전쟁 즈음까지는 화전민 마을이었습니다. 그 무렵 빨치산들이 매기골에 은거하는 바람에 빨치산 소탕작전에 의해 마을이 비었다고 합니다. 김산하의 부친은 산사람이라 불렸던 빨치산으로 지리산에서 체포되었습니다. 이십 년 가까이 복역했습니다. 사십대 중반에 출감한 뒤 예전 빨치산 시절 머문 적 있는 은곡으로 찾아왔습니다. 그는 은곡의 한 나이든 처녀와 결혼했는데 처녀는 다리를 쓰지 못하는 장애인이었습니다. 결혼한 두 사람은 매기골로 들어가 벌을 치며 살았습니다. 그들의 외아들이 김산하입니다.

매기골에는 김산하의 부모가 살았던 집이 따로 있는바 별첨한 사진의 집입니다.

현재 매기골에는 김산하의 집만 있고 조여영 님께서는 김산하의 매기골 집 아래채에서 지내시는 걸로 보입니다. 조여영 님께서 매기골에 계신 사실을 은곡 사람들은 모르고 있습니다. 현재로서는 이상입니다. 첨부한 사진들을 참고해 주시기 바랍니다."

"노가다에 빨갱이 자식이란 말이군."

무심코 중얼거린 박은 얼굴을 찌푸린다. 언짢아 내뱉은 소린데 언짢은 이유가 김산하가 빨갱이의 자식인 탓인지, 조가 그런 집으로 들어간 탓인지는 알 수 없다. 빨치산이라는 단어 자체에 대한 거부감일 수도 있다. 박의 어린 시절 빨치산은 괴뢰도당의 앞잡이이자 평화를 위협하는 흉측한 자들의 이름이었다. 입에 올리는 것조차 무서운 단어였다. 박의 머리가 조금 더 컸을 때 빨치산이라거나 산사람이라는 단어는 세상을 전복하려는 반역자들을 의미했다. 그들을 숨겨놓고 몇 년씩 세상을 교란하던 남녘의 산들은 하나같이 불온하고 음험했다. 그런 산 속으로 조가 들어갔다니. 빨치산이라는 불온한 단어를 홍신소 정 같은 작자들마저 아무렇지도 않게 입에 올리고 버젓이 통용되는 세상이 되는 바람에 아내가 남편을 버리고 집을 나가는 사태가 벌어지는 것이다. 박은 일어나 방안을 바장이다 와인 한 잔을 더 마시고 컴퓨터로 돌아온다.

별첨된 사진들 속 김산하의 산골 집은 나무껍질 지붕에 흙벽으로 위아래채 할 것 없이 자그맣고 허름해 보인다. 아래채는 위채와 마주 본 형상이다. 아래채는 한 쪽에 방 한 칸이 있고 한 쪽은 대문 없는 대문간인 듯 통로 옆에 장작 등을 쌓아놓았다. 조가 지내는 듯한 방 안에는 방문 양쪽에 똑같이 생긴 궤짝이 놓였고 왼쪽 궤짝 위에는 짧은 초가 꽂힌 나비촛대가 올려졌다. 오른쪽 궤짝 위에는 이부자리가 자로 잰 양 반듯하게 개켜 올라앉았다.

조는 그 집 안팎에서 수십 장의 사진으로 찍혀 있다. 빨간 두건을 쓰고 고쟁이 형상의 누런 통바지에 저고리 모양의 괴이한 검정 웃옷을 입고 닭장 앞에 있거나 텃밭에서 채소를 뜯는 중이다. 자세에 따라 저고리 앞섶에 달린 빨간 옷고름이 늘어지거나 날린다. 흰 신발은 고무신인 모양이다. 새끼 고양이가 오글오글 들어 있는 마루 밑 둥우리 앞에 무릎을 접고 앉아 손을 엉거주춤 들고 있기도 하다. 고양이를 키우고 싶었던 파파벨라가 숲 속으로 들어가 고양이를 키우고 있는 것이다.

김산하는 산악바이크를 타고 숲길을 달리고 있거나 숲에서 톱으로 나무를 베고 있다. 나무 밑에서 망치로 판자에 못을 박고 있거나 숲에서 낫으로 풀을 치고 있다. 모춤한 몸피에 가무숙숙한 얼굴을 하고 메떨어진 작업복을 걸치고 있음에도 우연만하다. 마흔네 살. 남을 것도 처질 것도 없이 젊다. 김산하와 조는 큰 나무 아래서 등산복 차림새의 여러 남녀들과 어울려 뭔가를 먹으며 입 벌려 웃고도 있다. 어떤 사진 속의 두 사람은 주변에 수십 기의 토봉 벌통을 배경처럼 둘러놓고 앉아 찬합에 담긴 점심을 먹는다. 숨어 지켜보는 시선을 느끼기라도 했던가. 동시에 카메라의 파인더 쪽을 바라보고 있는데 둘 다 웃음을 물고 있다. 우스갯소리를 하던 중인 것 같다. 겨우 두 달 새에 조는 살이 좀 오른 성싶다. 겨울나무의 지지 못한 나뭇잎처럼 야위었던 얼굴이 봄나무의 새 이파리처럼 물이 올랐다.

박은 조가 대개의 사내들이 돌아볼 만큼 미인이라는 걸 잘 알고 그걸 자랑스럽게도 여겼다. 조가 자신보다 지나치게 젊다거나 어리다고 생각해본 적은 없었다. 조는 박의 아내였고 한 치도 어긋나지 않게 꼭 맞는 여자였다. 그런데 사진 속에서, 다른 남자 옆에서 환히, 온몸으로 웃고 있는 조는 너무 젊다. 젊어서 눈부시다. 사진을 보고서야 박은 자신이 조의 진짜 웃음을 본 적이 없다는 사실을 깨달았다. 비로소 조에게 분노했다. 연놈을 갈가리 찢어놓고 싶은 극렬한 질투였다.

***

해가 한껏 길어진 유월 말 해질녘, 박과 일행은 매기골 입구에 도착했다. 태풍 예보가 들리더니 금세라도 비가 쏟아지려는 듯 해질녘이 어스레하다. 은곡에서 매기골 입구까지 6킬로미터 가량은 차 한 대가 간신히 드나들 수 있는 외길이다. 그나마 김산하의 픽업트럭이 서 있는 매기골 입구에서부터 매기골까지 5킬로미터쯤은 걸어야 한다. 그리 높지 않은 산임에도 5킬로나 걸어야 하는 이유는 길이 워낙 구불거리기 때문이다. 토목건축을 공부했다는 김산하는 차는 다닐 수 없되 산악바이크는 다닐 수 있도록 길을 내놓았다.

박은 홍신소 놈들을 앞세우고 최 기사를 옆 세운 채 손전등에 의지해 산길을 걷기 시작했다. 풀포기들이 발에 걸리고 나뭇가지들이 얼굴을 쳤다. 한두 걸음 앞선 최 기사가 제 얼굴에 닿는 나뭇가지를 치우며 박에게 길을 터주느라 진땀을 흘렸다. 밤에는 물론 초행인 사람은 낮에도 찾기 어려울 것 같은 길이다. 홍신소 정은 세 번이나 올라봤다는 길에서 몇 번이나 주춤거렸다. 곳곳에서 길이 두 갈래나 세 갈래로 나눠졌고 무심코 걷다보면 길이 끊겨 되돌아 나와야 했다. 김산하는 차량 통행만 막은 게 아니라 사람이 오가는 것도 막아놓은 것이다.

조의 소재를 파악하고도 두 달 넘게 뭉그적거렸던 이유가 무엇인가. 제 발로 돌아오기를 기다린 것이었다. 그렇게 여겼지만 조를 맞닥뜨렸을 때의 처신에 대한 염려가 없지 않았다. 박의 아내로서 누려온 모든 것은 그네가 원한 것들이었다. 제가 평생 원했던 것을 모조리 내버리고 오롯이 달아난 그네가 어떻게 나올지. 또한 그네를 만났을 때 더 이상 발기하지 않으면 어쩌나 싶은 두려움도 있었다. 조와 함께 있을 때 한 번도 나이 들었다는 생각을 해보지 않았다. 그네가 사라지자마자 늙은이로 전락했다. 그네를 되찾으면 다시 젊어질 것인가. 그네 앞에서도 여전히 늙은이일 뿐이라면 어찌할 것인가. 그건 불안을 넘어선 공포였다.

매기골 김산하의 집 앞에 도착했다. 손전등이 미치는 불빛 바깥은 칠흑처럼 어두웠다. 박은 흥신소 놈들과 최 기사를 집 밖에 두고 대문 없이 대문채 노릇을 하는 흙벽의 건물 안으로 들어섰다. 전기가 들어오지 않는다는 김산하의 집 마당은 밝은 편이다. 태양광 집열등이 곳곳에 꽂혀 빛을 낸다는 것은 정의 보고를 통해 미리 안 터였다. 은은히 밝은 그 빛 속, 평상에서 김산하와 조는 저녁상을 마주하고 있었다. 침입자에 놀란 김산하가 벌떡 일어섰다.

"어떻게 오셨습니까?"

조는 박을 대번에 알아보고 몸이 굳었는지 상을 마주한 채 꼼짝도 하지 않는다. 박은 묵연히 그들의 밥상을 건너보았다. 동그란 상에 된장냄새 풍기는 뚝배기와 달걀찜 사발, 김치와 나물 접시가 얹혔다. 상 가운데 유리그릇에 담긴 촛불이 꽃병인 양 놓였다. 그들의 밥상을 본 순간 박은 불쑥 허기를 느꼈다. 동시에 웃음이 터진다. 왜 우스운지는 몰랐다. 웃음을 거두지 못한 채 박은 조를 향해 물었다.

"여보, 여영. 식사 다 했소? 덜 했으면 마저 먹고, 다 먹었으면 그만 갑시다."

조가 말없이 평상 아래 놓인 흰 고무신에 발을 꿰며 머리에 쓴 두건을 잡아 뜯듯 벗는다. 그네 몸짓에 체념은 서렸을지라도 두려움은 느껴지지 않는다. 두건 때문이었는지 수십 장의 사진을 보면서도 조가 삭발한 걸 몰랐다. 그네의 등 중간까지 드리워지던 탐스런 머리카락이 간 곳 없이 동그란 알머리가 되어 있다.

"저 자가 당신을 붙들어 와서 머리까지 밀었소?"

박의 질문에 조가 아연한 얼굴이 되었다. 질문의 뜻을 알아챈 것이다. 불빛이 더 밝다면 사색인 얼굴을 볼 수 있을 터였다. 박이 원하는 대답을 차마 하지 못하겠는가. 조가 김산하를 바라본다. 평상 옆에 선 김산하도 상황을 눈치챘는지 허리를 수그렸다.

"제가 부인을 위협해 억지로 데려왔습니다. 못 나가시게 억류했고요. 죄송합니다."

"지난 2월 중순 새벽에 지리산휴게소에서 끌고 온 건가? 그 안개 새벽에?"

"예. 죄송합니다."

이미 아는 걸 확인하는 까닭이 뭔지 알 수 없다. 이들에게 원한 대답이 무엇이었는지도 모호하다. 조가, 당신을 못 견뎌 달아난 것이라고 바락바락 대들기를 바랐는지. 김산하가 조를 억지로 데려온 것이 아니라고 항변하기를 바랐는지, 그 반대이길 바랐는지. 어떤 대답도 원하는 것이 아닐 수 있었다. 연놈이 서로를 보호하기 위해 애쓰는 꼴을 목도하는 상황에서 무슨 대답이 필요할 것인가. 박은 밖을 향해 외쳤다.

"정 소장!"

홍신소 놈들이 뛰어 들어와 김산하를 에워쌌다. 오면서 놈들에게 김산하를 죽이지는 말되 다시는 사람 구실을 할 수 없는 병신으로 만들어 놓으라 했다. 최 기사가 들어와 박을 호위하듯 곁에 섰다. 박은 조를 향해 손을 뻗었다.

"벌 받을 짓 한 놈을 벌을 받게 두고 여보, 우리는 먼저 나갑시다."

체념한 듯 상황을 따르던 조가 박의 손을 휙 밀쳐냈다.

"아니오. 저 사람 벌 받을 짓 한 적 없어요. 그 안개 새벽에 제가 저 사람한테 다가가 차를 태워 달라고 애원했어요. 빚쟁이한테 쫓기고 있다고요. 살려달라고요."

박이 어이가 없어 말을 못하고 있노라니 조가 연해 말했다.

"제가 당신한테서 달아났다는 거, 솔직히, 당신도 아시잖아요? 그런데 깡패들까지 데리고 오신 거예요? 왜요? 저를 끌고 가시려고요? 안 가겠다면 죽이기라도 하시게요? 저는 상관없어요. 그러니 당신이 선택하세요. 저 사람을 그냥 놔두고 저를 데리고 가시든지 저를 죽이고 살인범이 되시든지."

순간 박은 조의 뺨을 쳤다. 조가 휘청하다 주저앉았다. 그네를 마구 패고 짓밟고 싶어 박의 몸이 덜덜 떨렸다. 평생 누구에게 손찌검조차 해본 적 없는 그였다. 또 손이 나가려는 스스로를 자제하며 박이 말했다.

“아니 당신은 저 놈한테 끌려온 거야. 저 놈한테 붙잡혀 못 나왔고, 그래서 내가 데리러 왔지. 최 기사, 사모님 모셔라. 그리고 정 소장, 그 놈이 두 번 다시 남의 여자를 넘보지 못하게 해놓게.”

최 기사가 저를 붙들자 조가 일어나며 확 밀쳐냈다. 방비 없던 최가 휘청 했다. 흥신소 놈들에게 에워싸여 얻어맞는 것 같던 김산하가 뒷걸음을 하는가 싶더니 한 놈을 쳤다. 맞은 놈이 턱 넘어졌다. 제 동료가 넘어지는 것을 본 놈들이 동시에 김산하에게 덤볐다. 툭탁툭탁 오 대 일의 어지러운 판이 벌어졌다. 그리고 삽시간에, 속절없이 끝났다. 흥신소 놈들이 죄 널브러져 있었다. 꿈틀거리는 놈조차 없었다. 박의 안에 있던 뭔가도 놈들처럼, 결정적으로 무너졌다. 몸이 떨렸다. 김산하가 다가들었다.

“여영 씨의 부군이시라니 부인을 찾아오신 것은 이해하겠습니다. 조용히 여영 씨를 데리고 가시기를 바라 제가 억지로 모셔왔다는 말씀도 드렸고요. 그런데 폭력을 쓰려 작정하시고 오신 것 같아, 저도 정당방위를 행사했습니다. 또 아무리 부인이시라 해도 여자를 때리는 것을 보고만 있을 수는 없고요. 여긴 제 집입니다. 제가, 친구가 된 여영 씨를 제 집에서 내보내지 않은 게 잘못이라면 경찰서에 가서 시시비비를 가린 뒤에 벌을 받겠습니다. 그렇게 하지 않으실 거라면 여영 씨의 의중을 물어 결정하시지요. 지금 다 같이 경찰서로 가시든가요. 참고로 저들은 조금 있으면 깨어날 겁니다. 잠깐 기절만 시켰으니까요."

몸 좀 쓸 줄 안다는 자랑이자 폭력배들을 달고 나타난 박에 대한 멸시였다. 멸시 당할 만했으므로 박은 부끄러웠다. 놈에 대해 기껏해야 빨치산의 아들이라는 것만 알아온 홍신소 정의 말을 믿고 대비가 약했던 부끄러움이었다. 세상을 지나치게 선한 눈으로 바라보며 살았던 스스로에 대한 분노이기도 했다. 조가 박에게 다가서며 어서 가자며 팔을 잡았다. 그 손을 박은 휙 뿌리쳤다. 조가 괘념치 않는 듯 말했다.

"저 사람들은 깨어나면 알아서 움직이겠죠. 놔두고 우리끼리 가요. 최 기사, 원장님 모시세요. 그리고 산하 씨, 그 동안 정말 고마웠습니다."

제 할 말 마친 조가 잠시 마을 하러 들른 이웃집에서 돌아서는 양 두건 하나 손에 쥔 채 김산하의 집을 나섰다. 금세 다시 올 집인 양 가벼운 걸음으로 어둠 속으로 들어간다. 소쩍새가 울었다. 뻐꾸기인지도 모른다. 아니 뻐꾸기는 밤에 울지 않는다고 했던가. 명확하지 않다. 박은 마당에 널브러진 놈들과 조가 사라진 어둠 쪽을 보고 있는 김산하를 일별한 뒤 조의 뒤를 따라 어둠 속으로 들어섰다. 최 기사가 손전등으로 노인네의 걸음을 돕듯 박의 발밑을 비쳐주었다. 숲길을 앞서 내려가고 있을 조의 모습은 어둠에 잠겨 보이지 않는다. 그 안개 새벽처럼 박의 눈앞이 캄캄했다.

2.

동남쪽 방향에 춘천호수를 둔 숲 안에 박朴의 집 '레이크하우스'가 들어 있었다. 처음 박의 집을 레이크하우스라 부르기 시작한 사람들은 박의 병원 젊은 여성 의료진들이었다. 그들을 통해 퍼지기 시작한 레이크하우스라는 집 이름이 이십 년쯤 지나는 동안 박을 아는 사람들은 다 아는 명칭이 되었다. 레이크하우스는 본관과 부속 건물들을 아울러 일곱 채로 이루어졌다. 넉 달여 전까지 레이크하우스에 상주하던 사람은 여섯 명이었다. 집 주인인 박과 조曺, 집사인 안 씨와 박의 수행비서 최, 정원사 이 씨와 그의 아내인 가정부 김 씨 등이었다. 파출부 네 사람이 날마다 출퇴근했고 일요일이면 박의 병원 의료진을 위한 오찬을 차리느라 몇 명의 요리사와 스텝들이 번갈아 드나들었다.

안주인 조가 가출한 지 넉 달 이십 일 만에 집에 돌아왔다. 파출부들까지 아우른 레이크하우스의 일꾼들이 모두 외관 앞까지 나와 조를 맞이했다. 머리에 두건을 쓰고 붉은 몸통바지에 긴 회색 저고리를 입은 조는 느닷없이 대저택에 버려진 산골 아낙 같다. 그나마 일꾼들의 인사를 받아야 할 조의 시선은 그들을 지나 저 만치 펼쳐진 호수에 무심히 닿아 있다. 떠나기 전 이른 봄이던 계절이 한 여름으로 바뀌어 색채가 달라졌다. 그뿐 정원 풍경은 조가 떠나기 전 그대로다. 태풍이 바싹 다가온 참이라 바람이 심하기는 해도 레이크하우스의 풍경이 바뀔 까닭은 없었다. 박이 넉 달여 만에 직접 찾아 데리고 온 조를 쳐다보지 않고 본관 쪽으로 향했다. 그의 수행비서인 최가 조에게 허리 숙여보이고는 박을 따라갔다. 최는 집사 안 씨의 아들이었다. 안 씨가 다른 사람들을 향해서도 흩어지라고 손짓한 뒤 조를 돌아보았다.

"사모님, 이쪽으로 오시겠습니까?"

조가 안 씨를 따라 도착한 별관은 레이크하우스 가장 안쪽에 있는 건물로 운동실로 쓰던 곳이다. 타원형의 건물로 지붕이 일출부터 일몰까지의 태양열을 흡수해 전기를 만들어내게 지어졌다. 운동 경기장처럼 넓은 공간을 빙 둘러 달리거나 걷기 위한 트랙이 깔려 있었고 트랙 안쪽으로 운동기구들이 일정한 간격으로 설치되어 있었다. 조가 몇 달 만에 들어선 별관 내부는 완전히 달라졌다. 트랙이며 운동기구들이 모조리 철거되었다. 있던 것을 전부 걷어낸 500평 넓이의 바닥에 연한 빛깔의 원목 마루가 깔렸다. 마루 한 가운데에 침대와 협탁이 있고 3단 서랍장 세 개가 나란히 앉았다. 서랍장 앞에 일인용 원탁과 의자가 놓였고 원탁을 가운데 두고 3단 책장 세 개가 섰다. 책장과 서랍장으로 하나의 공간을 만들어 놓은 이웃에는 동그란 카펫이 깔리고 카펫 위에는 세 개의 빈 이젤이 당황한 듯 마주 서 있다. 화구들은 이젤들 주변에 대충 쌓였다. 책이나 그림도구는 조가 읽거나 사용하던 물건들인데 가구는 모두 새 것이다. 얼마나 될지 알 수 없는 동안 연금 상태로 살아야 할 조가 사용하게 될 물건들은 광장 한 가운데 부려진 이삿짐처럼 생뚱맞다. 부러 어색하게 설치한 연극 세트 같기도 하다.

"당분간 여기서 생활하시라는 말씀을 들었습니다."

안 씨의 말에 조는 남쪽 창 쪽으로 걸음을 옮기며 고개를 끄덕였다. 호수와 면한 뜰 가장이에서 느릅나무들이 춤을 춘다. 물결이 이는지 호수의 수면도 흔들린다. 바람 때문에 안개가 낄 수 없는 날씨인데 호수 저편의 도시가 보이지 않는다. 바람 소리는 전혀 들리지 않는다. 각오했던 바다. 매기골까지 쳐들어온 박을 따라 나와 차를 타고 남원 시내로 들어가 하룻밤을 지냈다. 박은 곧장 침대로 들어가더니 잠만 잤다. 아침에 출발해 춘천까지 오는 동안에도 박은 조를 향해 한 마디도 하지 않았다. 그가 입을 다물고 있는 동안 조는 이혼하자는 말을 세 번 했고 대답은 한 번도 듣지 못했다.

"정원을 드나들 수는 있다고 하시던가요?"

"그런 말씀은 듣지 못했습니다. 속옷이며 의복은 서랍장 안에 있습니다. 세탁물은 화장실에 두시면 되고, 식사는 사모님 원하시는 대로 준비해 드리겠습니다."

"이 안에서는 뭐든지 해도 돼요?"

"예."

"그럼, 이 씨 아저씨를 보내주세요. 점심으로 샌드위치하고 커피 가져다주시고요."

지리산의 한 골짜기인 매기골에서 사는 동안 한 번도 커피를 생각해본 적이 없는데 돌아오자마자 커피부터 주문하는 자신이 우습다. 흐흥 자조하는 조를 사늘하게 쳐다본 안 씨가 출입문을 향해 걷는다. 조는 안 씨 뒤에 대고 덧붙였다.

"제 점심 내올 때, 아줌마가 나오지 말고 김 씨 아주머니를 보내주세요."

조의 말에 안 씨가 돌아서 바라보았다. 집사님이란 호칭이 아줌마로 바뀌자 몹시 거슬리는 모양이다. 거슬리라고 어깃장 놓듯 그렇게 불렀다. 오늘 안 씨는 연한 풀잎색 저고리에 자작나무 껍질 같은 은회색 빛깔의 치마를 받쳐 입었다. 저고리에는 옷고름 대신 사과꽃 같은 브로치를 달았다. 한복을 아주 맵시 있게 즐겨 입는 안 씨는 예순일곱 살인 박보다 두 살이 많다. 그네는 박과 같은 집에서 그보다 앞서 태어났고 그 집에서 자라다가 시집갔으며 박이 결혼한 뒤 돌아와 그의 집안 살림을 도맡아왔다.

"왜요? 아줌마만 여기 드나들라는 명을 받으셨어요?"

"아닙니다. 이 씨와 김 씨 내외를 보내겠습니다."

"그렇게 해주세요. 그건 그렇고 아줌마, 오늘 복장이 왜 그러세요? 원장님 생신도 아니고, 일요일이 아니라 손님치레 할 일도 없는데, 치마저고리로 성장을 하셨네요? 혹시 저 없는 동안 내내 그렇게 지내신 거예요? 이 집 안주인처럼?"

안 씨의 표정이 찰라 간에 비틀리다 제 모습으로 돌아왔다. 조는 사자 코털을 건드린 생쥐처럼 짜릿한 쾌감에 몸서리를 삼킨다. 한 집에 사는 동안 조가 해야 할 일은 박과 연결되어 있었고 조가 하지 말아야 할 일들은 안 씨와 연결되어 있었다. 해야 할 일과 하지 않아야 할 일은 엇비슷한 비중이되 남편 박이 두려웠던 적은 없는 것 같았다. 안 씨는 늘 무서웠다. 그네 말을 거슬러 본 적이 없었다. 그네를 향해 처음 해보는 반항인 것이다. 해보니 할 만하다.

"사모님께서 오랜 여행에서 돌아오신다고 하기에 예를 갖췄습니다."

대외적으로 조가 여행을 간 것으로 되었던 모양이다. 박은 세 개의 대형 요양병원과 세 개의 부속 요양원을 거느렸다. 병원시설이며 의료진과 직원들의 근무 환경이 우수한 걸로 이름이 높았다. 환자가 넘쳐 병상이 늘 모자랐다. 박은 일요일을 제외하고는 날마다 아침 여덟 시에 출근을 마쳤다. 두 시간 동안 각 병원의 업무 보고를 받으며 현장을 확인했고 열 시부터 진료를 시작했다. 오후 여섯 시에 퇴근할 때까지 그가 쉬는 시간은 점심 한 시간뿐이었다. 일주일에 한 번씩은 휘하 의료진들을 모둠 별로 집으로 불러 식사를 대접했다. 한 달에 한 번은 병원 셔틀버스에 올라 강원도 내 산골 마을들 진료봉사도 다녔다. 원장이 그러하므로 의료진들도 한 달에 한 번은 의료봉사 하는 것을 당연하게 여겼다. 양지병원의 명망이 높았고 원장 박의 명성은 더 높았다.

"그러셨다니 고맙기는 한데, 아시다시피 제가 의전 받을 정도로 자랑스러운 짓을 하고 온 거 아니니까 평시대로 돌아가 주세요."

제복으로 갈아입으라는 말뜻을 알아들은 그네가 정색한 표정으로 깍듯이 허리를 숙여보이고는 밖으로 나갔다. 문 잠기는 소리가 안쪽까지 길게 울린다. 언제까지가 될지 모르는 당분간 조여영을 감금한다는 박의 선고다. 안 씨의 분노어린 선언이기도 하다. 갇힌 게 새삼스러울 건 없다. 박은 인정하지 않겠지만 조는 레이크하우스에서 살아온 3년 내내 감금상태였다.

조가 박을 만나 결혼하기까지 석 달이 채 걸리지 않았다. 병원 청소부와 병원장의 결혼으로 병원 안팎이 들썩들썩했다. 둘의 나이 차가 29년이나 된다는 사실에 대한 비난은 거의 조에게 쏟아졌다. 조가 박의 돈을 바라 몸을 팔았다는 것이었다. 사실이었다. 조는 청소용역업체에 취직해 출근한 첫날 병원장이 그 몇 달 전에 사별했다는 말을 들었다. 일주일 뒤쯤 1인실을 청소하던 중 회진하러 온 박과 마주쳤다. 실상 그때 조는 박이 그 층에 들어선 것을 보고 그가 1인실에 들를 시간을 맞춰 거기 있었다. 아흔 살 넘은 노인이 하루의 태반을 잠으로 때우며 목숨만 연명하고 있는 병실이었다. 병실에서 눈이 마주쳤을 때 목례하다 다시 그를 향해 웃었다. 순간 그의 눈빛이 흔들리는 걸 느꼈다. 조의 의도를 간파한 눈빛이었다.

그날 그의 진료가 끝난 뒤 그의 집무실로 불려간 게 시작이었다. 첫 섹스에 네댓 시간이 걸렸다. 하루에도 몇 차례, 한두 시간씩 지속되는 그의 섹스는 나이와 무관했다. 그는 특이한 체질이거나 괴물 같은 몸을 가진 사람인데 밖에서 여자를 사지는 않았다. 기이한 체질의 그에게는 자신을 받아줄 수 있는 아내라는 섹스파트너가 필요했다. 그런 것들을 조는 첫날 한꺼번에 다 느낀 성싶었다. 섹스로도 거래가 이루어질 수 있겠다 싶었다. 그런 의도를 지닌 조의 몸을 박도 첫날 알아보았다. 무엇보다 두 사람의 몸이 완벽히 맞았다. 이튿날 박은 조를 원장 보좌실로 발령냈다. 그리고 조는 채 석 달이 못 되어 레이크하우스에 입성했다. 이 집으로 들어와서야 상상조차 해본 적 없는 세상으로 들어선 것을 깨달았다. 박은 겉과 속이 다른 사람이 아니었다. 조가 박을 몰랐고 그가 거느린 세상을 몰랐을 뿐이다. 괴물 같거나 특이한 몸을 지닌 육십대 중반의 남자가 삼십대 중반의 여자를 만난 순간부터 그 여자와 같은 나이의 사람으로 변화한다는 걸 느꼈을 때 조는 소름이 끼쳤다.

조는 박의 여자 중 호적에 오른 네 번째 아내였다.

박은 스무 살에 처음 결혼했고, 첫 아내를 자신의 삼십대 후반에 잃었다. 두 번째 아내는 오십대 중반에, 세 번째는 박의 예순세 살에 죽었다. 세 번째는 죽을 때 서른세 살이었고 박과 5년 살았다. 안 씨에 따르면 박의 아내들은 모두 말라죽었다고 했다. 그 말을 할 때 안 씨의 눈빛이 음험하고 날카로웠다. 무엇이든 죽일 수 있을 눈빛이었다. 그 눈빛 때문에 박의 아내들이 말라죽었을지도 몰랐다. 조도 말라갔다. 오래지 않아 말라죽을 게 뻔한 데도 박을 벗어날 수 없었다. 분명히 감금되어 사는 게 아닌데도 겹겹의 담장 안에 갇힌 것 같았고 그 담장들은 실체가 보이지 않으므로 탈출할 엄두를 못 냈다. 무엇보다 명분이 없었다. 결혼하고 몇 달 만에 작은언니한테 말한 적이 있었다.

이 집 사람들 너무 이상해. 나를 혼자 있게 두질 않아. 혼자 있을 시간이 없어. 혼자 있어도 혼자 있는 게 아니야. 숨을 못 쉬겠어.

작은언니가 소리쳤다.

미친년, 호강에 겨워 똥 싸고 자빠졌네. 혼자 시간 안 가져봐서, 온갖 놈들하고 붙어보지 않아서 또 지랄이야? 닥치고 살아!

듣고 나니 할 말이 없었다. 스무 살에 결혼해 삼 년 만에 이혼했고 스물아홉 살에 재혼해서 일 년 반 만에 갈라섰다. 두 남자 사이에 만난 남자가 두 손으로 꼽을 수 없었다. 두 남자 이후엔 더 많았다. 그래서 닥치고 살았다. 닥치고 살지 않을 수도 없었다. 어느 결에 보니 작은형부가 박의 요양원 한 곳의 원무과장으로 들어와 있고 몇 달 뒤에는 오빠가 박의 병원 한 곳의 재무부장 자리에 앉아 있었다. 그들은 조를 거치지도 않고 박을 찾아가 재취업을 한 것이었다. 십 년이든 백 년이든 닥치고 살게 될 거라고 여겼다. 안개가 아니었더라면, 번개에 맞은 듯 달아나자는 생각이 들지 않았더라면 그대로 살았을 것이다.

지난 2월 통영 가던 길이었다. 그 새벽 휴게소의 안개 속에서 시동 걸린 차 불빛을 발견했다. 곧 떠날 차 같았다. 남자는 픽업트럭을 등지고 담배를 피우고 있었다. 그에게 차를 태워달라고 간청했다. 절박해 보였던지 남자가 태워주었다. 잘한 일인지는 알 수 없다. 지금 아니면 영원히 벗어날 수 없을 거라는 절박함에 따랐을 뿐이다. 그렇게 낯선 남자를 따라 매기골로 들어갔다. 거기서 지내는 동안 한 번도 골짜기 밖으로 나가지 않았다. 그곳에서도 갇혀 산 것이나 다름없었다. 그럼에도 갇혀 산다는 생각을 못할 만큼 그 숲에서의 일상이 조에게 걸맞았다. 감당할 수 있는 크기의 세상이라서 그 세상을 누릴 수도 있었던 것 같았다. 무엇보다 레이크하우스에서는 그릴 수 없던 그림이 그곳에서는 그려졌다. 색연필이나 볼펜으로 아무 종이에나 하루에도 네댓 장씩 그릴 때 환희를 느꼈다. 한편으로는 날마다 불안했다. 박은 자신이 원한 것을 못 가져본 적이 없거니와 자신의 세상에 들어온 것들을, 그게 무엇이건 놓쳐본 적이 없는 사람이었다. 그런 사람이 자신에게서 달아난 아내를 찾지 않을 리 없고 못 찾아낼 까닭이 없었다. 오래지 않아 끝날 생활이라서 그토록 감미로웠을 터이다.

조는 화장실로 들어와 샤워를 하려다가 혹시나 하고 창을 밀어본다. 들리지도 밀리지도 않는다. 창문을 모두 봉한 것 같다. 안에서는 밖이 보이지만 밖에서는 안이 보이지 않는 창문들. 안에서 아무리 소리를 질러도 밖으로 들리지 않고 홀로 죽는다 해도 알아챌 사람도 없다. 어쩌라는 것인지 알 수 없지만 박의 분노의 정도는 어림할 만하다. 무엇이든 다 해주었다고 생각했을 것이다. 실제 그랬다. 박의 사후 그의 모든 재산이 조에게 상속된다는 유언장까지 작성되어 법무법인 사무실에 등록되어 있었다. 미국에 있다는 딸과 아들, 넷이나 된다는 손자손녀를 일체 베제시킨 그 유언장을 변호사에게 넘기는 자리에 집사 안 씨와 김 씨 아주머니, 이 씨 아저씨가 동석했다. 조도 물론 그 자리에 있었다.

샤워를 마치고 나오니 이 씨와 김 씨가 들어와 있다. 탁자에는 커피포트 세트와 샌드위치 접시가 올라 있다. 조가 미소 지어보이자 내외가 고개 숙여 인사를 해온다. 김 씨 아주머니는 집사 안 씨와 다르게 인상이 수더분했다.

"잘 지내셨어요, 아저씨, 아주머니?"

"저희들이야 늘 그렇지요."

김 씨가 대답하는 동안 이 씨는 실내를 둘러보고 있다. 아저씨가 먼저 박의 집일을 시작했고 아주머니가 뒤따라 들어오면서 내관에 상주하게 된 게 이 집이 지어지면서부터라고 했다. 60대 초반인 내외는 이 집에서 월급 받아 자식들을 공부시키고 결혼도 다 시켰다. 이 집에 속한 사람들은 한 번 들어서면 종신하는 것 같았다.

"여기서 지내기로 되었다는데 운동장 한 가운데서 살 수는 없을 거 같아, 두 분 도움을 좀 받으려고요."

침대를 북쪽 가운데 창 밑으로 붙이고 서랍장 세 개를 침대 발치 쪽에 놓는데, 두 개를 쌓고 하나를 곁에 놓기로 했다. 책장들은 머리맡 쪽에 두는데 서랍장과 같은 방식으로 놓을 참이다. 원탁은 침대 옆쪽에 놓고 카펫이며 이젤 등은 원탁 가까이 두면 좋을 듯하다. 설명을 마친 조는 커피 잔을 내려놓고 책장에 가득 꽂힌 책들부터 빼기 시작했다. 아주머니가 침대 시트들을 개자 아저씨가 매트리스를 들어내 북쪽 벽으로 옮겼다. 돌아온 아저씨가 침대를 해체해 한 조각씩 옮겨 놓일 자리에서 다시 조립했다. 조와 아주머니는 책들을 옮겼다. 가구들이 옮겨졌고 조가 원하는 대로 배치되자 방이 만들어졌다. 조는 아저씨를 먼저 나가게 한 뒤 아주머니에게 물었다.

"별관을 이렇게 바꾸는 공사를 언제 했어요? 저 나간 직후에 했어요, 저 돌아오기 직전에 했어요?"

"두 달 전쯤에 시작해서 열흘 정도 걸렸습니다. 여기 있는 가구는 보름 전쯤에 들어왔고요."

"지금 눈에 보이는 것 외에 다른 공사도 했나요?"

조의 질문에 아주머니가 휑해진 마루 가운데 쪽의 천정을 올려다보았다. 반구형의 천정에는 예전 그대로 수십 개의 전등이 박혀 있다. 커다란 중앙등 안에는 전구 열 개가 들어 있었다. 너무 밝은 그 전등을 피하기 위해 자리를 옮긴 참이다.

"카메라 같은 것이 설치됐어요?"

"전기공사 하는 사람들이 사다리를 들고 다니면서 이틀을 꼬박 일했어요. 애들 아버지 말로는 여기만이 아니라 집 안팎에 눈들이 잔뜩 생겼다고 하던 걸요."

이전에는 대문 쪽에만 있던 폐쇄회로 카메라가 조뿐만 아니라 일꾼들의 움직임까지 지켜보게 된 모양이다. 결국 조의 일거수일투족을 감시하겠다는 것이고 조의 힘으로는 넘을 수 없는 장벽을 쌓았다는 의미다.

"원장님은 지금 뭐 하세요?"

"들어 오시자마자 점심 드시고 나가셨습니다."

"알겠어요, 아주머니. 고맙습니다. 앞으로도 아주머니가 드나들어주세요. 그리고 저녁에는 불고기 좀 만들어주시고요."

"그렇게 하겠습니다. 그리고 바람이 몹시 심합니다. 오늘 밤에는 태풍이 이쪽을 지나갈 거라고 합니다. 좀 쉬세요, 사모님."

아주머니가 나간 뒤 조는 다시 화장실로 들어와 손을 씻다가 두건을 벗는다. 아까 샤워하고 난 뒤 다시 쓴 두건이다. 매기골에 두고 나온 두건이 일곱 장이다. 두 달 전쯤에 삭발했고 가슬가슬하게 돋은 머리털을 나흘 전에 다시 밀었다. 어제 초저녁 매기골로 쳐들어온 박 앞에서 무심코 두건을 벗을 때 그가 놀라 말까지 더듬었다.

머, 머리가 어떻게 된 거야!

박이 매기골로 데려온 남자들이 수행비서 최를 빼고도 다섯 명이나 되었다. 주먹들만 보내도 됐을 일에 박이 스스로 왕림한 까닭은 뻔했다. 자신의 힘을 과시하려던 것이었다. 아내가 달아난 남자로서의 치욕을 김산하에게 전가시킴으로써 자신을 되찾으려 한 것이다. 박의 질문이 어처구니없었다.

저 자가 당신을 납치해 와서 머리까지 밀었나?

조를 향한 박의 그 질문에 김산하가 머리를 조아린 게 발단이었다. 김산하가 자신이 납치범이라고 나섰던 것이다. 어차피 남편을 따라가 살 여자이니 그 남편의 의도에 맞장구를 쳐주기로 한 것 같았다. 그는 조여영을 배려한 것이지만 조는 다섯 달 가까이 함께 지낸 김산하를 납치범으로 만들 수는 없었다. 그래서 박을 향해 맞섰다. 내가 그의 차에 억지로 올라탔노라고, 내가 당신으로부터 달아난 걸 당신도 알지 않느냐고. 말을 마치기 전에 조의 뺨에 불이 일었다. 박이 조의 뺨을 친 동시에 김산하를 가리키며, 데려온 자들에게 명령했다.

저 놈이 두 번 다시 남의 여자를 넘보지 못하게 요절을 내놓아.

남자들이 김산하를 공격했다. 김산하가 그들에게 맞아죽겠다 싶었는데 뜻밖의 사태가 발생했다. 눈앞에서 벌어지는데도 믿을 수 없을 만치 김산하가 기민하게 움직였다. 삽시간에 다섯 남자가 맥없이 쓰러졌다. 박의 각본대로라면 김산하가 너덜너덜해져 엎어져야 하고 살려달라고 애걸해야 했다. 동시에 조도 김산하를 살려달라고, 다시는 달아나지 않겠다고 맹세하면서 애원해야 마땅했다. 그런데 상황이 정반대로 싱겁게 끝나버렸던 것이다. 자신의 계획이 어긋나고 무너지는 의외의 사태에 박이 받는 충격이 조에게 고스란히 느껴졌다. 어쩔 수 없이 박이 안쓰러웠다. 어차피 돌아가야 하게 되었으므로 조는 박에게 가자며 먼저 돌아섰다. 한편으로는 김산하가 붙들어주길 바랐다. 그럴 형편이 아닌 걸 알지만, 말이라도 해 주길 바랐는데 김산하는 조를 붙잡지 않았다.

남원의 호텔 방에 누워 있노라니 서러웠다. 울음을 추스르느라 몇 번이나 화장실을 들락거렸다. 와중에 거울 앞에 섰다가 불현듯이 느꼈다. 매월 말경이 달거리 즈음이라는 것과 매기골에서 달거리를 한 번 했으며 두 달째 거르고 있다는 사실을. 임신이 맞다면 최소한 두 달은 된 생명이 자신의 자궁 속에서 자라고 있는 것이었다. 조여영의 몸에 처음으로 깃든 아기였다. 몸뚱어리 하나밖에 없는지라 몸뚱어리를 자산이자 무기로 삼아 살아오는 동안 여러 시절 아기를 갖고 싶었다. 저를 무기로 삼겠다는 불순한 욕구를 미리 알았던지 아기는 한 번도 깃들지 않았다. 아기를 포기했을 뿐만 아니라 아예 생각조차 하지 않게 된 즈음에 임신이 된 것이었다. 확인 사실이 아님에도 신기했다. 몹시 기뻤다. 그래서 순순히 박을 따라 돌아왔다.

***

새소리가 난다. 날이 번하게 밝았다. 발치 쪽 벽에 모란꽃 아홉 송이가 수놓인 횃대보가 걸렸다. 횃대보는 김산하 어머니의 작품이었다. 그의 모친은 앉은뱅이였던가 보았다. 어린 날 소아마비로 두 다리가 제대로 자라지 못해 장애인이 된 탓에 서른 살이 가깝도록 시집을 못 갔다. 김산하의 부친은 빨치산이었다. 감옥에서 이십 년 가까이 살고 나와 빨치산 시절 머문 적이 있는 은곡으로 찾아들었다. 그는 은곡의 앉은뱅이 처녀에게 장가들었고 매기골로 스며들어 살았다. 어머니는 다리를 쓰지 못했지만 못하는 것이 없었노라, 김산하는 그렇게 자신의 어머니를 평했다. 남편과 아들의 옷을 모두 지어 입혔는데 옷마다

수를 놓았다고 했다. 횃대보 안의 횃대에는 이제 아무 옷도 걸려 있지 않지만 김산하는 어머니의 작품을 그대로 걸어놓고 지냈다.

닭들이 마당을 쫀다. 새끼 고양이들이 툇마루까지 올라와 논다. 숲 속 집에서는 소리가 끊임없이 들렸다. 소쩍새는 소쩍소쩍 하고 꿩은 꿩꿩 했다. 어치는 치치칫 하고 참새는 째쨋거리고 고양이는 이야옹 소리를 냈다. 정지되어 있는 것은 아무것도 없었다. 나무와 풀들은 물론 마루판이나 기둥조차도 가만히 보고 있노라면 움직이며 소리를 냈다. 개미들이 줄지어 오르내리고 있기 때문이었다.

여영 씨!

밖에서 김산하가 부르는 소리다. 그는 여영이 다른 날보다 늦게 일어나자 인기척을 내고 있다. 방문을 열겠다는 신호이기도 하다. 여영은 아직 잠이 들어 있는 척 홑이불을 목까지 끌어올린다. 김산하가 문고리를 잡고 두 번 탁탁거리곤 문을 잡아당긴다. 문이 열리고 그가 들어오더니 앞에 앉아 여영의 이마를 짚는다. 끊임없이 일하는 그의 손은 크고 단단하고 거칠다. 열은 없는 것 같은데?

그가 중얼거리며 몸을 기울여 온다. 키스를 하려는가 했더니 여영을 홑이불째 들어 안는다. 여영이 장난 중인 걸 알고 맞장구를 치는 것이다. 여영은 끼루룩 웃고는 두 팔을 뻗어 그의 목을 안는다. 이미 숲 속의 벌터들을 한 바퀴 돌고 와 씻은 그의 몸에서는 청량한 숲 냄새가 난다. 그는 목울대가 섹시하다. 그의 목울대에 입술을 대노라면 아랫도리 사이에 불쏘시개를 넣은 듯 화기가 느껴진다. 화기는 아랫배로 젖가슴으로 머리로 치오르는 동시에 허벅지로 무릎으로 종아리로 내리 닿는다. 발가락 낱낱이 금세 더워져 꼬물거린다. 그가 웃으며 여영의 몸에 감긴 홑이불을 벗겨낸다. 그는 섹스할 때 단순하다. 샅샅이 애무한 뒤 서두르지 않고 여영을 뉜 자세로 눈을 마주친 채 가만히 삽입한다. 그가 들어왔을 때 여영은 그를 끌어안기 위해 몸을 일으켰다. 그는 잡히지 않는다. 역시 꿈이다.

끝까지 가지 못한 꿈 속 정사의 여운을 이기지 못해 이불을 뒤집어쓰는데 출입문 열리는 소리가 난다. 별관 출입문은 이중이다. 바깥문을 들어서면 전실이 있고 전실을 지나면 안문이다. 안쪽에서는 바깥문 여닫는 소리가 들리지 않는다는 걸 조는 별관에 살면서야 알게 됐다. 이 넓은 공간이 이토록 방음이 잘된 곳인 줄도 한 달 내내 새삼 실감하는 중이다.

"우리 사모님, 간밤에 늦게까지 불 켜고 계시더니 늦잠 주무시네?"

김 씨 아주머니는 하루 네 차례 찾아온다. 세 번의 끼니때와 청소할 때다. 대형 진공청소기로 한 번 쓸고 대형 밀걸레로 닦는데 두 시간쯤 걸렸다. 오후 두 시에서 네 시 사이가 별관 청소시간이자 두 사람이 더불어 노는 시간이다. 조는 운동을 겸해서 아주머니와 함께 청소를 했다. 홀로 굴러다니며 먼지를 제거한다는 로봇 청소기를 구입해 오라고 할까 생각하다가 말았다. 덕분에 지난 삼 년간 김 씨 아주머니와 같이 보낸 시간보다 한 달 동안 지낸 시간이 더 많았다.

"어머나, 소나무 가지에 고양이가 앉았네. 웬일이람. 고양이가 소나무에 올라간 건 첨 보네."

간밤에 그린 그림 앞에서 나는 소리에 조는 이불을 걷어내며 눈을 뜬다. 흰 셔츠에 검은 치마를 입고 흰 앞치마를 허리에 맨 아주머니가 이젤에 놓인 스케치북 앞에 서서 그림을 뜯어보고 있다. 한 달여 동안 나날의 시간을 메우느라 그린 그림이 백여 점이다. 대개 매기골에서 그렸던 그림들의 재현이다. 고양이 맥과 그 일족들, 노루 놀과 그 식구들. 수탉 홰와 그 일족들. 노상 풀이 돋던 마당과 두 개의 바위 사이에서 솟아나던 샘물. 그들과 함께 있던 채소와 나무들. 그들 새새에 깃들던 햇살과 바람과 비와 안개들. 이젤 앞에 앉으면 매기골에서 보고 만졌던 것들이 얼마나 생생한지 아직 거기 있는 것 같았다.

"일어나서 아침 잡수세요, 사모님. 오늘은 객관에 손님들이 떼로 드신답니다. 원장님 학교 동기 분들이 객관에서 모임을 가지신대요."

박의 의대 동기들이 여름 하룻밤을 레이크하우스에서 보내곤 했다. 조는 느릿느릿 일어나 탁자로 옮겨 앉는다. 탁자 위에는 삼색 주먹밥과 연한 된장국과 몇 조각의 묵은지로 이루어진 아침이 차려져 있다.

"아주머니, 전화기 좀 빌려주세요."

어서 먹으라며 수저를 집어주던 아주머니가 눈을 크게 뜬다.

"뭣 하시려고요?"

그네 눈빛에 불안이 서렸다. 폐쇄회로 카메라가 지켜보고 있으려니와 집사 안 씨에게 무슨 말을 들을지 걱정하는 것이다. 집안 일꾼들을 들이고 내치는 권한이 안 씨에게 있었다. 안 씨의 권력은 물론 박에게서 나온 것이었다.

"걱정 마세요. 안 달아나요. 또 달아날 거였으면 순순히 돌아와 이렇게 얌전히 살겠어요? 궁금한 게 있어서 그래요."

아주머니가 앞치마 주머니에서 전화기를 꺼내 내밀었다.

"사모님 걱정돼 그러지, 내가 안 집사가 무서워 이러는 게 아녜요. 다른 세상은 몰라도 이 호수집 세상은 전부 사모님 건데, 좀 요령 있게 사실 것이지, 창창한 나이에 이런 데 갇혀서 무슨 고생이에요. 손님들 오시면 우리 예쁜 사모님을 찾아대실 건데, 같이 노시면 좀 좋아요?"

평생 요령을 너무 피워 이 꼴일지도 몰랐다. 조의 아버지는 대형 어선 다섯 척과 중선 열 척을 거느린 어업회사의 주인이었다. 큰 부자는 아니었을지라도 주문진항에서는 알아주는 회사였고 강릉에서는 그럭저럭 부자로 불리던 집안의 가장이었다. 아버지가 자신의 전 생애와 아내와 다섯 자식들의 미래까지 모두 끌어안고 바다 속으로 사라졌을 때 그의 셋째 딸이었던 조는 여고 1학년이었다. 두 해 뒤, 조는 대학 진학은커녕 몸담을 변변한 방 한 칸이 없었다. 조가 여고를 졸업할 무렵 아버지와 알고 지내던 집안에서 혼삿말을 건네 왔다. 어머니가 결혼을 권하며 말했다.

너는 왕비 사주를 타고 났다고 엄마가 누누이 말했지? 봐라. 그 부잣집에서 너를 턱 점찍어 결혼하자고 하지 않냐.

엄마의 왕비 사주 타령을 믿었던 건 아니지만 아버지가 살아 있을 때와 같은 방을 갖고 싶었다. 그래서 결혼했다. 그때부터 요령을 피웠던 것이다. 그리고 달아나고 또 달아나다 여기 있었다. 다시 달아날 궁리를 하면서. 이제 도망치려면 완벽해야 하리라고 느끼면서.

조는 아주머니한테 윙크를 해보이곤 전화기를 받아들고 번호를 누른다. 간밤에 문득 매기골 아랫방의 궤짝 안에 두고 온 자신의 전화기가 아직 살아 있는지 궁금했다. 조의 전화기는 물론 조여영의 명의로 되어 있고 전화요금을 결제하는 계좌도 스스로의 것이었다. 박은 제 집안에 둔 아내의 계좌를 막거나 전화를 폐쇄할 정도로 졸렬한 사람이 아니었다. 그러므로 전화기의 살아 있음이나 계좌의 동결 여부가 아니라 저쪽에 두고 온 자신의 안부를 묻고 싶은 것이었다.

매기골에서의 김산하는 벌들에게 전자파가 해롭다고 전화기를 사용하지 않았다. 아랫마을 은곡 집에 전화기며 컴퓨터가 있다고 했다. 마을에 내려갈 때마다 인터넷이며 문자 메시지로 온 벌꿀의 주문을 확인하고 때로 필요한 물건도 주문한다고. 집배원이나 택배기사가 우편물을 배달해 놓으면 그는 매기골로 옮겨 사용하는 것이었다. 그러니 그가 매기골 아랫방의 궤짝 안에 넣어둔 조여영의 핸드백에서 전화기를 꺼내다 충전을 시켜놨을지, 그리고 행여 연락이 오기를 기다리는지 확인하고 싶었다. 조여영의 전화번호가 아직 살아 있기는 했다. 전원이 꺼져 있다는 안내가 나올 뿐이다. 조는 김 씨 아주머니의 전화기 통화 내역에서 방금 걸어본 자신의 전화번호를 지우고 전화기를 돌려주었다.

"안 받아요?"

"아는 사람한테 한 전화가 아니라 뭘 알아보려고 걸어본 전화예요. 알았고요."

"그럼 어서 아침이나 드세요. 국이 다 식어버렸잖아요."

목이 막히는 것 같지만 조는 국을 먼저 떠먹는다. 주먹밥을 가만가만 먹으며 차근차근 생각한다. 별관 내부는 자동 온도 조절 장치 탓에 여름에는 덥지 않고 겨울에는 춥지 않다. 누군가, 혹은 뭔가를 사육하기에는 완벽한 공간이다. 사육 당하기에도 더할 나위 없이 완벽한 곳이다. 창을 깨부술 수는 있을 것이다. 아무리 단단하다 해도 기껏해야 유리창일 뿐이다. 깨진 유리를 뜯어내고 밖으로 나선 뒤 숲을 헤치고 나갈 수도 있을 터이다. 손님들로 북적일 오늘 밤이 맞춤할지도 모른다. 호숫가를 따라 1킬로미터쯤 걸으면 누군가의 별장도 있다. 별장은 도로로 난 진입로를 달고 있으므로 진출로가 되어줄 터이다. 작정만 한다면 갇혀 있지 않아도 되는 것이다. 작정할 수 있을지가 의문이다. 탈출해봤자 다시 잡혀올 게 뻔하지 않은가. 나가려면 박과 완전히 정리하고 맨 몸으로 걸어 나가야 하는 것이다. 그러자면 박이 포기하고 버리게 하는 방법밖에 없다. 우선은 기다려야 한다. 기다리다보면 탈출을 스스로 포기하고 이 집에 다시 적응하게 될지도 몰랐다. 어느 쪽으로 결론이 나든 버티자면 잘 먹어야 했다. 더구나 몸 속에서 아이가 자라고 있었다.

조가 밥을 다 먹고 수저를 내려놓자 아주머니가 그릇을 쟁반에 옮기며 물었다.

"주제넘지만 제가 사모님한테 한 말씀만 드려도 될까요?"

"말씀하세요."

"이 집 안주인은 누가 뭐래도 사모님이고 안 집사는 일꾼이라는 걸 생각하시라고요. 안 집사 무서워하지 말고 피하지도 말고, 할 말이 있으면 하시고, 나무랄 일 있으면 나무라고 그러시라고요."

“제가 안 집사를 무서워하는 것처럼 보이세요?”

“그렇잖고요. 사사건건, 이러시면 안 된다, 그러시면 안 된다! 듣고 있자면 제가 다 천불이 나는데도 사모님은 알았다고만 하시니. 이제 그러시지 말라고요.”

“그럼 아주머니, 우리 둘이서 안 집사를 쫓아낼까요?”

조가 괜한 말을 하며 웃자 그네도 클클 웃으며 대답했다.

“그 할멈, 이 집 귀신인데, 다 늙어 갈 데도 없는 귀신을 쫓아내면 안 되지요.”

“쫓아내지도 못하는 사람을 어떻게 안 무서워해요?”

“그러게요.”

함께 소리내어 웃고 난 아주머니가 쟁반을 들고 나간다. 그네를 문 앞까지 배웅한 조는 스스로 마당이라 부르는 마루의 가장이를 걷는다. 몇 바퀴 도는 동안 오늘 하루 할 일이 떠오른다. 책을 읽을지, 글을 쓸지, 그림을 그릴지. 무슨 책을 읽을지, 어떤 글을 쓸지, 무엇을 그릴지. 생각나면 즉시 붙든다. 뭔가에 붙들려 매달리노라면 오전이 금세 가고 하루도 금방 지났다. 바깥세상이 궁금하지 않고 특별히 그리운 것도 없다. 며칠에 한 번씩 꿈에 나타나는 김산하가, 깨어 있는 동안은 얼굴이 그려지지 않았다. 약간 뭉툭하던 그의 코와 두툼하던 입술과 늘 검붉게 익어 있던 볼과 웃으면 따로 움직이던 귓불 등이 조각으로 나뉘어 떠다녔다. 열다섯 마리나 되는 고양이 일족이 낱낱이 떠오르는데 김산하는 아스라하기만 했다. 그래서 그를 그릴 수 없었다.

***

아! 조는 터지려는 비명을 가까스로 삼킨다. 몹시 낯설면서도 너무나 익숙한 검은 그림자, 박이다. 연금 생활 두 달여 만에 나타난 박이 조의 다리 사이에 무릎 꿇은 자세로 앉아 있다. 창에는 회청빛 여명이 걸려 있다. 박의 손가락이 조의 가랑이 사이를 헤치고 질 깊숙이 들어온다. 그는 조의 몸을 속속들이 알았다. 그가 손가락을 사용하는 건 조에게도 같은 방식으로 응대하라는 신호다. 조는 그의 신호에 응했다. 아직 잠결을 가장하며 그의 하체로 손을 뻗어 그의 하의 속으로 손을 넣었다. 그런데 그가 자신을 건드리지 말라는 듯 조의 손을 잡아 누른다. 다른 한 손은 질 속에서 조의 전신을 조정한다. 조는 반응하는 자신을 그에게 내맡긴다. 절정이 왔다. 조는 스스로를 주체하지 못해 그를 밀쳐내며 그의 몸을 타고 앉았다. 그의 하의를 끌어내리고 그의 하초를 잡은 채 몸을 맞췄다. 그의 하초가 질 가득히 채워진다. 조는 절정에 다다라 비명 지르면서도 박을 절정에 닿게 하기 위해 계속 움직인다. 움직이다가 불현듯 그의 하초가 시르죽은 걸 깨닫는다. 절대 꺼지지 않을 것 같던 그의 하초가 조의 몸 안에서 꺼졌다. 네 번째 아내가 죽은 뒤에 다섯 번째, 열 번째 아내를 데려다놓고 살 거라 여겼던 그의 기이한 젊음에 제동이 걸린 것이다. 그 안개 새벽에 조가 그를 버려두고 안개 속으로 사라지면서 시작된 일일지도 몰랐다. 그걸 확인하러 이 새벽에 잠옷차림으로 숲을 지나온 것인지도. 순식간에 찾아든 갖가지 생각들을 떨쳐내며 조는 아무 것도 느끼지 못한 양 한다. 숨을 몰아쉬며 그의 곁으로 널브러진다. 박이 하의를 추스르고는 몸을 일으키더니 침대를 내려갔다. 그대로 가려는 것이었다.

"여보, 이야기 좀 해요."

그가 선 채 대꾸했다.

"무슨 이야기?"

"저를 언제까지 이대로 두실 거예요?"

"원한다면 언제든지 본관의 당신 방으로 들어올 수 있어. 알고 있지 않나?"

알고 있었다. 본관으로 들어가는 건 예전의 삶으로 돌아가는 것이기에 모른 체했다. 아니 무엇을 바라는지 알 수 없어 스스로를 방기했다. 이제 이런 상태로 마냥 지낼 수 없게 되었다. 태동을 느끼기 시작했다.

"저, 임신했어요. 다섯 달쯤 된 것 같아요."

그가 멈칫하더니 돌아선 채 뇌까리듯 말했다.

"알아."

"알아요?"

"내가 의사라는 걸 잊은 모양이군. 평생 사람 몸을 보고 살아왔고 살고 있다는 걸."

"아는데, 지켜보고만 계세요? 어쩌려고요?"

"어쩔 사람은 내가 아니라 당신이지."

"그래서 저를 내보내달라는 거예요. 당신 집에서 나가 제 아이를 키우겠다고요."

"여긴 당신 집이야. 당신은 내 안사람이고. 어쨌도 당신이 내 안사람으로, 내 곁에서, 살게 되리라는 건 절대 변치 않을 당신 현실이야. 명심해. 우리 둘이 살아 있는 한은 절대 변치 않아. 그러니까 지금 당신이 선택할 건 그 아이를 이 운동장 같은 곳에서 낳아 키울지, 본관의 당신 방에서 키울지 그 두 가지뿐이야. 잘 생각해 처신해. 홀몸이 아니니 더 잘 생각해야겠지. 오늘이라도 안으로 옮기든지, 여기서 계속 지내든지. 여기서도 심심해 보이지는 않더군. 덕분에 나도 심심치 않고."

실내를 훑어본 그가 저벅저벅 슬리퍼 소리를 내며 걸어 나갔다. 그 사이에 창은 좀 더 밝아졌다. 김 씨 아주머니의 전화기를 빌려 매기골에 있는 조여영의 전화기에 전화를 걸어본 게 다섯 번이었다. 최근이 어제 아침이다. 전화번호는 여전히 살아 있고 전화기의 전원은 매번 꺼져 있었다. 박이 다시 매기골에 사람들을 보내 김산하를 어찌했을 것이라는 생각은 들지 않았다. 조여영이 자기 곁으로 돌아와 있는데 다시금 김산하를 치려 들 만큼 그가 한가하지도 않다. 그러므로 김산하가 전화기를 살려놓지 않는 건 그날 밤으로 조여영을 완전히 포기했다는 뜻이었다. 혹여 남은 미련이 있을지라도 외면하고 벌들과 실랑이하며 지낼지도 몰랐다. 더러 생각나면 그 생각을 버리기 위해 길을 닦고 나뭇가지를 치고 있을지도.

김산하가 일 년에 한 번 채밀하는 시기가 8월 하순부터 9월 초순 사이라고 들은 적이 있었다. 그의 〈새맥이산하벌꿀〉은 다른 토종꿀에 비해서도 값이 세 배나 높다고 했다. 그렇게 높은 벌꿀 값을 감당하는 김산하의 고정 고객들은 그가 산골에서 혼자 살며 혼자 일하기를 바랐다. 불순물이 끼어들지 않기를 바라는 것이다. 그래서 김산하는 채밀하는 바쁜 시기에도 홀로 일했다. 가을꽃이 피기 시작할 무렵에 채밀을 끝내야 하므로 그 즈음에는 밤낮도 없을 지경이라고 했다. 채밀을 마치고 나면 벌들이 동면을 위한 식량을 비축하기 위해 만개한 가을꽃을 찾아 일하게 된다고. 요즘이 김산하의 채밀 시기였다.

조는 알몸인 채 누워 날이 새가는 것을 멀거니 지켜본다. 햇살이 동남쪽으로 난 세 개의 창을 통해 들어와 침대 언저리까지 드리워진다. 햇살이 마루판의 이음새들을 곰실곰실 넘어 온다. 한 칸 또 한 칸, 선을 넘으며 다가오던 햇살이 멈추는가 싶더니 옆선으로 방향을 바꾼다. 아니다. 햇살의 각도가 문득 달라진 게 아니라 계속 움직이고 있다. 조는 눈을 감았다가 다시 뜬다. 햇살은 금세 몇 개의 마루판을 넘어가 있다. 절대 변하지 못할 현실에서 잠이 깼고 해가 떴으니 일어나야 할 때다. 조는 일어나 알몸인 채 기지개를 켠 뒤 화장실로 향했다.

"어느 새 씻고 나오시네!"

김 씨 아주머니 손에 샌드위치와 키위 주스로 이루어진 아침이 들렸다. 쟁반이 탁자에 놓이기 전에 조가 말했다.

"저 지금 본관으로 들어갈 거예요. 본관에서 아침 먹을래요. 그거도로 가지고 가셔서 안 집사한테 제 말 전해주세요."

"참말로요, 사모님?"

"참말로요."

별관에서 살기 시작한 지 두 달 닷새 만이고 9월 첫날이다. 아주머니가 아침상을 가지고 득달같이 나갔다. 조가 마루마당을 한 바퀴 돌았을 때 문이 열리면서 안 씨가 들어섰다. 어깨를 부풀린 흰 셔츠의 단추를 목까지 채우고 무릎길이의 검정 세미플레어 스커트에 흰 양말을 신고 검은 단화를 신고 있다. 메이드 제복이되 앞치마를 하지 않는 건 그네가 관리자라는 뜻이다. 그 옛날의 소학교를 졸업한 여자가 박의 집 살림에 관계된 것에는 모르는 분야가 없고 못하는 게 없었다. 낯빛이 흰 편인데다 주름살도 별로 없는 그네는 언뜻 보면 박과 남매지간 같았다. 외모가 나이보다 훨씬 젊다는 것도 그렇지만 자신의 나이를 의식하지 않는다는 면에서 특히 닮았다.

당황한 표정이 역력한 안 씨가 조의 몸매를 살폈다. 박이 모니터를 통해서 알아봤을 만큼 티가 나는 임신을 그네 눈이라고 살이 붙은 것으로 볼 수는 없을 터였다.

"사모님, 임신을 하셨습니까?"

"그 양반이 그렇게 말씀하시던가요?"

"예."

놀람에 비해서는 대답이 짧다. 조는 몇 달째라느니 어떻게 임신을 하게 됐는지 따위를 설명하고 싶지 않아 응수하지 않는다. 조가 말이 없자 그네도 무슨 말인가를 하려 실룩이다 만다. 삼 년여 전 레이크하우스에 처음 들어와 첫 손님들을 치를 때 안 집사가 다가와 귀에 대고 하던 말을 조는 아직 기억했다. 사모님, 손님들 앞에서 그렇게 웃으면 천박해 보입니다. 웃을 때는 입을 가리세요.

"그 양반한테, 저 아무 때나 옮겨도 된다는 말씀도 들으셨어요?"

“조금 전에 출근하시면서 말씀 남기셨습니다. 그런데 정말 임신을 하셨습니까?”

“왜요, 제가 임신 못하는 여잔 줄 아셨어요?”

“워낙 갑작스러워서요.”

지금 안 씨는 조에게 누구 씨냐고 따지고 싶은 것이다. 그렇게 못하는 까닭은 박에 대한 두려움 때문이다. 박은 대물림 같은 것에 신경쓰지 않는 이상한 사람이었다. 홀로 천 년쯤 살 듯했다. 밖에서 임신해온 아내를 용납할 정도로 이상한 사람이기도 하다. 장차 어찌하기 위한 용납인지는 아직 알 수 없다. 무엇을 위한 전제이든 아내를 두고 보기로 한 박은 휘하 사람들에게 너그러운 것으로 정평이 났다. 그래서 그의 세계로 들어선 사람들 스스로는 그를 떠나지 못했다. 정작 박은 냉혹한 사람이었다. 특히 자신의 권위에 흠집 내는 사람은 가차 없이 쳐냈다. 안 씨는 박의 그런 면을 누구보다도 잘 알았다.

“지금 본관으로 들어갈 거예요. 그 전에, 그 양반이 제 활동 범위가 어디까지라는 말씀도 하시던가요?”

“그런 말씀은 없으셨습니다.”

“제 차는요?”

“늘 있던 자리에 있습니다. 다른 모든 것도 마찬가지입니다.”

“오늘 전화기를 새로 만들어야겠어요. 산부인과에도 가야겠고. 혼자 나가기는 무리겠죠?”

“경호원이 모실 겁니다. 사모님을 모시기 위해 경비회사가 들어왔으니까요.”

"그렇겠죠. 알겠어요. 여기 물건은 그대로 두세요. 앞으로 여기는 제 화실로 쓸 거예요. 청소는 제가 요청할 때만 하시고 아무도 드나들지 않게 해주세요."

말을 마친 조는 슬리퍼를 신은 그대로 열려 있는 문 밖으로 나선다. 본관까지는 3백 미터쯤 되는 소로가 나 있고 바닥에는 일정한 간격으로 박석이 깔려 있다. 자작나무 숲 사이에 난 길이다. 인공 조림된 숲이라 나무들은 일정한 간격으로 서 있고 나무 밑에는 잡목이며 잡풀들 대신 잔디가 자랐다. 은회색의 자작나무 수피들이 아침햇살에 희게 빛난다. 눈부시다. 조는 모처럼의 햇살을 손바닥으로 가리면서도 심호흡을 하며 공기를 들이킨다. 별관에서도 답답한 걸 모르고 지냈는데 안과 밖의 공기는 사뭇 다르다.

주방에서는 조의 식탁을 다시 차리느라 김 씨 아주머니가 부산했다. 조는 천천히 하라고 이른 뒤 안방으로 들어선다. 아직 파출부들이 출근하지 않아 안방은 박이 자고 나간 그대로다. 새벽에 별관으로 건너오기 전의 상태 그대로일 수도 있다. 조가 결혼 직후에 안 씨에게 명령조로 말한 한 가지가, 이제 안방 청소는 당신이 하지 말고 파출부들에게 시키라는 것이었다. 그때는 아직 범 무서운 걸 모르는 하룻강아지처럼 안 씨 무서운 걸 몰랐다. 그 덕에 조가 있는 동안은 안 씨가 안방에 들어오지 않았다. 나가 지낸 동안은 어땠을지 알 수 없다. 방을 훑어본 조는 화장실로 들어서 샤워를 한 뒤 파우더 룸에서 화장을 하고 아이섀도를 공들여 덧바른다. 드레스룸에서 품이 넓은 회색 원피스를 꺼내 입는다. 머리칼이 꺼칠하게 자란 머리에다 회색 실크 머플러를 둘러 등 뒤로 늘어뜨린다. 보석함에서 붉은 루비 귀걸이를 꺼내 걸고 보니 예전의 그 여자가 거울 속으로 들어가 있다. 거울 가까이 다가들어 본다. 이 이상한 세상에서 달아날 수 없을 바에는 아예 접수하기로 작정한 여자의 눈 그늘이 깊다. 습기 맺힌 눈동자는 촉촉하다.

맹렬한 오후

맹렬한 오후

『욕망의 식물학』.

몇 시간 전 손님이 진열장 위에 놓고 가버린 책 제목이 그랬다. 금방 찾으러 오려니 싶어 놓고 간 그대로 두었는데 책 두고 간 손님은 몇 시간이 지나도 소식이 없다. 정신없어 뵈기는 했다. 여자는 외출에서 돌아오던 길인지 나가는 길인지 알 수 없는 차림으로 작은 손가방을 들고 겨드랑이에 책을 끼고 들어왔다. 옷 구경하러 들어왔다면서 구경은 하지 않고 대번에 반소매의 빨강 재킷을 가리켰다. 영희도 보름 전 새벽 동대문 패션타운에서 물건을 골라대다가 한 매장에서 그 빨강 재킷을 발견했을 때 그랬다.

영희가 도매시장에서 상품을 구입할 때 기준은 언제나 자신이었다. 저 옷을 내가 입으면 어울릴까. 저 머플러는? 저 구두는? 그런 식으로 영희는 순간이라도 자신이 갖고 싶은 물건인지, 그게 다른 옷과 어울리는지를 계산했다. 생피로 만든 것처럼 새빨간 재킷을 발견했을 때는 훨씬 단순했다. 뜨거운 커피를 마신 것 같달까. 분풀이를 하고 난 것처럼 개운하달까. 단번에 구입했다. 하지만 빨강 재킷은 2주 동안 십여 명 정도 손님들의 손때만 묻었을 뿐 내내 한 자리에 걸려 있었다. 제 책을 놓고 나간 정신나간 여자가 입어볼 때까지. 여자는 영희의 가게에 처음 들어왔을 뿐 생판은 아니었다. 이 동네에 사는 여자였다.

『욕망의 식물학』은 흰 색 바탕의 표지 하단에 사과 한 개를 그려 붙이고 있다. 사과에는 시든 이파리 넉 장이 매달렸다. 사과에 파리똥 같은 검은 점들이 덮여 있는 걸 보면 그림이 아니라 사진 같기도 하다. 그림이든 사진이든 깨물어 보고 싶지는 않은 사과다. 허기와 갈증으로 깨물긴 했어도 삼키기 싫은, 시든 배 같다. 책장을 들춰보니 군데군데 밑줄들을 그어놓았다. 여러 번 읽었다는 표시인지, 읽으면서 색연필 몇 개를 쥐고 읽었는지. 밑줄 색깔이 여러 가지다. 파랑이 가장 많고 분홍과 연두와 빨강이 드문드문하다.

읽은 게 아니라 색칠놀이를 한 모양이네.

괜히 이죽거린 영희는 파랑 밑줄이 그인 문장을 소리내 읽어본다.

"튤립 '퀸 오브 나이트'가 이렇다 할 향기가 없는 데는 그만한 이유가 있다. 오로지 시각적 기쁨만을 제공하겠다는 계산된 작전이다. 만지지도, 향기를 맡지도 말고, 그저 멀리서 감탄만 하라는 것이다."

무슨 소린지 몰라 앞의 몇 장을 넘겨 또 파랑 밑줄이 그인 문장을 찾아 읽는다.

"색조가 매우 어둡다 보니, 스스로 빛을 발하기보다는 빛을 끌어들이는, 일종의 꽃의 블랙홀과도 같다. 한편, 정원에 핀 '퀸 오브 나이트'는 햇빛의 각도에 따라 꽃과 꽃의 그림자가 필름의 양화陽畵와 음화陰畵를 번갈아 연출한다."

퀸 오브 나이트라는 이름의 튤립이 어떻게 생겼는지 안다면 알아먹을 수 있는 글일까. 단어 하나하나를 떼어보면 모를 것 없을 글이, 붙여 읽으니 뜻을 모르겠다. 영희는 책을 덮어 조금 전 놓여 있던 자리에 그냥 놓는다. 네 시 반이다.

바깥의 햇볕이 이제 본격적으로 짱짱해 보인다. 일곱 시까지는 버텨야 체면치레가 될 것이다. 혼자 하는 체면치레라는 것도 있다. 가게를 너무 늦게 열거나 너무 일찍 닫거나. 일요일에 종일 잠을 자거나. 밥을 먹는 대신 술을 마시거나. 그런 행동은 체면치레를 못하는 것이다. 혼자 체면치레를 못하면 혼자 살기 어려워 헛것들에 이끌리게 된다. 그 헛것들에 대한 그리움이나 갈증이 끝나지 않았을 것이므로, 사는 동안 끝나지 않을지도 모르므로 옷가게를 연 뒤 영희는 체면치레를 놓치지 않으려 조심했다.

뜨개질을 하는 것도 체면치레를 위한 방법 중의 하나다.

뜨개질을 한 몇 시간 동안 끊임없이 라디오를 들었는데 생각나는 건 없다. 에프엠라디오를 끄니 웅성이던 머릿속이 조용해진다. 조용해진 머릿속으로 왼쪽 반찬가게에서 틀어놓은 텔레비전 소리와 오른쪽 세탁소에서 켜놓은 텔레비전 소리가 동시에 울려온다. 반찬가게에서는 오늘도 기독교방송을 틀어놓았다. 아파트 단지 저편에 있는 신생 교단의 교회를 열심히 다니는 반찬가게 여자는 노상 그 채널을 켰다. 여자의 남편이 나타났을 때만 채널이 바뀌었다. 반찬가게 남자는 쇼프로그램을 주로 틀었다. 반찬가게 부부는 여자의 교회 때문에 자주 다툰다. 아내가 교회에 가져다바치는 헌금이 너무 많은 탓이다. 반찬가게 남자에 따르면 그 교회는 사이비다.

세탁소 텔레비전은 남자가 혼자 있을 때는 드라마만 방영했다. 여자 혼자일 때는 자연 다큐멘터리나 오지 탐사 프로그램이 주로 나왔다. 세탁소 부부가 함께 있을 때는 주로 뉴스가 전해졌다. 남편은 뉴스에서 정치판 이야기만 보면 울분을 터트린다. 여당이든 야당이든, 보수든 진보든 정치판 사람들을 모조리 싸잡아 욕할 때 한 사람은 제외된다. 저 여자는 무슨 옷을 저렇게 자주 갈아입어? 자기가 기생이야? 뉴스에서 옷을 너무 자주 갈아입어 세탁소 남자한테 불만을 안기는 여자는 현재의 대통령이다. 세탁소 남자가 현재 대통령한테 가진 불만은 그것뿐이다. 자기 남편이 대통령을 뺀 모든 정치꾼들을 욕할 때 세탁소 여자는 염병하네, 한다. 가서 살자고 해라, 덧붙일 때도 있다.

반찬가게에서 목사가 나와 설교를 하고 세탁소에서 드라이클리닝 기계 도는 소리와 함께 자연 다큐멘터리 내레이션이 울릴 이 시간쯤, 반찬가게 남자와 세탁소 남자는 영희의 옷가게 뒤쪽에서 자주 만난다. 건물 뒤쪽 공동 화장실 옆에 컨테이너가 있는데 원래는 반찬가게 창고였던 것 같았다. 영희가 개업했을 때는 이미 방으로 사용되고 있었다. 화장실에 가다보면 그 방에서 남자들 소리가 났다. 반찬가게 남자와 세탁소 남자가 근방의 슈퍼마켓 남자와 분식집 남자 등과 어울려 화투놀이를 하는 소리였다. 자주 벌어지는 화투판이지만 판이 길지는 않은 것 같았다. 저녁장사 시작할 즈음이면 조용해졌다.

영희는 텔레비전을 켤 때 될수록 반찬가게나 세탁소와 같은 채널에 맞췄다. 설교는 내용보다 설교하는 어조가 질색이라서 세탁소 쪽에 맞추는 경우가 대부분이다. 라디오 주파수를 찾듯이 세탁소에서 나는 소리와 같아질 때까지 리모컨을 누르면 된다. 자연 다큐 채널을 찾아 맞춰놓은 영희는 출입문을 연다. 안에서 들리던 소리들이 사라지고 바깥의 소리와 더위가 왁자하게 밀려든다. 오월 초인데 이미 한여름 날씨다.

어머나! 영희는 혼자 놀란 소리를 한다. 건너편 패밀리마트 앞 파라솔 밑에 빨강 재킷이 앉아 있지 않은가. 『욕망의 식물학』을 놓고 나간 여자다. 언제부터 저기 있었을까. 반소매 아래로 드러난 팔이 희고 가늘다. 아마도 올 여름 처음으로 반소매 옷을 입은 모양이다. 그래서 어색한 것 같은데 스스로는 그조차도 의식하지 못하는 것 같다. 오른손 엄지 끝을 이빨로 갉아대는 꼴이라니. 욕망이나 식물이나 학(學)이라는 단어들이 연상되지 않는 그저 멍한 모습이다. 제 앞에 놓인 캔 커피를 들여다보고 있기는 하는데 그걸 보는 것 같지도 않다. 그저 손톱만 물어뜯고 있는 것이다.

먹통이겠지 뭐.

속으로 중얼거린 영희는 쇼윈도에 들어 있던 선인장 화분 세 개를 가게 앞에다 내놓는다. 근방 꽃가게에서 사다 놓은 꽃게발선인장이다. 자줏빛 꽃의 색감을 쇼윈도에 들여놓느라 구입한 화분들인데, 주로 유리창 안에서 살아서인지 꽃빛깔이 바란 것 같다. 하루 20분 이상은 직사광선을 쬐어주는 게 식물의 건강에 좋다는 말을 누구한테서 들었는지 기억나지 않는다. 어쩌다 그 말이 생각나면 한 번씩 내놓을 뿐이라 꽃게발선인장들이 햇빛 아래로 나서는 건 열흘에 20분도 되지 않는다.

사거리 서북쪽의 아파트 앞길에서 온 한 떼의 교복들이 길을 건너 패밀리마트 안으로 들어간다. 골목 안 사거리의 동남향 모서리에 자리한 패밀리마트는 반경 일백 미터 안에서 유일한 편의점이다. 미용실이 십여 곳이고 옷가게가 십여 곳, 술집이 수십여 곳 등인 것에 비하면 단연 독보적인 업종이다. 편의점이 개점한다고 색색의 풍선을 아치로 매달고 인형 같은 계집애들이 몸을 마구 흔들 때, 영희는 저게 몇 달이나 가랴 했다. 골목의 숱한 가게들이 수시로 그와 같은 짓을 하고 난 뒤 몇 달 못 가 문을 닫곤 했다. 이 거리에 오래 된 가게들이 없지 않지만 새로 들어온 자리들은 대개 일 년이 못 되어 망해 나갔다. 망한 자리에 새로운 가게가 시끄러운 개업식과 함께 들어서도 역시 일 년 안팎에 나간 집이 되었다. 개업한 뒤 석 달도 못 버티고 나간 가게도 부지기수다.

패밀리마트 건너편 동북향 모서리에 있는 영희의 옷가게도 그런, 나간 자리였다. 물론 그런 걸 모르고 들어왔다. 가게 자리가 넓지는 않아도 모퉁이에 있었다. 가게가 부채꼴 모양으로 트인 데다 쇼윈도가 두 방향이라 처음에는 자리 좋다는 소리를 많이 들었다. 손님도 적지 않았다. 그 손님들이 대부분 아는 사람들과 아는 사람의 아는 사람이었다는 것을 석 달쯤 만에 깨달았다. 개업 인사로 한두 번씩 다녀간 지인들의 발길이 끊기자 주변가게들과 똑같은 불황이 찾아들었다. 진작 이 골목에서 빠져나갔어야 했는데 때를 놓쳤다. 지금은 가게를 접으려는 의욕도 사라졌다. 팔지 못한 옷들을 다 어찌 처분할까 싶으면 지레 질렸다. 뭔가를 그만둔다는 것은 그 일을 시작할 때보다 훨씬 큰 힘이 필요했다. 여러 번 뭔가를 그만두느라 소진한 영희는 이제 스스로 그만둘 힘이 없었다. 반 년 정도 남은 가게 자리 계약 만료를 시한으로 삼고 막연히 버티는 즈음이었다.

개업 당시에는 그래도 일주일에 한 번씩 꼬박꼬박 동대문 패션타운에 가서 물건을 해오곤 했다. 지난 겨울부터는 보름에 한 번쯤 갔다. 생생하고 찬란하게 느껴져 희열까지 돋던 한밤의 옷시장이 그 즈음부터 도깨비시장처럼 어지러웠다. 처음 그곳에 가면 푸릇푸릇 기운이 돋는 것 같더니 요즘은 간신히 붙어 있는 기운마저 모조리 빨아가 버리는 것 같았다. 시장에 가려 생각만 해도 지레 녹초가 되었다. 사실 오늘쯤은 시장엘 가야 했다. 지난 번에 여름옷을 해왔지만 여름옷은 지금 한창이었다. 일단 가면 주머니가 텅 빌 때까지 물건을 구입한다. 현금으로만 거래하는 곳이라 그야말로 주머니가 빌 때까지였다. 그 시장에는 자신이 구입한 물건들은 다 팔 수 있을 것이라는 환상이 범람했다. 환상이 깨지는 것은 싣고 온 보따리들을 가게에 펼칠 때부터다. 어른 두엇도 너끈히 들어갈 만한 비닐자루 두세 개를 벌리면 현실이 드러났다. 늘 그랬다. 환상은 짧고 현실은 길었다. 요즘, 옷은 잘해야 하루 한두 장쯤 팔렸다. 손님이 전혀 들지 않는 날도 있다. 오늘은 아마도 저 빨강 재킷이 유일한 손님일 것이다. 여자가 다녀간 이후 손님은커녕 길고양이 한 마리 기웃거리지 않았다.

몇 달이나 가랴 싶던 패밀리마트는 달랐다. 출입문을 가운데 두고 양쪽 측면에 하늘색 줄무늬의 차양을 널찍하게 드리우고 그 밑에 파라솔을 놓은 게 전략이었나. 사거리 모퉁이라 옹색해 보이기만 하는데도 파라솔 아래는 항상 누군가 앉아 있곤 한다. 편의점에서 맥주나 아이스크림이나 컵라면 따위를 들고 나와 거기서 먹는 사람들이다. 교복 입은 아이들이 그중 많았다. 어쨌든 그 파라솔 아래에 삼십대의 여자가 혼자 앉아 있는 경우는 오늘 처음 보는 것 같다.

빨강 재킷은 여름 길가에 핀 칸나처럼 홀로 붉다. 아니 여자 책 속에 나온 튤립 퀸 오브 나이트처럼 어둡다. 스스로 빛을 발하기보다 모든 빛을 빨아들이는 그걸 블랙홀이라 표현했던가.

이봐요, 거기 덥지 않아요? 내 가게로 들어와 있지 그래요?

여자를 향해 소리치려던 영희는 소리를 삼키고 그냥 안으로 들어왔다. 여자에게 건네주려고 책을 들다가 다시 펼친다.

"몸을 숙여 장미나 모란의 향기를 들이마시면 순간적으로 이성적 자아를 버리고, 매혹적 향기만이 인도할 수 있는 그 어딘가로 실려 간다. 이것이 바로 무아지경이 아니던가. 자아를 빠져나가는 경지. 이런 꽃들은 고정된 틀을 버리고 자유분방함을 꿈꿀 것을 제안한다."

빨강 재킷이 밑줄 그어놓은 문장들은 여전히 알아먹기 힘들다. 앞에서부터 차례차례 읽어도 모르기는 똑같을 것이다.

뭘 하기에 이런 책을 읽을까?

영희는 여자의 책을 다시 진열장 위에 두고 소파에 앉아 뜨개질거리를 잡는다. 파랑색과 은색 면사를 섞어 여름용 볼레로를 뜨는 참이다. 탱크톱 위에 걸치면 어깨와 겨드랑이를 가릴 수 있는 짧은 카디건이다. 같은 소재의 둥근 챙 모자는 벌써 떠놓았다. 이따금 이렇게 한두 장씩 떠서 걸어놓으면 팔렸다. 패밀리마트 왼쪽의 수예점 여자가 건너와 싫은 내색을 한 건 지난 겨울이었다. 마네킹에 털실모자와 목도리를 떠서 옷과 맞춰 놓았을 때였다.

뜨개질 솜씨 좋으네요? 업종을 바꿔도 되겠어요?

수예점 여자의 말에, 나 아니라도 오래는 못 버티겠더구먼, 하는 대답이 영희의 입안에 고였다. 차마 그렇게 말은 못했지만 사과하지도 않았다. 그의 수예점에서 뜨개실을 사지 않게 되었으나 뜨개질을 그만두지도 않았다. 그만둘 수도 없었다. 무얼 하며 손님이 들지 않는 가게를 지키며 홀로 체면치레를 할 것인가. 뜨개질을 하기 전에는 퀼트를 했다. 퀼트 전에는 십자수를 했고, 십자수 전에는 천으로 인형을 만들었다. 인형을 만들던 시절에 아기를 낳고 싶었을 것이다. 십자수를 놓을 때는 뭘 하고 싶었는지 생각나지 않는다.

지나서 돌아보면 하고 싶었던 것들은 전부 내 것 아닌 헛것이었다. 헛것들. 헛것들은 중독성이 강하다. 빠져드는 순간 빠져 있는 것조차 잊는다. 뜨개질을 하며 텔레비전을 보는 것은 라디오를 들으며 뜨개질을 하는 것과 같다. 봐도 보는 것이 아니고 들어도 듣는 것이 아닌 상태. 손을 무의식적으로 움직일 뿐 손이 뭘 하고 있는지를 자주 잊는다. 빠져 있는 것이 아니라 빠져나가 있는 것 같다. 몸은 소파에 있는데 정신이라든지 마음이라든지 하는 것들은 날아가 천장쯤에 파리처럼 붙어 있는 꼴이다. 그럴 때 정신이랄까 마음이랄까 하는 것은 딱 파리만 한 크기일 것이다.

"저기요."

빨강 재킷이다.

"아까 제가 여기다 책을 두고 간 것 같은데요. 아, 여기 있구나."

진열장 위에서 제 책을 집어 든 여자 얼굴에 화색이 돈다. 햇볕에 좀 익은 것 같기도 하다.

"고맙습니다."

제 책 제가 가지고 가는데 고마울 건 뭐람. 생각한 영희는 여자한테 말을 건넸다.

누굴 기다리는 것 같은데 여기서 기다리지 그래요?

말을 하려면 말이 소리로 나가기 전에 입안에서 연습하듯 굴리는 버릇이 언제부터 생겼는지 모르겠다. 영희가 말하기 전에 빨강 재킷은 이미 열린 문 밖으로 나갔다. 영희는 뜨개질을 계속하면서 책이 있던 자리를 건너다본다. 탱크톱과 민소매 셔츠가 담긴 바구니들 사이가 비었다. 원래 비었던 자리였다. 빨강 재킷의 책 『욕망의 식물학』이 몇 시간 이물처럼 끼어 있다가 사라져 원래 상태가 되었는데, 참 휑하다.

발딱 일어난 영희는 세 방향으로 놓았던 바구니들을 귀를 맞대듯 나란히 놓아 빈 자리를 없앤다. 바구니 안에 든 셔츠들도 순서를 바꾸어 다시 꽂는다. 흰 색과 검은 색을 바꾸고 파랑과 노랑을 바꾸고 주황색과 은색을 바꿨다. 회색과 보라색도 바꾸었다. 원래의 배열 기준이 무엇이었는지 알 수 없다. 바구니 왼쪽에 가장 짙은 색 셔츠를 꽂고 오른쪽 끝에 흰 색을 꼽는 것이었겠지만 몇 초 사이에 자신의 기준을 믿을 수 없다. 애초에 기준이 없었던 것 같다. 어쩌면 그것일지도 몰랐다. 기준 없음. 내키는 대로. 그리하여 원래 상태가 어땠는지 알 수 없게 만들기.

"저기요."

또 빨강 재킷이다.

"제가 재킷 속에 입은 셔츠 색깔이 어때요? 재킷하고 어울려요?"

빨강 재킷의 칼라가 나비 날개 모양으로 넓은 편이다. 색깔이 강한 대신 칼라 모양이 부드러운 스타일의 재킷인데 여자는 그 안에 연보라색의 라운드 셔츠를 입고 청바지를 받쳐 입었다. 단발로 자른 머리가 약간 길어 뒤 꼭지에 어중하게 묶였고 화장은 옅다. 검은 색의 작은 핸드백에 진갈색의 낮은 굽 구두. 핸드백은 광택이 유난해 보이고 구두는 윤기가 빠졌다. 여자는 전체적으로 무난하거나 얼빠져 보인다.

"무난하시네요."

무난하다 하니 무안한 표정이다. 억지로 웃는다. 『욕망의 식물학』 같은 책을 읽는 여자치고는 정말이지 얼이 빠진 것으로 보인다.

"그런데 책은 어디 있어요? 그 식물학 책이요."

아! 빠진 얼이 생각난 듯 여자가 뛰어나갔다. 좀 전에 책을 가지고 나가 패밀리마트 파라솔 밑으로 갔던가 보다. 여자가 거기서 책을 찾아들고 길을 건너오더니 영희를 향해 쑥스러운 듯 웃었다.

"미안해요. 그리고 고맙습니다."

"별말씀을요."

"그런데, 제 셔츠 색깔 어때요?"

또 묻는 여자의 말투가 초조하다. 셔츠 색깔이 마땅치 않다는 불안에 사로잡혀버린 이상 셔츠를 갈아입지 않고는 못 배길 것이다. 오늘 유일한 손님이라 여겼던 첫 손님이 마지막 손님도 되어줄 것 같다. 지난 가을, 겨울, 이번 봄 상품들까지 팔지 못한 옷이 칠백여 장이다. 구두며 액세서리들까지 합치면 천여 점의 물건이 모조리 재고품인 셈이다. 재고품들이 영희 머릿속에서 모처럼 상품으로 살아나 반짝이기 시작한다.

"옷장수한테 그렇게 물으면 셔츠 색깔만 문제 같지는 않다고 대답할 걸요? 하나를 바꾸면 다 바꿔야 하는 경우가 많잖아요."

마음에 맺히는 뭔가가 있으면 엄지손톱을 뜯는 게 여자의 버릇인가보다. 오른손 엄지로 이빨을 건드리려다 손을 내린다.

"뭐, 뭐가 문제인 것 같아요?"

"그럼 제 물건 좀 더 팔아줄래요?"

"한 번 골라줘 보세요."

"옷 사이즈는 55쯤 될 것 같은데, 신발 사이즈는 어떻게 되세요?"

"235밀리요."

영희는 차이나칼라에 비글이 몇 개 박힌 흰 색 민소매 셔츠를 바구니에서 뽑아냈다. 치마걸이에서 밑단에 검은 줄이 둘러진 흰 색의 무릎길이 치마를 뽑고, 흰 스타킹을 골라냈다. 여자가, 영희가 골라 놓은 옷들을 군말 없이 들고 탈의실로 들어간다. 그 사이에 영희는 구두들을 내려다보았다. 구두들의 색깔은 검은 색과 흰 색과 미색과 보라색과 빨간 색 등 대여섯 가지이지만 사이즈는 일반적인 두 가지뿐이다. 240. 245. 궁리하고 말 것도 없다. 영희는 240밀리의 높은 굽 검정 구두를 골라 놓는다.

오 분쯤 걸려 여자가 나왔다. 들어가기 전에 삼십대 후반쯤의 생기 없는 얼굴로 보이던 여자는 서른 갓 넘은 화사하고 지적인 여자가 되어 있다. 뒤 꼭지에 어중하게 묶였던 머리카락은 이제 발랄한 헤어스타일로 보인다. 검정구두에 흰 스타킹 신은 발을 쏙쏙 넣자 십 센티쯤 키가 자란 여자가 거울 앞에서 선 채 영희한테 물었다.

"맘에 드세요?"

"저는 맘에 들어요. 이뻐요. 손님은 어때요? 자기 모습이 맘에 드세요?"

"좀 부끄럽기는 하지만 좋아요."

"옷장사하면서 주워들은 얘긴데요, 가장 아름다운 패션은 자신감이라 하데요."

"네에. 제가 입은 옷이며 구두가 얼마치예요?"

민소매 셔츠 2만9천 원. 치마 7만5천 원, 스타킹이 9천 원, 구두가 6만5천 원이다. 영희는, 도합 17만8천 원인데 8천 원을 깎아주겠노라 한다. 여자가 5개월 할부로 결재하겠다며 카드를 내밀었다. 계산을 마치고 카드를 돌려준 영희는 여자가 허물처럼 벗어놓은 연보라색 셔츠와 청바지와 검정색 발목스타킹을 쇼핑백에 담았다. 비닐봉지에 구두를 싸서 쇼핑백에 넣고 탁자에 놓인 여자의 책을 건넸다. 쇼핑백과 책을 받아든 여자가 전화기를 꺼내 시각을 확인하더니 말했다.

"저기요, 이것들 좀 맡아주시겠어요? 저녁에, 아니 내일 찾으러 올게요."

영희는 여자한테서 쇼핑백과 책을 받아 탁자 위에 놓았다. 여자가 밖을 내다보더니 내일 올게요, 외치고 뛰어 나갔다.

뛰지 말아요. 넘어지면 어떡해.

영희는 또 속으로 말하며 여자의 뒷모습을 좇아 밖을 내다보았다. 유리벽을 통해 보이는 여자는 패밀리마트 앞에서 들썩이고 있는 흰 색 승용차로 다가가더니 조수석의 문을 열고 쏙 들어간다. 유리 선팅이 짙은 흰 차가 좌회전 방향을 엿보더니 쑥 돌아 나갔다. 빨강 재킷이 탄 차가 사라지자 횟집이 나타난다. 사거리 남서쪽 모서리에 있는 횟집 앞 플라스틱 의자에 할아버지와 할머니가 앉아 있다. 재활용 폐품을 모으러 다니는 노인들은 패밀리마트 쪽을 쳐다보고 있다. 건물이 드리운 그늘 속에서 쉬는 것 같다. 반 년 전쯤에 요란한 개업식을 치른 횟집인데 저녁 무렵에도 가게 문을 열지 않은 지는 한 달쯤 되었다. 횟집이라기보다 해산물 안주를 주 메뉴로 한 주점이었다.

한 달 전쯤 횟집이 문을 열지 않던 첫 날, 퇴근하던 영희는 횟집 앞으로 건너가 수족관을 들여다보았다. 오징어며 멍게며 가자미며 낙지들이 뽀글뽀글 피어나는 공기방울 속에서 구물구물 움직였다. 그것들을 보며 주인 부부를 생각했을 것이다. 주점에 손님으로 들어가 본 적은 없지만 어느 밤에 술을 사러 나왔다가 횟집 부부가 다투는 것을 보았다. 가게 앞에 구경꾼이 몰려들 만큼 격렬한 부부싸움을 훔쳐보다가 영희는 슬쩍 웃었다. 기세로 보자면 가게 안의 물건이 남아날 것 같지 않은데 그들은 오직 말로만 서로를 공격했다. 뒈지고 싶으면 너 혼자 뒈져라. 그날 밤 그들 싸움의 요지는 그것인 것 같았다. 그 사흘 뒤 수족관은 물때 마른 자국을 암각화처럼 남긴 채 비었다. 그 곁에 플라스틱 의자 세 개가 포개져 버려져있었다.

폐품 수집하는 노인들은 횟집이 내버리고 간 빨갛고 파란 플라스틱 의자에 앉아 있다. 종이상자 등을 모은 수레를 각자 옆에 놓고 빈 수족관 앞에 나란히 앉았는데 대화를 하는 것 같지는 않다. 수집한 폐품 중에서 골라 입은 것일까. 할머니가 입은 분홍색 파카와 할아버지가 입은 감청색 파카는 커플룩인 양 닮았다. 망해 나간 횟집 앞에 폐품 실은 수레를 곁에 두고 철이 한참 지난 옷을 입고 있는 두 노인의 모습은 익숙한 그림 같다. 제목은 알지 못하지만 아주 유명하여 눈에는 충분히 익숙한.

내외간이신가?

노인들이 내외간인지 아닌지는 영희도 몰랐다. 영희의 가게에서는 그들에게 내줄 재활용 폐품이 거의 나오지 않았다. 두 노인이 각기 재활용 폐품이 실린 자그만 수레를 끌고 다니는 것을 이따금 보기만 했다. 노인들의 시선이 향해 있는 곳은 편의점 앞이다. 근처 중학교의 학생 둘이 파라솔 아래 앉아 있다. 교복에 가방을 멘 아이들은 각기 컵라면과 캔 콜라를 하나씩 놓고 아이스크림을 핥는 중이다. 아이들의 말소리가 오가는 차량을 비켜서 영희에게까지 들려왔다. 내용은 들리지 않았다. 그들이 내뱉는 욕설만 들렸다. 일 년 반 정도 편의점을 앞에 두고 살면서 아이들의 욕설 섞인 말투에 익숙해졌다. 말의 반 이상이 욕설 같았다. 그래서 아이들 말이 온통 욕설로만 이루어진 듯했다. 무슨 일이든 51프로면 100프로와 다름없다고 소리치던 남자가 있었다. 한 시절 영희의 남편노릇을 했던 사람이었다. 요즘 보면 그의 말이 맞았다. 약간의 모자람은 결국 결핍이고 약간의 넘침은 감당 못할 것이었다.

전화벨이 울린다. 영희가 막 전화기를 찾아 돌아서는데 밖에서 턱, 터그르르 하는 소리가 났다. 동시에 쾅, 부딪치는 소리가 들렸다. 영희는 놀라 유리벽 쪽으로 다가들었다. 아파트 단지 쪽에서 우회전을 하여 나오던 회색 승합차가 횟집 앞에 뻗대 있던 할머니의 수레를 치고 급정지했다. 차에 치인 수레가 밀려나 빈 수족관을 박아 깨뜨렸다. 수레를 치고 멈춰 선 회색 승합차를 직진해 오던 검은 승용차가 들이박았다. 할머니의 수레가 승합차에 밀려 빈 수족관에 박혔다. 할머니는 파란 플라스틱 의자에서 바닥으로 내려앉았다. 수레가 있던 위치로 보자면 수레가 칠 것은 수족관이 아니라 할머니일 것 같은데 바닥에 주저앉은 할머니는 멀뚱하다. 무슨 일이 일어났는지 잘 모르겠다는 얼굴이다. 할아버지도 얼이 빠진 얼굴로 주위를 두리번거렸다. 정작 소동은 회색 승합차의 남자와 검은 승용차에서 나온 여자 사이에서 일어났다. 삼십대 초반으로 보이는 여자는 회색의 짧은 치마에 연회색의 레깅스를 입고 검정색 봄 재킷을 받쳐 입었다. 회색 승합차의 운전자는 연두색 반소매 티셔츠에 청색 진을 입고 있는데 이십대 후반쯤으로 보인다.

그들이 소리 높여 잘잘못을 가리는 사이에 사거리의 교통이 금세 마비되었다. 네 방향의 길마다 차들이 십수 대, 많게는 수십 대씩 꽁무니를 대었다. 사거리에 면한 가게들에서 사람들이 나와 차들과 뒤섞이면서 아수라장이 되었다. 사고가 드물지 않은 지점이라 사거리 바닥에는 사고를 표시한 스프레이 자국이 군데군데 낙서처럼 그려져 있었다. 그렇지만 이렇게 많은 구경꾼을 보기는 처음이다. 세상에, 이 시각에 이 근방에 이렇게 많은 사람들이 있었어? 영희가 감탄하는데 또 전화벨이 울린다. 영희는 잠깐 싸움구경을 계속할지 전화를 받을지 갈등하다 전화벨이 그치기를 기다렸다.

전화벨이 그친 뒤 열어보니 모니터에 부재중 전화 2통, 김 씨라고 떠 있다. 영희가 맞선으로 만난 김 씨는 제 말에 따르면 재산이 많았다. 중매인도 그가 자수성가한 부자라 했다. 그의 큰아들은 공기업에 취직했고 작은아들은 군대 가 있는데 보직이 좋다. 김 씨는 영희를 만날 때마다 갖은 자랑이 넘쳤다. 쉰두 살인 그는 영희보다 열세 살이 많았다. 이혼남인 그와 맞선을 본 건 반 년 전이었다. 반 년 동안 다섯 번 만났다. 섹스가 개뿔인 것은 나이 탓이려니, 싸구려 음식점만 찾아다니는 것은 자수성가에서 비롯된 습관이려니 넘길 수 있었다. 대형 승용차를 끌고 다니면서 커피를 길가에 선 자판기에서만 뽑아먹으려는 게 문제였다. 그게 분위기 있다는 것이었다. 젊은 날의 로망이었다던가.

로망 좋아하시네! 영희는 김 씨가 걸어온 부재 중 전화 두 통을 지웠다. 로망을 꿈꾸는 그는 또 전화를 걸어올 것이다. 김 씨뿐 만아니라 박 씨, 최 씨도 잊지 않을 만하게 전화를 걸어왔다. 대범하여 남자다운 박 씨는 말이 통했다. 섹스도 괜찮았다. 돈이 없었다. 직업이 멀쩡해도 빈탕인데 뻔뻔하게 그걸 숨기지도 않았다. 자칭 타칭 지식인인 그는 영희한테 돈이 많은 걸로 오해하고 있었다. 영희는 그가 오해하게 두었다. 언변 좋은 최 씨는 직업도 괜찮고 술맛 나는 대화를 할 줄도 알았다. 그런데 최 씨와는 섹스하기가 싫었다. 밤새 술 마시며 놀 수는 있어도 함께 뒹굴고 싶지 않았다. 김 씨의 돈과 박 씨의 섹스와 최 씨의 대화가 한 몸에 갖추어진 남자가 어딘가에 있기는 할 터였다. 잠깐일망정 재혼을 고려해본 적이 있는 세 남자를 동시에 떠올릴 때마다 영희는 스스로에게 주문을 걸었다.

그렇게 고루 갖춘 남자가 세상에 있다고 치자. 그런데 나하고 결혼하겠어?

핸드폰을 내던져 둔 영희는 횟집 앞을 건너다보았다. 세탁소 여자와 반찬가게 여자도 영희의 가게 앞으로 와서 구경삼매경에 빠져 있다. 더 많아진 사람들이 회색 승합차와 검정 승용차의 잘잘못을 논했다. 모퉁이 횟집 앞에 앉아 있던 노인들이 일차로 잘못한 것이다. 하지만 그렇게 따지면 근방에 잘못하지 않은 가게 주인들은 거의 없다. 가판이나 입간판이나 배달용 오토바이나 차를 가게 앞에 세워놓지 않는 가게 주인이 드물었다. 갓길을 당연히 자신들의 가게 터로 여기는 그들이었다. 문 닫은 가게 앞에서 쉬던 노인들의 잘못을 따질 계제가 아니었다. 노인들의 잘못을 따질 수 없다면, 따져 봐야 책임을 지울 수도 없고, 책임 지워 봐야 배상할 능력도 없는 노인들이니 결국 회색 승합차가 잘못이다. 이 좁아터진 사거리에서 차의 방향을 돌리면서 전후좌우를 살피지 않았다. 아니다. 결국 검정 승용차의 실책이 훨씬 더 크다. 전후좌우를 살피지 않은 것은 물론이고, 승합차가 우회전을 해 나온 상태로 직진 방향에서 사고를 낸 것이니 검은 승용차는 차간 거리도 지키지 않았다. 아마 전화질을 하면서 운전하고 있었을 것이다. 음주운전인지도 따져 봐야 한다. 요즘 대낮에 음주 운전하는 여자들이 얼마나 많은데 등등. 대세가 검정 승용차의 잘못으로 기울어 가는 사이에 그 차의 여자는 전화를 붙들고 악을 써댔다. 보험회사에 전화하는 것 같았다.

경찰들이 와서 교통을 정리하기 시작했다. 차들이 빠졌다. 구경꾼들이 너무 일찍 끝나버린 구경거리에 입맛을 다시며 각자의 위치로 돌아섰다. 영희도 소파로 돌아와 뜨개질감을 잡는다. 볼레로를 거의 다 떴다. 매듭을 지은 뒤 장식용 단추를 달면 된다. 어떤 색깔, 어떤 모양, 어떤 크기의 단추를 달까. 영희는 단추 상자를 꺼내어 살피다가 투명하게 반짝이는 사각형의 단추를 집어낸다. 가로세로 1센티 크기의 고리단추다. 옷이 사람의 날개일 수 있듯이 단추가 옷의 꽃일 수 있다. 퀸 오브 나이트. 빛을 끌어들이는 일종의 꽃의 블랙홀. 햇빛의 각도에 따라 양화와 음화를 연출하는.

집에 가지고 가서 읽어볼까 봐. 식물의 욕망학.

큐빅 단추를 달며 혼자 소리를 하다가 영희는 탁자 위에 놓인 책을 건너다보고는 피식 웃었다. 욕망의 식물학을 식물의 욕망학이라 했지 않은가. 그거나 그거나. 혼잣말을 속으로 한 영희는 단추를 단 볼레로를 옷걸이에 걸고 증기다리미를 달궈 옷의 모양을 잡는다. 큐빅 단추의 빛이 영롱하다. 모자도 증기를 듬뿍 쏘여 손질해놓고는 아파트 단지 진입로 쪽으로 난 쇼윈도에서 마네킹을 안아낸다. 머리통 없이 상체만 있는 마네킹이다. 하체는 스테인리스 막대기 하나로 받쳐져 있다. 외다리 마네킹에 입혀놓은 연둣빛 집시풍의 봄옷들을 훌훌 벗겨낸 영희는 청색 진 미니스커트를 마네킹에 끼웠다. 은색 탱크톱을 입히고 볼레로를 걸쳐주고는 마네킹을 안아다 쇼윈도에 세운다. 볼레로와 일습인 모자를 가져다 머리통 없는 목에 올렸다. 스테인리스 외다리 양 쪽에다 파란 색 단화를 놓는다. 그래도 허전해 보여 가게 안 진열장에 있던 단화 세 켤레를 더 가져다 늘어놓았다. 옷이 제대로 입혀졌는지, 디스플레이가 잘 됐는지 보려면 밖으로 나가야 했다. 집에 있을 때면 집 밖으로, 가게 안에 있을 때면 가게 밖으로. 문 한 번 열기에도 결심이 필요할 경우가 대부분이다.

가게 밖으로 나서던 영희는 아까 내놓은 꽃게발선인장 화분들을 발견하고는 그것들을 하나씩 안아다가 미니스커트를 입힌 마네킹 앞에다 놓는다. 옮겨놓고 보니 패밀리마트 쪽으로 난 쇼윈도도 다시 치장해야 할 과제가 생긴다. 물건 하나를 옮기다보면 주변의 물건들이 죄 따라 움직인다. 그렇게 하지 않으면 안 될 필연성 같은 것이 저절로 만들어진다. 잘 팔리지도 않는 가게 물건들을 재배치하느라 밤을 새우고, 식탁 위치 한 번 바꾸려다 집의 가구를 모조리 옮기는 것도 그 때문이다. 여섯 시다. 일곱 시에 퇴근하려 했는데 어림없게 되었다.

패밀리마트 앞 파라솔 아래 한 중학생이 앉아 있다. 흰 셔츠에 황금색 교표가 가슴에 새겨진 남색 베스트를 입고 가방을 맨 채 핸드폰으로 문자놀이를 하는 아이다. 옷깃이 단정한 걸 보니 일학년이다. 탁자에는 빨대 꽂힌 콜라 캔이 놓였다. 흔한 광경인데 어쩐지 구도가 맞지 않는 것 같아 영희는 눈을 게슴츠레 뜬다. 중학생 옆에 재활용 폐품을 수집하는 바깥 노인이 앉아 있었다. 아이와 같은 파라솔 밑이 아니라 옆 파라솔이다. 아까 횟집 앞에서 사고를 일으키고 여태 근방에 있었던 걸까. 노인 옆에 폐품처럼 놓인 수레의 짐은 그리 늘어난 것 같지 않다. 노인의 눈길은 전화기를 가지고 놀며 낄낄대는 아이에게 향해 있다. 아이를 보고 있기보다 그저 멍한 상태일 것 같다.

영희는 아파트 진입로 오른쪽의 청과물상 앞으로 건너가 자신의 쇼윈도를 바라보았다. 마네킹의 맵시는 괜찮은데 창 쪽으로 좀 많이 나와 있다. 한 뼘쯤 안쪽으로 물리면 여백이 생길 것 같다. 은빛 시폰 머플러를 허리께에 둘러 늘어뜨려도 좋겠다.

가게 안으로 들어온 영희는 유리벽을 통해 다시 패밀리마트 앞의 노인과 아이를 내다본다. 아무래도 그들의 구도가 낯설다. 하루에도 몇 번씩 봄직한 풍경인데 왜 낯설까. 정지된 동영상 같은 그들을 가리며 차 몇 대가 지나갔다. 차들이 뜸해진 사이 다시 그들이 나타난다. 노인은 왼손으로 얼굴을 받치고 기우듬히 앉아서 아이를 향해 눈을 뜬 채 망중한에 빠진 듯하다. 버려진 석상인양 여일하다. 아이는 양손으로 전화기를 받친 채 두 엄지손가락을 놀리면서 연해 히죽거린다. 이따금 콜라 캔을 들어 빨대를 빨고 내려놓는 손놀림이 재빠르다. 일

미터 옆에서 저를 빤히 쳐다보는 노인의 존재를 모르는 것 같지는 않다. 가끔 노인을 향해 웃는다. 그 웃음은 제 전화기의 화면으로 이어진다. 아이는 제 전화기 속 상대와 문자로 웃고 노인은 웃지 않는다.

차 몇 대가 지나간 뒤 아이가 전화기를 닫는다. 등을 곧추세우며 기지개를 켰다. 아이 손에 쥐어진 금색 전화기가 석양에 반짝했다. 손을 내린 아이가 일어나면서 전화기를 바지주머니에 넣고는 탁자에 남아 있던 캔을 집어 빨대를 빨았다. 남아 있던 콜라가 아이 입 속으로 빨려 들어간다. 캔이 비었는지 흔들어본다. 빈 캔인 걸 확인한 아이가 한 걸음 움직여 노인의 턱밑에다 빈 캔을 놓는다. 가방을 추슬러 멘다. 제가 앉았던 의자를 탁자 밑으로 밀어 넣고 수예점 쪽으로 몸을 돌리더니 걸어간다. 노인은 아이가 사라지고도 한 동안 같은 자세로 앉아 있다. 그리고 문득 턱밑에 받친 손을 내리고는 몸을 일으킨다. 아이가 탁자에 놓아둔 빈 깡통을 집어 곁에 있던 수레에 올려놓는다. 꼭 아이가 빈 깡통을 주기를 기다렸던 듯하다. 노인이 수레를 끌고 아이와 반대 방향으로 나아갔다. 편의점 문 앞을 지나 좌회전을 하더니 영희 앞에서 사라진다.

갔네.

영희는 쇼윈도로 들어가 외다리 마네킹을 안아 한 뼘쯤 물려 세운다. 볼레로의 단추를 만지면서 가격을 어찌 매길까 궁리한다. 모자와 볼레로에 들어간 실값이 3만 원 정도다. 사흘 쯤 걸려서 떴다. 스스로 만든 옷을 쇼윈도에 걸 때마다 가격을 고민한다. 자기 노동의 가치가 어느 만큼인지 판단하기가 쉽지 않기 때문이다. 노동이기는 했는가.

의심스럽다. 결국 맘대로 붙인다. 두 개 합쳐 10만 원 받지 뭐. 결정하고 쇼윈도를 나오려는데 쇼윈도 밖에 여자 둘이 서서 들여다보고 있다. 저녁 시장을 보러 나온 낯익은 여자들이다. 청바지에 살구 색 점퍼를 걸친 왼쪽 여자가 쇼윈도 창을 톡톡 두드린다. 볼레로를 가리키며 입모양으로 얼마냐고 묻는다. 영희도 입모양으로 7만5천 원이라고 말한다. 그러자 그 옆의 분홍색 긴 치마를 입은 여자가 모자를 가리키며 얼마냐고 묻는다. 영희는 3만5천 원이라고 대답하며 웃는다. 10만 원 받기로 하고 5천 원씩을 더 붙인 건 깎아줘야 하기 때문이다. 동네장사는 깎아주는 게 필수다. 고개를 끄덕인 여자들이 웃어 보이고는 반찬가게로 들어간다.

쇼윈도를 나온 영희는, 패밀리마트 쪽 쇼윈도 일이 남았지만 잠깐 쉬기 위해 소파에 앉는다. 빨강 재킷이 남기고 나간 『욕망의 식물학』은 노상 그 자리에 있던 소품 같다. 영희는 책을 들어 펼쳤다. 이번엔 튤립에 관한 대목이 아니라 마리화나에 대한 부분이다.

"치명적으로 강력한 독은 상대방이 그에 대한 저항력을 키우도록 하는 압력으로 작용함으로써 이내 그 효력을 잃어버리고 만다. 따라서 그보다는 상대를 쫓아버리거나, 불구로 만들거나, 아니면 혼란을 일으키는 편이 효과적이다."

갈수록 태산이네.

영희는 책을 덮어놓고 일어났다. 마네킹이 자리를 비운 패밀리마트 방향의 쇼윈도로 들어선다. 석양으로 붉어진 패밀리마트 앞 파라솔 밑에 아이스크림을 든 여중생 셋이 앉아 쇼윈도로 들어선 영희를 바라보고 있다. 아이들의 무심하던 몸짓에 의도가 생기는 게 느껴진다. 맞지 않는 구도를 발견한 것 같다. 뭐가 잘못 됐는지 찾으려는 듯이 아이들의 눈길이 맹렬하다. 영희는 괜히 무안해 아이들을 향해 손을 흔들어 보인다.

파우스트와 나와 케이

파우스트와 나와 케이

1.

"그는 나를 사랑하지 않았다. 결코."

토마스 만의『파우스트 박사』시작 부분에 나오는 이 문장은, 소설 속 화자인 세레누스가 주인공인 아드리안에 대해 한 말이었다. 세레누스와 아드리안은 어린 날부터 친구였다. 그들의 관계 양상은 인문학자인 세레누스가 천재 음악가인 아드리안을 평생 해바라기하며 보살피는 식이었다. 인생 말년에 접어든 뒤 세레누스는 독을 삼킨 듯 아름답고 고독했던 아드리안의 일생을 기록하기로 작정했다. 그 소회를 밝히는 첫 머리에서 세레누스는 아드리안이 세레누스 자신을 사랑하지 않았다고 썼다.

'그는 나를 사랑하지 않았다'는 문장 밑에는 초록색과 파란 색 밑줄이 그어져 있다. 케이는 책 읽으며 줄 긋는 습관이 없으므로 두 줄의 밑줄은 내가 책을 두 번 읽었다는 뜻이다. 3년 전쯤 케이가 읽고 내게 넘겨준 책에 밑줄을 두 번이나 그었음에도 책을 덮으면서 잊었던 문장이, 지금 다시 눈을 후비고 들어와 내 가슴을 쑤신다. 그때 왜 밑줄들을 그었던가. 또한 밑줄을 긋고도 까맣게 잊었던 문구들이 왜 이제와서 내게 달려드는가. 답은 뻔하다. 내가 그때의 내가 아니라는 것.

파우스트는 15세기 중반, 르네상스와 종교개혁 시대에 독일에 실존한 인물이었다. 그는 신학과 의학에 관한 공부가 깊었다. 마술에 심취했으며 충동적인 행동과 예언가적인 언어로 세간을 들썩이게 했다. 하지만 당대의 지식인들은 파우스트를 혹세무민하는 사기꾼이라고 맹렬히 질타했다. 파우스트 사후에는 그를 둘러싼 온갖 이야기들이 더 부풀어 퍼지면서 갖가지 민담으로 형성되었다. 그의 명성을 참다 못한 종교개혁자 루터는 파우스트를 악마로 간주해 그의 위상을 끌어내렸다. 그때부터 루터의 교리를 따르던 사람들은 이 세상에 악마와 마녀가 존재하고 마법의 힘은 바로 악마와의 결탁에서 나오는 것이라 믿게 되었다. 따라서 악마와 결탁한 파우스트 또한 악마로 상정되었다. 이후 파우스트는 다종다양한 예술 작품들을 통해 악마에게 영혼을 판 인물로 그려졌다.

같은 책을 읽을 당시 케이와 내가 파우스트에 대해 이야기를 나눈 내용이 그랬다. 한 가지 더 있긴 했다. 파우스트가 악마를 불러내기 위해 한밤의 숲으로 찾아갔다는 사실무근의 이야기였다. 숲을 걷던 그는 십자로를 발견했을 때 그곳에 여섯 개의 원을 그리며 주문을 외웠다. Habracadabrah, 말한 대로 될지어다. 아브라카다브라는 사람의 염원을 현실로 만들기 위한 주술 언어였다. 그의 부름에 나타난 악마가 제안했다. 너의 영혼을 내게 준다면 네가 원하는 건 무엇이든 주마. 파우스트는 수락했고 서명하기 위해 칼로 손바닥을 그었다. 그가 피로 서명할 때 흘러내린 핏방울이 도망치라는 경고로 나타났다. 'O homo fuge.' 파우스트는 도망가지 않았다. 악마가 나타난 순간 이미 계약이 성사된 걸 알았기 때문이었다.

아드리안도 악마와 계약했다. 그는 계약을 위해 성병에 걸려 있는 창녀에게 동정을 바쳤다. 숱한 사람들을 몰두하게 만들었던 아드리안의 천재적 음악성은 그 계약의 결과였다.

그런 대화 끝에 나는 농담처럼 케이에게 물었다. 혹시 너도 악마에게 뭘 바쳤니? 그 질문에 웃던 케이가 대답했다. 토마스 만이나 나, 또 너는, 악마와 거래하는 사람들이 아니라 악마나 파우스트를 만드는 사람들이야. 악마도 파우스트도 우리 같은 사람들이 지어낸 이야기 속에, 우리 속에 이미 존재하는 거잖아. 우리는 악마나 파우스트를 만들기 위해 그들과 계약하지 않아도 되는 사람들이라고. 너는 가끔 그걸 잊는 것 같더라? 그 무렵에는 나도 어쩌면 케이의 말에 공감했을 것이다. 그가 말한 우리 속에 나도 포함되어 있는 거라고.

케이는 나를 제 첫사랑이라고 떠벌이는 작자였다. 한 동네서 나와 같은 날 태어난 그는 등단 11년 만에 여섯 권의 소설책과 시집 두 권과 세 권의 건축 에세이집을 냈고 요즘은 영화판에서 제 소설을 시나리오로 각색하고 있었다. 나는 케이보다 4년이나 앞서 등단했으며 그가 등단할 때는 이미 작품집을 출간한 상태였다. 나도 한때는 신예 작가였다. 하지만 지난 세 해 동안 열 군데쯤의 출판사에서 내 작품의 출간을 거절했다. 작년부터는 단편소설 청탁도 끊겼다. 나는 2%가 모자란 작가였다. 사흘 전, 나의 최근 원고를 거절한 출판사 편집장의 말이 그랬다. 요즘 출판시장이 워낙 불황이라, 좋은 작가들 작품도 좀처럼 출간하기가 어렵네요. 요즘은 정말 2%가 문제거든요. 요즘 세상에 모자란 2%는 곧 100%였다.

토마스 만의 책을 덮어 책장에 꽂는다. 십여 년에 걸쳐 케이가 가져다 놓은 책들이 절반 이상을 차지한 책장이다. 케이가 소설을 쓰기 시작한 건 건축사무소의 수습 건축사로 두 해째 근무하던 즈음이었고 그 계기는 나로부터 비롯되었다. 소설 쓰기가 그리 힘드니? 네 소설들 보면 하룻밤에 뚝딱 지어낸 것처럼 자신만만하던데? 그렇게 말한 케이는 몇 권의 창작 실습서를 뚝딱뚝딱 읽고 일주일 걸려 썼다는 첫 소설「3K」를 내게 보여주었다. 원고지 3백 장 가량의, 군부대 내무반 풍경과 수습 건축사의 일상을 버무린「3K」는 웃다가 가슴치며 눈물 흘리게 하는 코믹 잔혹사였다. 부대에서 자신을 괴롭히던 선임을 사회에서 맞닥뜨린 내용의 그 소설은 제 이름에 세 개의 기역자를 지닌 케이의 경험에서 비롯된 것이었다.

나는 케이가 군대 있을 때 몇 차례 면회를 갔지만 졸병 시절의 그가 내무반에서 바보 취급을 받은, 소위 따돌림 당한 병사였다는 사실을 꿈에도 몰랐다. 바보라니. 그는 초등학교 다닐 때부터 모든 과목에서 수秀를 받는 빛나던 아이였다. 백오십 대 일의 경쟁률을 뚫고 건축학과에 입학했고 재미나게 학교 다니다가 입대했다. 「3K」에 따르면 그 빛남이 문제였다. 훈련소를 마치고 배치받은 공병부대에 도착했을 때 내무반의 한 상병이 대뜸 말했다. '너 아주 좋은 학교 다니다 왔다면서? 집 짓는 과? 집은 잘 짓겠구나. 구덩이도 잘 파고.' 그렇게 시작됐다. 시킨 대로 잘해내면 건방지다는 소리를 듣고 시킨 대로 잘 못하면 좋은 대학 다닌다면서 이깟 것도 못 하느냐 거나, 일부러 이따위로 한 거냐는 핀잔을 들었다. 주인공이 바보가 되기까지 일주일도 걸리지 않았다. 그 과정을 케이는 코미디 대본처럼 웃기게, 웃다가 가슴이 저려 가슴팍을 치도록 써놓았다.

「3K」를 절반도 못 읽었을 때 나는 케이가 건축사로서보다 작가로서의 능력이 더 높을지도 모르겠다고 생각했다. 그때 내 가슴을 긋듯 지나가던 날카로운 통증은 극렬한 질투였다. 「3K」를 어떻게 읽었냐고 그가 물었을 때 대답하기 싫었다. 아니, 뭐 그럭저럭 읽을 만했다고, 다시는 소설 따위 넘보지 않도록, 아무렇지도 않은 작품이었던 듯 대답하고 싶었다. 그러지 못하고 솔직히 말했다. 슬픈데 웃기고, 웃긴데 눈물 나. 샘나게, 빼앗고 싶을 만큼 잘 썼어. 내 말에 희희낙락하던 케이는 그럼 한 편 더 써보겠다고 했다. 설마 당장 또 쓰랴 했더니 그는 석 달 뒤에 1,300장의 장편소설을 출력해 내게 건넸다. 그러면서 이미 공모전에 보냈노라 말했다.

제목이 『회침기둥』인 그 소설은, 세 아들 중 하나라도 자신을 이어 목수가 된 뒤 대목수로 커가길 바란 보통 목수의 집안 이야기였다. 당연히 케이의 집안 이야기이기도 했다. 주인공은 할아버지와 아버지를 이어 건축사가 되기로 한 청년이었다. 건축학과에 다니던 청년이 방학을 맞아 아버지가 맡은 고가古家의 개축 현장에 합류하게 되고 집을 해체하는 동안 그 집과 자기 집안의 관련 사실을 알아가는 내용인 그 소설로 케이는 문학상을 받고 작가가 되었다. 그리고 소설과 건축을 내키는 대로 오가며 살고 있었다.

내 집에 있으되 내 것인지 케이의 것인지 알 수 없는 책장에서 돌아선다. 케이와 내가 어린 시절을 보낼 때 우리 동네는 오래된 한옥과 엉성하게 낡은 양옥들이 드문드문 서 있었다. 개발바람이 불기 전이었고 그런 기미도 느껴지지 않는 동네에서 마을 위쪽에 자리한 우리 집은 단연 새 집이었다. 마을 초입에 있던 케이네의 한옥은 늘 어지러웠다. 우리한테는 숨바꼭질하기 좋은 놀이터 같았다. 벽면마다 빼곡히 선 책장에 책이 대중 없이 꽂혀 있던 문간방은 비밀의 동굴이자 새로운 세상이었다. 그의 아버지가 한옥을 증개축하거나 해체하는 과정에 버려진 책들을 주워온 것이었다. 우리는 그 방에서 우리가 읽을 수 없는 옛날 책들을 구경하는 걸 좋아했다.

마당에는 눈발이 지싯지싯 날리는 참이다. 배가 고프다. 사흘 전 출판사로부터 거절당하고 나서 거의 먹지 못했다. 냉장고는 내 뱃속처럼 빈 상태였다. 커피 봉지도 쌀 봉지도 비어 있었다. 지갑도 물론 비었다. 굶어죽지 않으려면 당장 나가 일을 찾든가, 집을 팔든가, 악마와 거래라도 해야 할 판이었다.

2.

파우스트처럼 당당히, 혹은 아드리안처럼 고독하게 나는 아브라카다브라를 외며 숲으로 향했다. 악마와의 결탁을 위해, 결탁이 어렵다면 애원이라도 할 심사였다. 음력 사월 보름밤이고 자정이 지났으므로 내 생일이기도 한 날. 모자에 달린 램프에 의지해 산책로가 사방으로 연결되는 지점에 도착했다. 나뭇가지 사이로 비쳐든 달빛이 요요히 흔들렸다. 쭈그려 앉아 손바닥으로 땅바닥을 쓸어내고 아브라카다브라를 중얼거리며 여섯 개의 동그라미를 그렸다. 그리고 귀를 기울이며 기다린다. 아무 일도 일어나지 않는다. 나는 파우스트나 아드리안이 아니고, 케이도 아니었다. 악마가 저절로 나타날 리 만무한 것이다.

"그러니까 나한테는 결국, 피 먼저 내놓으라, 이거지?"

보이지 않는 악마에게 소리친 나는 커터를 꺼내 망설일 겨를 없이 왼쪽 엄지손가락을 그었다. 비명이 났다. 새들이 소스라쳤다. 사선으로 베인 손가락에서 피가 나 손목으로 흘러내렸다. 나도 모르게 엄지손가락을 넣었던 입에서는 비릿한 쇠 냄새가 났다. 쇳내 섞인 피 냄새를 나는 열등감, 자괴감의 냄새라고 규정한 적이 있다. 스물여덟 살의 케이가 상금 일억 원의 소설공모전에 당선되어 이십대의 신예작가로 떠올랐을 때였다. 그에게서 당선되었다는 전화를 받을 때 나는 생리 중이었고 내 생리혈에서 쇳내를 맡았다.

나는 피 흐르는 손가락을 내려다보다 아파! 지레 비명 지르며 손가락을 한 번 더 그었다. 칼을 내던졌다. 아르바이트하는 제과점에서 나와 집으로 오던 길에 문방구 들러 칼이며 연필, 메모지 등을 살 때는 밤에 숲을 찾아와 손가락을 그을 계획은 없었다. 저녁밥 대신 마신 포도주 한 병에서 비롯된 충동이었다. 어쨌든 새 칼날의 기능은 사뭇 쓸 만했다. 엄지손가락의 지문은 X자로 갈렸고 피는 손금을 따라 흘러 손목을 지나 소매로 스며들었다. 나는 X자 상처를 불빛에 비춰보다 엄지손가락을 거꾸로 세웠다. 피가 여섯 개의 동그라미 속으로 똑똑 떨어진다. 고작 손가락 한 마디를 베었을 뿐인데 팔이 저리고 어깨가 쑤시고 머리가 아프다. O homo fuge! 도망가라는 문구 따위도 나타나지 않는다.

"왜 안 와! 왜 안 오냐고. 나타나란 말이야."

화가 나 울부짖는데 어디선가 대답이 들렸다.

"간다, 가. 근데 너, 어딘데?"

누군가의 장난이다. 이 밤에 동네 뒷산에 들어와 있는 사람이 나만 아니라는 건데, 섬뜩했다. 이 시간 이곳에서 누군가와 마주치고 싶지 않거니와 마주쳐도 안 될 것 같다. 내가 한 짓이 남에게는 미친년의 널뛰기 같은 것으로 보일지 몰라도 나한테는 엄연한 의식儀式이다. 쭈그려 앉아 여섯 개의 동그라미와 그 안의 핏방울들을 하나씩 흙으로 덮으며 속삭인다.

"내 피로 모자라면 그래, 케이라도 줄게. 알잖아? 케이가 나한테 어떤 존재인지?"

동그라미며 핏자국을 다 지웠을 때 내가 뱉은 말의 의미를 퍼뜩 깨달았다. 피와 흙이 범벅인 왼손에 음험한 땅기운이 스며든 것처럼, 아니 악마의 손을 잡고 있는 듯 서늘하고 쑤신다. 달아나듯 그곳을 벗어났다. 대문 앞에 도착했을 때 케이로부터 전화가 왔다.

"우리 생일이잖아. 축하하자. 아침에 미역국 먹으러 갈게."

작업하던 중이었는지 밤이 깊었음에도 그의 목소리가 말짱했다.

"그러자. 축하해. 미역국은 저녁에 끓일게. 저녁에 와."

내 목소리에 남은 취기를 그는 느낄 터였다. 나는 그가 내 목소리에서 취기만 느끼기 바랐다.

"목소리가 왜 그래?"

"졸려서. 내일, 아니, 날 밝으면 다시 통화하자."

"무슨 일 있구나? 뭔데?"

무슨 일인지 말하기 싫어 전화를 끊었다. 자정 넘은 시각에 숲에서 손가락을 긋고 내려온 몰골을 보여주고 싶은 심사가 아니었다. 우리는 서로한테 근친 같았다. 나를 향한 그의 첫사랑 타령은 섹스를 배제하기 위한 경계선 같은 것이었다. 그 선을 넘지 않은 탓에 케이와 나는 아직 서로의 근방에 존재했다. 아니 내가 케이 근방에 남아 있었다.

두 시가 다 되어 내 집으로 들어온 케이가 밴드를 감았음에도 피가 뭉글뭉글 배어나는 내 엄지손가락을 들여다보고 외쳤다.

"대체 손가락에다 무슨 짓을 한 거야? 이 정도면 인간아, 꿰매는 게 상식이야."

종합병원 응급실에서 여섯 바늘을 꿰매면서 예리한 날에 베인 그런 상처를 절창切創이라 칭한다는 걸 처음 알았다. 바느질하듯 내 터진 손가락을 깁던 의사가 커터로 일부러 그었냐고 물었다. 나는 고개를 외로 꼰 채 절창切創과 절창絶唱의 같고 다름에 대해 생각했다. 돌아오는 길에 운전하던 케이가, 손가락에다 무슨 짓을 한 거냐고 다시 물었다.

"악마한테 피를 바쳤어, 파우스트처럼."

케이가 차를 세웠다. 내 말에 대꾸 하려는 게 아니라 신호등에 걸린 거였다. 새벽 세 시 무렵 동네 앞길에서 굳이 교통신호를 지킬 필요가 없다는 걸 깨달았는지 금세 움직이기는 했다. 그의 옆얼굴이 내가 모르는 사람처럼 굳어 있었다. 괜히 전화 받았다. 후회를 삼키는 내 입 안에서 쇳내 섞인 피 맛이 느껴졌다. 집 앞에서 그가 내리지 않겠다는 듯 운전석에 앉은 채 말했다.

"예술을 위한 인생인지, 인생을 위한 예술인지, 생각 좀 하며 살자, 우리."

나는, 그건 너 같은 고등한 족속한테나 해당하는 사치라고 말하지 않는다. 한참을 말없이 앉아 있던 케이가 말했다.

"너한테 지금 필요한 건 여유야. 문학이, 소설이 너의 전부가 아니라고 일단 밀쳐놓을 수 있는 여유. 좀 놀아. 여행 다니면서 여행기를 쓰든지. 내 차 빌려 줄게. 주제를 정하면 행로가 정해질 거야."

듣기 싫어 몸이 뒤틀린다. 아침 열 시에는 제과점으로 출근해야 하는 나였다. 예전에도 몇 번이나 일한 적이 있는 제과점에서 시급 5,000원을 받으며 하루 여덟 시간씩 석 달째 샌드위치를 만드는 중이었다. 나는 케이에게 단지 먹고 살기 위해, 제가 오면 나의 궁기를 들키지 않고 밥 한 끼라도 차려내기 위해 제과점 샌드위치 코너에서 일한다는 걸 말하지 않았다. 소설이 출간 거절을 당했다거나 원고 청탁이 오지 않는다는 말은 할 수 있어도 그 말은 하기 싫었다.

"술이나 한 잔 더 할까 했는데 술 마시기 싫은가 보네. 그럼 가라. 오늘 고마웠어."

오라면 오고 가라면 가는 케이는 그냥 운전석에 앉아 있다. 나는 차를 나와 문을 거칠게 닫았다. 어쩌면 제 집에 여자를 두고 왔는지도 몰랐다. 그의 곁에는 언제나 여자가 있었다. 내가 안 여자만 해도 대여섯 명은 되었다. 그중 유일하게 나와 부딪쳤던 여자는 그의 아내였던 엠이었다. 엠은 케이의 첫 책인 『회침기둥』 출간 때부터 그를 열렬히 좇던 독자였고 케이는 그 열렬함에 감동했다. 열렬함에 대한 감동은 결혼으로 이어졌으며 신혼여행에서 돌아오면서부터 부작용을 일으켰다. 엠은 케이가 제 시야에서 벗어나는 걸 견디지 못했다. 엠은 케이가 나가 있는 모든 장소에 출현했고 남편이 어디에 누구와 함께 있는지 알지 못하면 남편 주변의 모든 사람을 들쑤셨다. 1년여 만에 케이는 집을 나왔고 이혼 소송을 냈다. 법원이 그들에게 결혼 관계가 지속 불가능하므로 이혼하라고 판결했지만 그들의 숨바꼭질은 1년쯤 더 계속됐다. 엠이 나한테 쳐들어오지 않고 케이가 엠에 대해 거론하지 않게 되기까지가 그만큼이었으므로 내가 아는 기간이 그 정도지 더 오래 걸렸을지도 몰랐다.

"주제에 따른 행로? 여유 좋아하시네."

꿰맬 때 주사했던 마취가 풀리는지 엄지손가락이 쑥쑥 아렸다. 팔이며 어깨가 이물이 매달린 것처럼 무겁다. 첫 섹스는 글에 실감을 내기 위해, 나한테 관심을 보였으나 나는 별 관심 없던 대학 동기와 했다. 신춘문예 등단한 이듬해 엄마아버지가 외동딸인 나를 두고 교통사고로 한꺼번에 세상을 떠났을 때, 공황상태에서도 나는 내심, 이런 극악한 경험조차도 작가적인 인생의 한 모습일지도 모른다고 여겼다. 소설을 잘 쓰고 싶어 한식 요리와 제과제빵 자격증을 땄으며 도자기 굽는 걸 배웠다. 그런 나한테, 소설 잘 쓰고 싶어 취직조차 하지 않고 굶어죽지 않을 만큼 벌어먹고 사는 데도 3년 넘게 출간 거절을 당하고 있는 나한테 여유를 가지라는 케이의 말은 전혀 위안이 되지 않았다.

"당장 잘 것도 아니면서 불은 왜 안 켜?"

한참 만에 들어온 케이가 어둠을 타박하면서 불을 켰다. 눈이 부시자 눈앞이 캄캄했다. 그 순간 나는 손목이 아니라 목 긋는 상상을 한다. 쇳내 섞인 핏내가 뭉글뭉글 느껴진다.

"피를 바쳤으니 뭔가 나타나지 않을까 싶어서. 근데, 안 갔어?"

"못 갔어. 네가 손가락만 긋는 게 아니라 손목이라도 그을 것 같아서. 더구나 우리 생일이잖아. 술 남았어?"

부엌으로 향한 케이가 새 포도주 병과 잔 하나를 꺼내 왔다. 지난달에 그가 들를 때 들고 왔던 것이었다. 나는 취했다가 깨어날 때의 막막함이 싫어 술 마시는 일이 드물었다. 파우스트가 아니었더라면, 포도주 병이 눈에 띄지 않았더라면 오늘도 술을 마시지 않았을 테고 손가락을 긋지도 않았을 것이다.

"내년이면 우리 마흔이야. 불혹. 세상사에 혹하지 않을, 혹하지 않아야 한다고 정해진 나이라고. 2% 때문에 손가락을 긋기에는 이미 늦었단 말이야. 그런 짓은 일이십 대에나 하는 거라고."

일이십 대에는 나도 그런 짓 하지 않아도 됐다고, 내년이면 마흔이라 이 지경이라고 터지려는 말을 나는 삼켰다. 가시를 삼킨 듯 목이 따끔거린다. 몇 시간 전 숲에서 너 어디 있냐는 장난 메아리에 쫓겨 동그라미를 지울 때 중얼거린 말이 아직 생생했다.

"나, 아까 숲에서 널 팔았어."

"무어?"

"악마한테 너를 바쳤다고. 내 2%의 조건으로. 내 피만으로는 악마가 성에 차지 않을 거 같았거든."

그가 피식 웃고는 술잔을 비웠다.

"어떻든, 나를 너한테 꽉 묶어둬 달라는 조건은 아니었을 거라고 믿어. 만약 그랬다면 내일이라도 가서 취소하고, 지금은 좀 쉬어. 너 지금 악마한테 이미 다 내주고 온 몰골이야."

숲에서 대상 없는 누군가를 향해 케이라도 줄게, 했을 때 서리라도 내린 것처럼 주변이 서늘하던 감각이 아직 선연했다. 그건 취소할 수 있는 성질의 것이 아니었다.

"농담이야. 네가 내 뭐라고 널 걸었겠니?"

"그럼 됐어. 그만 가서 자. 너 잠들면 난 갈게."

케이가 일어나 나를 방으로 밀어 넣었다. 거실의 불을 끄고 들어오더니 아직 서 있는 나를 침대로 이끌었다. 둘이 엉겨 잔 건 아니었을지라도 그 동안 케이가 내 집에서 자는 일은 드물지 않았다. 나도 몹시 지친 상태였으므로 그의 손을 붙들고 품으로 들어가 금세 잠들었다. 자다 말고 나는 손가락이 아파 깼다. 케이가 아직 곁에 있는 걸 깨달았다. 나를 향해 누워 있는 그는 잠들어 있지 않았다. 나는 손가락 때문이 아니라 그의 기척에 깬 듯했다.

"안 잤니?"

"2%와 100%를 오락가락하느라 잠이 안 와서. 많이 아프니?"

"좀 쑤시지만 괜찮아. 몇 시쯤 됐어?"

"다섯 시 반쯤."

"내 2% 때문에 잠이 안 오는 것 같은데, 네 집에 가서 눈 좀 붙여."

불쑥, 케이의 얼굴이 다가들었다.

"왜?"

"키스하려고. 너 자는 동안 우리가 왜 여태 그걸 안 했나 생각했거든. 해도 돼?"

대답할 틈 없이 입술이 다가들었다. 둘의 첫 키스였다. 첫 키스는 첫 섹스로 이어졌다. 둘이 십수 년 해온 일인 듯 자연스럽고 고요하고 몽롱한 섹스였다. 나는 다시 잠들었다, 전화벨 소리에 잠이 깼다. 오전 아홉 시가 넘었고 케이는 곁에 없었다. 그는 잠을 자기 위해 제 집으로 간 듯했지만 내 몸에 그의 체취는 남아 있었다. 나는 알몸에 베개를 끌어안고 전화기를 열었다. 뜻밖에도 2%가 부족해 내 소설을 출간할 수 없다던 출판사의 편집장이었다.

"아침부터 전화 드렸어요. 저희 사장님이 오랫동안 임 선생님 작품을 검토하셨거든요. 출간하자고 하시네요. 다음 주 월요일에 계약서 전송할게요. 검토하고, 연락주시겠어요?"

전화를 끊고 나니 살인이라도 하고 난 것처럼 심장이 벌렁거린다. 아홉 시 반. 출근하려면 당장 일어나 준비해야 하는데 손이 떨린다. 케이에게 전화를 걸었다. 금세 전화를 받고 잘 잤냐고 물어오는 그에게 물었다.

"너, 혹시, 출판사에 전화했니?"

"출판사? 무슨 출판사?"

"네 작품 거기서 출판할 테니 그 조건으로 내 작품 먼저 출간해달라, 혹시 그런 전화했냐고."

"무슨 소리야. 내가 너 바보 만들 짓을 왜 해? 그런 짓이 통하기나 하고?"

"아니면 됐어. 난 정말 괜찮아. 아무 짓도 안할 테니 걱정 말고, 당장 나가야 할 일 없으면 더 자."

"자긴 뭘 자. 잠꼬대 그만하고 이 층으로 올라와 봐."

"이 층? 어디 이 층? 우리 집?"

"그래, 우리 집. 올라 와. 옷 입고."

붕대에 감겨 있는 왼손 엄지가 맹렬히 쑤셨다. 떨리는 손으로 옷을 찾아 입는데 또 전화가 울렸다. 내 전화기에 입력되어 있지 않는 그 번호는 계간 문예지의 것이었다. 단편소설 원고 청탁이었다. 듣자하니 보름 뒤에는 출간해야 할 여름호에 어떤 작가가 구멍을 낸 듯했다. 아무려나. 일주일 안에 원고 맞출 수 있노라고 큰소리 탕탕 치고 전화기를 접는데 몸이 덜덜 떨린다. 간신히 제과점에 전화를 걸어, 내가 출근하기를 기다리고 있을 주인한테 한 시간만 봐달라고 부탁했다.

케이는, 엄마아버지 사후에 거의 방치하다시피 해 퇴락의 기운이 가득한 2층에 있었다. 그는 내가 이 집을 지키기 위해 얼마나 고군분투했는지는 몰랐다. 집을 팔지 않고 엄마아버지가 남긴 빚을 갚기 위해 아버지가 가꾸던 분재들과 뜰의 나무들은 물론 엄마의 패물까지, 팔 수 있는 건 모조리 팔았다. 그러고도 남은 빚을 갚는데 십 년쯤이 걸렸다. 그렇게 지켜낸 창에 오월 햇살이 가득히 쏟아져 들어오는 참이다. 케이는 거실 복판에 오래된 교자상을 꺼내다 놓고 그 위에 4절지 용지를 펴놓은 채 도면을 그리고 있었다.

3.

보통 시력을 가진 눈에 사람의 몸은 대칭을 이룬 것처럼 보인다. 나도, 왼손과 오른손이 달라 보인다는 지적을 받기 전까지 내 몸의 대칭에 대해 의심해본 적 없다. 이태 전 봄, 상처가 얼추 아물면서 엄지손가락의 붉은 흉터가 뚜렷해지기 시작한 무렵, 내 왼손이 오른손에 비해 더 마르고 어두워 보인다는 걸 먼저 발견한 사람은 케이였다. 아침 식탁에서 케이에게 발견된 내 오른손과 왼손의 비대칭을 나는 대수롭지 않게 넘겼다. 왼손 엄지손가락 안쪽에 남은 X자 형의 흉터는 때때로 이물감을 느끼게 하지만 타인의 눈에 쉽게 띄는 건 아니었다. 내 양 손의 비대칭은 금세 보이는 듯했다. 왼손이 아파? 왼손이 더 작네. 왼손만 선탠을 했어? 어쩌다 만난 사람들이 그렇게 쉽사리 말하곤 했다. 간밤에 케이와 자주 어울리는 작가 몇 명이 케이와 함께 집에 왔다. 그들을 맞아 술자리를 펼쳐주고 시중을 드는데 나한테서 안주 접시를 건네받던 한 사람이 불쑥 말했다. 왼손이 왜 그래요? 아파요?

"그래, 인정하지 뭐."

지금까지는 왼손이 아직 앓고 있는 거라고, 내 양 손의 비대칭을 애써 부인했다. 손가락의 상처가 깊었으니 손도 함께 앓은 게 아니겠냐고 생각했다. 이제는 부인할 수 없다는 걸 인정해야 했다. 오른손은 예전 그대로인데 흉터가 생긴 이후 왼손은 뼈마디가 앙상하게 드러나고 점점 흙색을 띠어가며, 부러 펴지 않으면 우그러져 있기 일쑤였다. 정형외과와 한의원에 수십 차례를 다녔음에도 두 손의 모양은 점점 달라졌다. 아무도 의식하지 않지만 나도 모르게 흉터를 숨기느라 손을 웅크리다 보니 손이 변형, 변색되어 가는 거라고 스스로를 세뇌시키기도 더는 어렵게 된 것이다.

"뭘 인정한다고?"

출근 준비를 마치고 주방으로 들어오던 케이가 물었다. 내내 내 양 손의 다름을 부정했던 건 보름 달빛 아래서 악마를 불렀던 사실을 인정하고 싶지 않아서였다. 그때 내가 피만 뿌린 게 아니라 케이를 걸었다는 것. 그 행위가 결국은 케이를 내게 끌어오기 위한 극적인 충동이었다는 것. 동시에 케이가 내 집으로 들어왔다는 것. 그때 수정해 보낸 원고가 넉 달여 만에 출간되었을 뿐만 아니라 작년에 또 한 권을 출간했으며 출간된 두 권이 내 기준으로는 제법 팔리기까지 한다는 것.

"내 왼손이 시각상의 기형이 됐다는 거."

"모양이 약간 달라진 건 사실이니까 그건 인정하기로 해. 그렇더라도 기형보다 이형異形이란 표현으로 가자. 이형이 더 문학적이잖아.

건축학적으로도 그렇고."

그 앞에 양 손을 들어 펼쳐 보였다.

"보기에 밉지는 않아?"

"밉지 않아. 나한테는 이쁘고 고맙기만 해. 나한테 밥 해주는 손이잖아. 그리고 그 손으로 나 만질 때 꽤 관능적이야."

"관능적?"

"그 손 촉감이 오른손보다 거칠고 세거든. 짜릿하고 아찔하다니까. 그 손이 나로 하여금 아무 때나 너한테 엉겨 붙게 하잖아. 그러니 마누라, 멀쩡한 손타령 그만하고 이제 밥 주라. 나 얼른 나가야해."

그는 요즘 모교 은사인 건축가와 함께 '문학적인 건축'이라는 프로젝트를 진행하고 있었다. 케이에게는 문학이 삶의 일부일 뿐이었다. 사진이나 건축도 그랬다. 어떤 작업이든 좋아서 하는 것이라 일단 시작하면 미친 듯 집중했다. 뭔가에 몰두한 케이는 신비하고 아름다웠다. 예전에 엠이 케이의 아름다움을 독차지하고 싶어 했던 건 어쩌면 당연한 일이었다. 그게 병적인 집착이었을망정 그때의 엠을 나는 요즘 이해할 수 있을 성싶었다. 엠은 케이를 독차지하려던 것보다 그가 제 곁에서 사라질까 두려워했던 것이다.

식사를 마친 케이에게 숭늉을 내놓자 그가 말했다.

"내일 저녁에 워싱턴 함께 가게 될 사람들 부부 동반 모임 있다는 얘기, 내가 했어?"

"아니. 언제 정해진 건데?"

"어제 오전에 연락 왔기에 일단 그러자고 했는데, 혹시 내일 저녁에 무슨 약속 있어?"

워싱턴에서 매년 가을에 세계건축박람회가 열리는데, 올해는 케이의 모교 은사가 우리나라 대표단장으로 가고 케이도 대표단 일원이 됐다. 각국 대표단이 백악관의 초청을 받는 게 상례인데, 부부가 동반하는 자리인가 보았다. 그 자리를 계기로 케이가 혼인신고를 하자고 했을 때 나는 망설였다. 나는 분명히 악마와 거래했고 그 거래는 아직 유효했다. 나는 물론 평생 케이를 원했던 것 같지만 숲 속에서 피를 뿌릴 때 그를 달라고 말하지는 않았다. 도리어 케이를 주겠다고 했다. 그런데 소설과 함께 케이가 내게 왔다. 그 모든 과정을 우연이라 믿기에는, 또 내 삶의 연속선에서 발생한 것들이라 믿기에도 지나치다는 꺼림칙함이 가시지 않았다. 혼인신고하자는 케이의 말에 동의하기까지 일주일이 걸렸다. 한 달여 전이었다.

"비 와도 모여?"

어제부터 오키나와쯤에서 태풍이 불고 있다고, 그게 내일 밤쯤 제주도 인근에 도착한다는 예보가 무성한 즈음이었다.

"비 온다고 밥 안 먹나? 이상한 말을 점점 잘한다니까."

케이는 혼인신고를 하기 전에도 누군가 결혼에 대해 물으면 흔연하게 자신이 재혼했으며 아내는 작가라고 말했다. 어떤 강연에서는 글쟁이 둘이 한 집에 사는 양상에 대해 마님과 머슴의 모습이라고 말해 좌중을 웃겼다. 왜 그렇게 됐느냐는 질문에 그는 자신과 아내는 유치원 동기인데 그때부터 관계의 양상이 그렇게 규정지어졌노라 대답했다. 자신이 이십대 후반부터 소설을 쓰게 된 까닭도 당시 이미 작가였던 아내에게 있으며 아내의 칭찬에 고래처럼 춤추게 된 결과라고 말해 또 웃음을 벌었다. 케이가 그렇게 아무렇지 않게 사생활의 일부를 내보이며 사는 반면에 나는 아무에게도 케이가 내 동거인이라거나 남편이라는 말을 하지 못했다. 결혼 유무에 대해 말할 자리가 드물기도 하려니와 그런 질문을 받을 때면 웃음으로 모면했다. 케이가 내 곁에 있다는 것은 물론 내가 누구와 함께 사는 것 자체가 계약을 위반하는 것 같았다. 최소한 내 입으로는 내 곁에 있는 케이의 존재에 대해 말하면 안 될 듯했다.

내가 말하지 않아도 이미 기정사실이 되어버린 상태였다. 나는 필요 없는 근심을 자초하며 사는 것인지도 몰랐다. 케이는 원래 내 곁에 있었던 사람이었고, 나는 술에 취해 자해 한 번 했을 뿐이다. 내가 케이 덕에 사는 것도 아니다. 그는 내 집으로 들어와 내가 해주는 밥을 먹으며 내가 챙겨주는 옷을 입으며 산다. 우리는 역할분담이 확실하게 공생하고 있을 뿐이다. 더구나 나는 아기를 낳게 될지도 몰랐다. 케이에게 내색하지 못했으나 달거리가 열흘째 지연되는 상태였다. 케이와 나는 섹스가 잦은 편이고 피임한 적이 없음에도 임신이 되지 않았다. 케이 몰래 불임클리닉에 세 번 갔다. 젊지는 않지만 내 몸에 불임이 될 만한 요소는 없다고 했다. 그러면서 의사는, 더 나이 들기 전에 배우자와 함께 검진을 받아보라 했다. 나는 케이한테 그 말을 할 수 없으므로 다달이 혼자 실망을 곱씹었다. 이번 달에는 조짐이 분명히 달랐다.

"어디서 만나는데?"

"그건 오늘 연락받을 거야."

"우리 집으로 오시라고들 하면 어때?"

"열두 명이나 되는데 우리 집으로?"

"그 분들이 괜찮다 하시고, 네가 괜찮다면 내가 한 번 준비하고 싶어. 그 분들한테 네가 고쳐 놓은 우리 집 자랑도 하고 싶고."

자신의 어린 시절 집이 흔적 없이 사라진 것을 아쉬워하는 케이는 우리 집이 그대로 있는 것을 다행으로 여겼다. 집은 역사와 이야기가 쌓여 아름다워지는 것이라는 지론을 가진 그는 흡사 집 때문에 나랑 살기로 한 사람 같았다. 내 집으로 들어온 뒤 케이는 휴일이면 특별한 일이 없는 한 늘 집을 고쳤다. 취미 삼아 하는 일이므로 서두르지 않고 전체 조감도에 따라 혼자서 일했다. 두 해에 걸쳐 2층의 두 방과 거실과 다락과 자투리 공간들이 하나로 합쳐져 천정 높은 두 사람의 작업실로 변했다. 그는 작업실 앞에 툇마루 같은 발코니도 만들어 놓았다.

"나는 물론 좋고, 그 분들도 음식점보다야 훨씬 좋겠지. 하지만 12 인분의 만찬 준비가 만만치 않을 거 아냐?"

"오늘 점심이라면 쉽지 않겠지만 내일 저녁이잖아. 충분해. 하고 싶어. 해볼게."

"자신 있어?"

"나, 요리사 자격증도 가졌잖아. 한 번 제대로 써먹어보지 뭐."

일상에서 벗어나보고 싶은 욕구가 컸다. 날마다 하는 똑같은 일을 하면서 행동의 단위마다 그에게 전화 걸어 묻고 싶었다. 어디야? 아무 일 없지? 조심해. 물론 전화 걸지 못했다. 나의 불안을 내색할 수 없거니와 그런 짓은 지난 날의 엠이 하던 짓과 똑같기 때문이었다. 그의 안전을 확인하고 소재를 파악하려 드는 순간부터 악마와의 거래에서 내가 지불해야 하는 대가가 케이가 될 수도 있었다. 그에게 전화를 걸거나 문자를 보내는 대신 나는 마당을 내다보고 하늘을 올려다보기 일쑤였다.

"어울리지 않게 호기를 부리네. 그렇게 해. 대신, 혼자 애쓰지 말고 사람 불러 도움 받아. 그러겠다고 약속하면 우리 집으로 오시라고들 할게."

"그럴게. 걱정 말고 이제 출근해."

그는 오늘 건축물이 문학적으로 지어지는 한 현장을 둘러보고 프로젝트 관계자들과 점심 미팅을 하고 사무실로 가 두어 시간 일을 한 뒤 세 시쯤에는 강릉으로 향할 것이다. 여섯 시부터 강릉 방송국에서 진행하는 인문학 강좌에 '문학 속의 건축'을 주제로 한 강연을 하기로 돼 있었다.

"늦지는 않을 거야. 혹시 늦게 되면 연락할게. 밥 잘 챙겨먹고."

"알았어."

강릉까지 왕복 대여섯 시간을 운전할 날이므로, 더구나 태풍에 앞서 오후부터 비가 내리리라는 예보까지 들었으므로 조심하라는 말을 덧붙이는 것이 자연스러운데도 삼키고 만다. 조심히 다녀오라는 말 이외에도 할 말이 더 있지만 나중으로 미룬다.

일단 백화점 식품 매장에 가서 눈요기부터 해야겠다. 온갖 음식들을 구경하고 나서 맛있는 걸 사먹으며 메뉴를 구상하는 것도 괜찮을 것이다. 옷을 한두 벌 사는 것도 좋겠지. 케이와 함께 살면서 이전에 비할 수 없게 여유로워졌음에도 나는 변변한 옷 한 벌을 사 입지 못할 만큼 주눅 들어 살았다. 설거지를 마치고 청소부터 해야겠다 싶으니 손길이 바빠졌다. 물기 걷은 그릇을 수납장에 정리하는데 너무 서둘렀던가. 왼손에 들린 접시를 놓쳤다. 접시가 바닥에 떨어져 박살이 났다.

"바쁜데 귀찮게!"

부러 그렇게 외친 건 그릇을 깼을 때 흔히 연상하기 십상인 불길함에서 벗어나려는 술책이다. 케이와 같이 살게 된 뒤 처음 깨는 그릇도 아니지 않는가. 큰 조각들을 신문지에 싸서 쓰레기통에 넣고 청소기로 흔적을 말끔히 지우고는 또 혼잣말을 한다. 됐잖아!

아랫도리에서 습기가 느껴졌다. 백화점 푸드 코트 회전초밥 코너에서 광어 살이 덮인 초밥 접시를 집어들 때였다. 때늦어 찾아든 달거리가 분명했다. 내가 아귀에 들린 듯 집어내린 여덟 번째 접시에는 두 점의 광어 조각이 투명한 결로 얹혀 있었다. 팬티가 피에 젖고 있었지만 나는 광어초밥 두 점을 마저 먹고 일어섰다. 느릿느릿 생활용품 매장에 들러 생리대와 팬티를 사는데 구역질이 치밀었다.

화장실로 와 구토 먼저 한다. 여덟 접시의 초밥을 모조리 게워 물을 내리고 팬티를 벗어 쓰레기통에 넣고 새 팬티에 생리대를 붙여 입는데 삐죽 눈물이 났다. 변기에 앉아 내 뺨을 한 대 쳤다. 눈물을 없애기 위한 짓인데 화근을 건드린 듯 울음이 터진다. 버리고 버려도 생짜인 양 돋아나는 욕심을 버리듯 한바탕 울고 나니 머리가 맑아진다. 맑아진 머리 속으로 나는 불임클리닉이 아니라 신경정신과 상담을 받아야 할 여자라는 생각이 찾아들었다. 왜 진작 그 생각을 못했나 싶을 정도로 마음이 가벼워졌다. 다음 주쯤 정신과에 가 의사를 만나고 나면 나는 내가 환자라는 걸 알게 될 테고 치료 가능한 인간이 될 수도 있을 터였다.

오늘 사도 될 만한 물건들과 식재료들을 사서 집으로 돌아오는데 바람이 심상치 않았다. 다섯 시 무렵부터 비가 내렸다. 태풍은 아직 바다를 건너오지 않았다는데 비바람이 벌써 셌다. 다섯 시 반에 케이가 강릉 방송국에 도착했다는 문자를 보내 왔다. 그쪽에도 비가 내린다고 했다. 돌아올 때 운전 조심하라는 문구를 몇 번이나 썼다 지우고 강연 잘 해, 네 글자만 찍어 답장을 보냈다. 텔레비전을 켜놓은 채 저녁을 먹고 비 내리는 어두운 마당을 한참 내다보다 작업실로 올라왔다. 내일 저녁 만찬 메뉴는 확정했다. 용역업체에 오전에 일할 청소 도우미 두 사람과 오후에 일할 요리 도우미 한 사람을 청해 놓았다. 내일 아침 청소 도우미들이 집안을 쓸고 닦아주는 동안 나는 시장을 봐다 요리 도우미와 함께 만찬 준비를 하면 될 터였다. 하루 종일 꺼놓았던 컴퓨터를 켜고 원고를 마주 했다. 연말에 단편소설집을 내기로 계약돼 있었고 원고를 정리해 이달 말까지 넘기기로 한 터였다.

여덟 시에 케이로부터 전화가 왔다. 강연 끝나고 저녁 먹으러 왔다고, 식사 끝나고 출발할 테니 걱정하지 말라고 한다. 그도 내가 시간 계산하며 저를 기다린다는 걸 눈치챈 것이다. 그가 눈치챘을지라도 나는 모르는 척, 여유 있는 척, 나의 허영기를 한껏 동원해 대답한다.

"집이 달아날 것도 아니고 비도 오는데, 어연간하면 거기서 자고 내일 와."

"이깟 비에? 야아, 마누라, 많이 늘었다!"

"늘긴 뭐가 늘어. 자고 내일 아침에 와. 알았어?"

이런 헛소리를 하고 나면 기다림이 시작된다. 그가 나가 있는 날마다 그랬다. 케이가 집에 들어설 거라 예정된 시각부터 기다려도 될 것을 나는 그가 출발하기 전부터 돌아올 그를 기다린다. 그러면서 십 분마다, 아니 일 분마다 전화 걸어 어디만큼 왔느냐고 확인하고 싶었다. 참고, 참고, 또 참지만 참을 때마다 나는 야위어 간다.

"알았어. 여기서 자게 되면 전화할게. 전화 안 하면 가는 거니까 기다리지 말고 편히 있어. 사랑해."

그가 느닷없는 말을 하고 전화를 끊었다. 잠깐 멍했던 내 안에 대답이 고여 출렁댔다. 그 말을 십 년 전쯤에, 아니면 두어 해 전쯤 내가 악마한테 너를 내걸기 전에 해 줬으면 좋잖아. 아예 이십 년쯤 뒤에 하던가. 빗발이 이렇게 거센데 어쩌라고.

자정이 지나도 그는 돌아오지 않는다. 그가 돌아올 거라 예상한 시각에서 한 시간이 더 지났다. 함께 살게 된 이후 케이는 자신이 귀가하겠다고 말한 시각에서 크게 벗어난 적이 없었다. 그는 집에 들어설 때마다 현관에서 외쳤다. 마누라, 서방님 돌아왔다. 작업실에 있니? 하루치 지옥이 지나가는 그 신호에, 기다렸다는 내색을 하지 않기 위해 어! 대답하는 내 목소리는 늘 떨렸다. 그때마다 당장 나가보고 싶은 걸 참느라 손가락을 입에 물고, 입에 문 손가락이 왼손 엄지라는 걸 의식하고는 황급히 빼곤 했다.

한 시 반이 되어도 그는 소식이 없다. 나는 그에게 전화를 해볼 수도 없다. 하릴없이 책상 앞에 앉아 왼손 엄지손가락을 전등에 비춰본다. 나는 내 피와 내 왼손을 거래의 대가로 지불했다고 여겼지만 그건 거래가 지속되고 있다는 표시일 뿐 정작 내가 지불한 건 아직 없었다. 악마의 인장인 양 선명하게 새겨진 X자 흉터가 벌겋게 번들거린다. 흉터가 이렇게 선명함에도 나는 아직 내가 악마와 벌인 거래의 상세 내역조차 알지 못한다. 내가 얻은 것들에 대한 대가로 무얼 얼마나 지불해야 하는지.

그러면 안녕

그러면 안녕

사라고사 알하페리아 궁전. 요새이기도 했다는 궁전의 칸칸이, 빛과 어둠의 구조, 그 대비가 참 분명하더라. 어둠도 존재 이유가 있다는 걸 증명하듯, 빛이 아니라 그늘 드리운 창이 많았어. 그늘진 창을 만날 때면 숨 한 번씩 쉬면서 백선당을 떠올렸다. 그때마다 내가 휘발되는 것 같았어. 그리하여 지금 여기는 아무도 없다. 안녕!

엽서 사진 속, 궁전의 흰 벽에 비친 햇살이 휘발된 남자처럼 하얗다. 느낌표를 단 안녕이란 단어는 거대한 궁전의 대리석 벽을 타고 오르는 개미인 양 낯설다. 안녕을 묻고 있는지, 안녕이라 선언하고 있는지, 엽서 끝에 개미처럼 매달린 느낌표의 의미가 애매하다. 아니, 편지글에는 일상적인 불문율이라는 것이 있다. 이건 선언이다.

내 안녕은 어디 있을까. 안녕을 묻듯, 엽서를 품은 채 내게 날아온 구두를 꺼내본다. 앞 꼭지가 골무 모양으로 트였고 굽 높이는 10센티쯤 될 듯하다. 잔 비늘 문양의 거죽은 진홍색이고 밑창은 검다. 작별 선언과 함께 날아온 신발이라니. 진홍색 구두를 발에 꿰어본다. 꼭 맞다. 풀잎신이든 헝겊신이든 나무껍질신이든 가죽신이든, 경준이 이따금 보내오는 신발들은 대개 붉은 색 계통이고 크기는 늘 내 발에 맞았다. 신지 못하는 이유는 언제나 색깔 때문이라 여겼다. 나는 붉은 신을 신을 만큼 자신만만한 여자가 못 된다고. 내가 그렇다는 걸 경준은 알고 있었다. 신발을 벗어 항공우편상자 속에 넣고 안녕이라 쓰인 엽서를 올려놓는다. 안녕이라는 글자가 맨발을 만지는 것처럼 허전하다. 하필이면 사직서를 내고 짐을 꾸리는 중에 받은 우편물이었다.

이번 달로 지령誌齡이 621호에 달한 월간지에 내가 쓴 기사가 실린 건 500호 특집호 때부터였다. '자연과 함께하는 가족 생활 정보지'를 표방하는 회사에서는 몇 년 전부터 입사 경력이 10년 넘는 정규직 직원 하나씩을 잘라 계약직 직원으로 그 자리를 메웠다. 올해는 내 차례였다. 지난 달 마감을 마친 뒤 출판국장이 나를 불렀다. 왜 불렀는지 짐작하지요? 일단 사직서를 내고 계약서를 다시 쓰는 걸로 하세요. 출판국장이 그렇게 회사에 남아 있는 사람이었다. 그가 당당했으므로 나는 버틸 명분이 없었다.

"한 선배, 정말 이대로 그만두실 거예요?"

내 눈치 보며 퇴근 준비를 하던 옆자리의 김 기자가 조심스레 물었다. 그는 입사 3년차로 지난 달 초에 회사와 재계약을 맺었다.

"그만두라니 그만둘 수밖에."

"요즘 추세가 이런 식으로 돌아가서 그렇지 그만두라는 건 아니잖아요."

"정말 나이 들었나 봐. 추세 맞추기가 넌더리나. 추세 안 맞추고 내 식으로 살면 굶어죽는지, 외로워 죽는지 실험 한 번 해볼래."

"참내. 혹시 어디 가기로 한 데 있어요?"

"있긴 뭐가 있어."

"그런데 짐은 왜 싸요? 무슨 배짱으로요?"

어차피 2년 단위 계약직으로 살아야 한다면 여기 아닌 다른 곳에서 할 일을 찾아보고 싶었다. 이번 기회에 삶의 형태를 아예 바꿔보자고 작정했다. 그 작정이 무모한 오기라는 걸 모르지는 않았다.

"배짱 같은 거 없어. 그렇지만 안녕 연습을 해야 할 거 같아."

말하고 나니 평생 동안 경준과, 혹은 경준에게 얽힌 것들과 안녕하기 위해 살았던 것 같다.

"헤어지는 거든 만나는 거든, 안녕 연습 같은 건 하지 않아도 돼요. 그런 건 그냥 닥치는 거잖아요? 닥치면 겪는 거고. 일단 나가서 술이나 한 잔 해요. 그 핑계로 회사 성토 좀 하고요."

"오늘 말고 나중에 하자. 할머니 생신이라 고향집에 가봐야 해. 이래봬도 내가 무남독녀거든. 누가 함부로 해고하고, 삶을 해찰하고 그러면 안 되는, 아주 귀한 사람이라고, 내가."

김 기자가 눈을 치뜨다가 웃는다. 내가 외동이인 것이나 사흘 뒤

가 할머니 생신인 건 사실이었다. 나는 송별주가 싫을 뿐이다. 그 동안 선참들을 떠나보낼 때마다 세상과 회사를 성토하면서도 떠나는 사람이 내가 아닌 걸 다행으로 여겼다. 그때마다 송별주 맛이 깊고도 달았다.

김 기자가 배웅이나 하겠다며 내가 꾸려놓은 상자를 안고 나섰다. 나는 그가 지하주차장까지 나를 배웅하게 내버려둔다. 운전석에 올라앉아 시동을 걸고 창문을 열자 김 기자가 물었다.

"한 선배, 고향이 어디시라구요?"

"학동."

"어디 있는 학동이냐구요. 학동이란 지명 많잖아요."

"얼마간은 거기 있을 거니까 궁금하면 수소문해 놀러와. 학동에도 한 꼭지 쓸 만한 취재거리는 있거든."

옛날 학동 뒷산에는 학이 많았다. 뒷산 자락에 있는 백선당白扇堂 홰나무에도 학이 수십 마리씩 내려앉았다고 했다. 백선당이 사랑채에만 기와를 얹고 나머지 지붕들에 죄 이엉을 쓰고 있는 까닭도 학이 날아들게 하려던 의미였다. 온 마을의 학이 사라진 뒤 백선당도 기울었다. 젊은 날 과부 되어 외아들마저 여의었던 백선당 할머니는 먼 일가 중에서 아이를 골라 양자를 들였다. 학교 마치고 서울에서 직장을 잡았던 양자는 결혼 뒤 직장을 그만두고 사업을 벌였고 백선당의 재산을 움푹움푹 덜어갔다. 그가 선산까지 팔아먹고 백선당의 200여 년 세월을 허물어뜨리기까지 십 년쯤 걸렸다던가. 백선당 할머니는 양자 종손에게 재산을 다 앗기고도 집을 넘겨주기는 마다했다. 그 일로 종손은 양모와 절연하다시피 했다. 모자는 화해하지 못했다. 종손이 양모에 앞서 세상을 떠났다. 이후 죽은 종손의 큰아들 경준이 자신의 부친을 대신해 찾아왔다. 백선 할머니는 인연이 끝났다고 선언함으로써 경준을 거부했다. 그 뒤 백선 할머니는 눈이 멀기 시작했고 장님으로 여생을 살다가 세상을 떠났다.

백선당 할머니 사후 백선당이 다른 누구도 아닌 김반지에게 남겨졌다는 사실이 밝혀졌다. 김반지는 백선당 할머니가 학동으로 시집올 때 어린 계집종으로 따라왔던 내 할머니였다. 김반지는 스무 살 즈음에 시집을 갔다가 두어 해 뒤 아들 하나를 안고 되돌아왔고 평생 백선당 할머니를 지켰다. 김반지가 안고 돌아온 아들이 내 아버지였다. 아버지는 백선당이 모친에게 물려졌다는 사실을 달가워하지 않았다. 팔아먹을 수도, 들어가 살 수도 없는 백선당은 아버지에게 애물단지였던 것이다.

그건 나한테도 마찬가지였다. 대학 졸업 후 입사해 십여 년을 지내는 동안 전국의 풍광이며 고택들, 전원주택들을 어지간히 찾아다녔다. 그럼에도 나는 백선당을 기사거리로 삼지 못했다. 외려 누가 백선당에 대해 듣고 취재거리로 삼을까봐 전전긍긍하면서 꼭꼭 숨겨 왔다. 백선당이 세상에 알려져야 한다면 그 몫은 내게 있다고 여겼기 때문이다. 그러면서도 기사를 쓰지는 못했다. 백선당에 얽힌 그 많은 것들을 쓸 수 없었거니와 그것들을 놔둔 채 한옥의 아름다움이니 풍수지리와 고택의 역학관계 따위를 늘어놓을 수 없었기 때문이다.

"금세 찾아갈게요. 선배."

취재를 위해서든, 여행을 위해서든 나를 찾아오겠다는 지금 김 기자의 말은 진심일 터이다. 하지만 일로 알게 된 사람들은 일터가 달라지면 다시 만나기가 쉽지 않다. 다시 일로 엮이지 않는 한 제 주변에 있다가 사라진 옛 동료를 떠올릴 겨를이 없다. 남은 사람들이 그럴 때 떠난 입장에서는 돌아보기도 싫을 터이다.

"안녕."

김 기자에게 인사말을 하고 보니 안녕이란 단어가 몹시 편한 것임을 알겠다. 그 한 마디로 다 해결되는 것 같지 않은가. 사라고사에서 붉은 신발과 안녕 엽서를 부친 경준도 그랬을 것이다. 여자한테 안녕이라 띄운 그는 편해져서 새로운 오지로 향하고 있거나 예전에 머문 적 있는 오지에 도착했을지도 모른다. 자칭 떠돌이 돌팔이인 경준은 전공의를 마치고 전문의를 과정을 시작하는 대신 '국경 없는 의사회'로 들어갔다. 의대시절 오지 봉사활동을 계기로 시작된 방랑벽의 작용이었다. 그는 한 곳에 오래 머물지 못했다. 경준이 떠도는 자신을 어찌할 수 없는 한 내가 그와 더불어 할 수 있는 건 없었다. 아니 그가 정주한다고 해도 나와 함께 할 미래는 애초부터 없었을 터이다. 그래서 그때 그런 일이 생겼던 것이다. 하룻밤 새에 모든 것이 무너지거나 달라져버린.

***

수련의 과정을 마친 경준은 군의무관으로 삽시도 보건진료소에 근무하라는 명을 받았다. 섬에 도착한 지 한 달쯤 만에 온 섬 주민이 보건소에 새로 온 젊은 의사 최 선생을 알게 되었다. 내가 삽시도의 경준을 처음 찾아갔을 때 그가 나를 아내라고 소개한 것도 그래서였다. 그는 삽시도에서 두 해 가량을 살았다. 섬 안에 있던 해수욕장들이 아직 유명하지 않았던 즈음이라 한 여름 피서객도 그리 많지 않았다. 나머지 계절들에는 말할 것도 없었다. 경준은 아무 때나 보건소로 들이닥치는 노인 환자들 때문에 오전 오후 한 번씩인 승선 시간을 맞추기 어려웠으므로 내가 주로 들어갔다. 육백여 명이 산다던 섬은 주말에도 평일과 다름없이 한적했다. 특별한 일이 없는 한 주말마다 토요일 오전 배로 삽시도에 들어가 일요일 오후 배로 삽시도를 나오는 게 당시 내 일과였다. 삽시도에서 나는 보건소 새댁이라거나 최 선생 각시로 불렸다. 그 두 해 가량 나도 경준의 아내로 삽시도에서 산 셈이었다.

보건소 윤 간호사는 삽시도 출신으로 경준보다 여섯 살이 많았다. 경준이 윤 간호사를 윤 선생님이라 불렀으므로 나도 그렇게 불렀다. 윤 선생은 보건소에 달린 숙소에서 기숙하는 경준에게 수시로 반찬을 만들어다 주었다. 나는 경계하지 않았다. 윤 선생은 섬 안의 모든 사람에게 친절하고 자상하기로 소문난 간호사였다. 그이가 섬 안의 독거노인들이며 아픈 사람들을 곧잘 보살핀다고 하므로 경준에게도 친절한 것이라 여겼다. 솔직히 윤 선생이 경계심을 느낄 만한 상대가 못 된다고 느꼈다. 작달막한 키에 동동한 몸피, 성형외과에 가서 세웠으면 싶은 코와 키웠으면 싶은 눈과 보톡스 맞은 듯 되바라진 입술 등이 안쓰러웠다. 월급 꼬박꼬박 나오는 공무원으로 사는 아직 젊은 여자가 성형외과 갈 생각을 하지 않는 게 답답해 보이기도 했다. 그렇게 사는 건 무슨 고집일까, 요즘 같은 세상에! 어쨌든 반찬 고맙네.

나는 윤 선생이 가져다 놓은 냉장고 속의 반찬을 정리할 때면 뇌까리곤 했다. 윤 선생을 경계하지 않은 심사의 저변에 그이를 무시하는 마음이 분명히 있었다.

나는 몰랐지만 경준은 처음부터 윤 선생을 경계했던 것 같았다. 그 때문에 나한테 얼른 면회 오라 보채고 내가 도착하자마자 아내라고 소개했던 것이다. 윤 선생은 경준과 내가 결혼했다는 사실을 믿지 않았던 것 같았다. 어쩌면 경준과 내가 실제로 결혼했어도 윤 선생한테는 상관없었을 것이다.

경준의 섬 생활이 2주 남은 주말이었고 월요일이 공휴일이라 연휴였다. 경준이 섬을 떠나기 전에 삽시도 구경을 한 번 하겠다고 경준의 의대 친구들 세 명과 내 대학 친구 세 명이 나와 함께 삽시도로 들어갔다. 이월 말일 그 오후에 삽시도에는 눈이 내렸다. 이십대 후반의 남자 넷과 이십대 중반의 여자 넷이 어울려 보건소에서 가까운 거멀너머 바닷가에서 캠프파이어를 했다. 눈발 속의 모래벌에다 장작을 잔뜩 쌓아 시너를 뿌리고 불을 피웠다. 흩날리는 눈이 거센 불길에서 가뭇없이 스러졌다. 불꽃을 보며, 불티를 피해 자리를 옮겨 앉으면서 우리가 젊다는 것을 느꼈다. 모두 직장에서 자리 잡느라 정신없긴 해도 각자 일이 정해진 상태였다. 나와 경준이 부부처럼 지낸 지 오래되긴 했어도 결혼한 사람은 아무도 없었다. 눈발 속에서도 훨훨 타는 장작불 주위에 둘러앉아 우리는 낱말 잇기 놀이를 했다. 순수 국어 단어만 사용하기. 두음법칙 인정하지 않기. 한 번 사용한 단어는 다시 쓰지 않기. 막힌 즉시 패배를 인정하고 술을 마시기 등. 엄격한 규칙을 세워 낱말놀이를 하면서 연해 술잔을 돌렸다. 경준의 친구 한 명과 내 친구 하나가 그 밤으로 눈이 맞을 성도 싶었다.

해질녘에 윤 선생이 그 바닷가로 찾아왔다. 느닷없는 등장이었다. 우리한테 다가온 그이가 경준도 아닌 내 앞에서 대뜸 무릎을 꿇었다. 그 괴상한 풍경에 모두의 시선이 윤 선생한테 쏠렸을 때 그이가 말했다.

"나, 최 선생님을 사랑해요. 최 선생님의 아이를 가졌어요."

모닥불 저쪽에 앉았던 경준은 듣지 못한 것 같았다. 내 곁에 있던 경준의 친구가 놀라 일어서며 윤 선생한테 무슨 말씀이냐고 소리쳤다. 이어 경준을 향해 큰소리로 물었다.

"야, 최경준. 이 분이 네 아이를 가지셨단다! 너 그런 놈이었냐?"

경준이 손사래를 치며 다가들었고 윤 선생을 향해 말했다.

"제 아이를 가지시다니요? 제가 윤 선생님한테 뭘 어쨌다고 이런 행패를 부리세요?"

윤 선생이 일어나 외쳤다.

"저를 이해한다고 하셨잖아요. 제 몸에는 최 선생님 아기가 들어 있고요."

경준이 두 손으로 얼굴을 쓸어 낸 뒤 말했다.

"이해한다고는 했지요. 동시에, 저는 윤 선생님을 사랑하지 않고 사랑할 수도 없다고 거듭하여, 분명히 말씀 드렸습니다. 저는 어릴 때부터 한서진이라는 여자 말고는 어떤 여자도, 여자로 본 적도, 느낀 적도 없는 사람이라고요. 제가 일주일에 한 번씩 만나는 제 여자를 두고, 뭐가 아쉬워서 윤 선생님한테 아이를 가지게 합니까? 제가 미친놈도 아니고요."

윤 선생이 대꾸했다.

"최 선생님이 미치지 않았다면 제가 미쳤나 보지요."

"그래요, 윤 선생님 미쳤습니다. 저는 미치지 않았고요. 아이라니요. 분명히 말씀드립니다. 저는 지금까지 그랬듯이 앞으로도 윤 선생 같은 여자한테 손톱만한 관심도 없습니다. 싫단 말입니다. 아셨어요?"

"알았어요."

그 말을 끝으로 윤 선생이 모래벌을 나가더니 송림 속으로 사라졌다. 송림 저편에 마을이 있고 윤 선생 집은 그 마을에 있었다. 그 마을을 지나면 섬의 번화가였고 거기 보건소가 있었다.

"대체 이게 무슨 일이냐?"

경준의 친구들이 이구동성으로 물었다. 경준은 두 해 전 섬에 들어선 지 일주일쯤 되었을 때부터 윤 선생으로부터 스토킹을 당하듯 시달렸노라고, 사랑한다는 고백을 수십 번 받았노라고 털어놓았다. 결단코 손 한 번 잡아본 적 없으며 둘이 술을 마신 적도, 임신시킬 수 있는 짓을 한 적도 없노라고 했다.

"나는 아직 형편이 안 되기 때문에 서진이한테도 임신 안 시키려고 조심한단 말이야."

경준을 의심스럽게 쳐다보고 있던 내 친구들이 나를 위로했다. 윤 선생이라는 여자가 제정신이 아닌 것 같으니 신경쓰지 말라고, 2주만 지나면 끝나는 일이니 참으라고 당부도 했다. 나는 한 마디도 할 수 없을 만큼 떨었지만 윤 선생이 정상이 아님을 내 눈으로 확인했으므로, 잠깐이나마 의심했던 경준에게 미안하기까지 했으므로, 아무 일도 아닌 듯이 넘어갈 수 있었다. 윤 선생이 다음날 아침 거멀너머 해수욕장 오른쪽 절벽에서 추락한 주검으로 발견되지만 않았다면, 정말 아무 일도 없었던 양 되었을 것이다.

삽시도 보건소는 건물에 페인트 칠만 새로 했을 뿐 달라진 게 거의 없다. 피서철이 아닌데다 주말도 아니어서 섬은 여전히 한적하다. 거멀너머 바다도 변함없이 눈부시다. 눈부셔 눈물이 난다. 윤 선생이 죽을 때 서른다섯 살이었다. 나는 이제 그이보다 한 살이 더 많다. 나이가 더 많아졌어도 여전히 이해하기가 어렵다. 윤 선생은 삽시도에서 천사 같은 간호사로 불렸다. 아무도 그이가 정상이 아닌 걸 알지 못했다. 그이가 그 절벽에 왜 갔는지 몰랐으므로 실족사한 것으로 되었다. 그이 스스로 뛰어내렸을지도 모른다고 여긴 사람은 우리뿐이었다. 그이는 정상이었을지도 몰랐다. 혹은 아니었을 수도 있었다. 정상과 비정상의 기준이 어디쯤인지 알 수 있다면 그이가 그토록 중요하게 여겼던 '이해한다'는 말을 이해할 수 있을지. 받아주지 않는 사람에게 수십 번 사랑을 고백하고, 홀로 사랑하다 미치고, 미치다 죽어버린 그 사랑을 이해할 수 있을지. 그 사랑을 이해해보려 나는 그 자리에 왔는지도 모른다. 또는 그 사랑에 안녕을 고하려 왔는지도.

***

연초록 새잎을 틔우기 시작한 홰나무의 높다란 가지에 계집아이 하나가 앉아 있다. 여덟 살 정초의 나다. 시골에서 아이들이 설빔으로 한복을 입는 일이 드물던 무렵 나는 큰할머니라 부르던 백선당 할머니로부터 매해 한복 설빔을 받아 입었다. 큰할머니가 당신의 치마저고리를 뜯어 지은 옷이었다. 동네아이들이 내 설빔을 시샘했던가. 백선당 할매가 나한테 옷을 지어주는 건 내 할머니가 종이라서 그렇다고 놀려댔다. 나는 설움에 쫓겨 백선당으로 왔다가 문득 홰나무에 매미처럼 엉겼고 오르기 시작했다. 색동저고리와 빨간 치마가 거무죽죽한 나무줄기에 펄쳐지는 걸 느끼며 계속 올랐다. 제일 높은 가지까지 올랐을 때 온 동네가 내려다보였다.

그 때 신발 한 짝이 왜 벗겨졌던 것일까. 내 신! 외치며 밑을 내려다봤을 때 나무 밑에 온 동네 아이들이 죄 모여든 것 같았다. 어른들이 연신 뭐라고 외치고 있었다. 짚단들이 경운기며 수레에 실려와 나무 밑에 수북이 쌓이는 참이었다. 아저씨 두엇이 올라와 내가 있던 가지로 다가들기 위해 애쓰는데 나는 비로소 무서웠다. 신발 한 짝이 없어 내 몸이 금세라도 바람에 날아갈 것 같았다. 아저씨들은 내가 있는 나무 꼭대기까지 접근하지 못했고 나는 나무에서 내려오는 방법을 몰랐다. 그때 한 사내아이가 나무를 기어 올라왔다. 올라온 아이가 내가 앉은 가지의 옆가지에 앉더니 제 윗도리 주머니에서 내 운동화 한 짝을 꺼내 내밀었다. 설이라고 시골집에 와 있던 큰할머니의 큰

손자 경준이었다.

야, 꼬맹이. 올라왔으면 내려가야지, 네가 솟대 끝에 붙어 있는 새인 줄 아냐? 그만 징징거리고, 신 신고 내려가는 게 어때?

올라간 만큼 내려오는 게 그리 어렵지는 않았던 것 같다. 그 기억에서의 끝 장면은 내가 엄마한테 퍽퍽 얻어맞은 것이다. 엉덩이며 등짝에 엄마의 매운 손바닥이 감길 때 울었던 건 아파서라기보다 경준이 쳐다보는 게 부끄러워서였다.

"안녕, 꼬맹이들!"

아직 나무 위에 있는 붙어 있는 여덟 살, 열한 살의 아이들에게 서른여섯 살의 내가 손을 흔들어 주곤 돌아선다. 안채 바깥마당 화단에는 풀꽃들 대신 연홍색과 진홍색의 명자꽃이 잔뜩 매달려 있다. 꽃잎으로 차를 만들고 열매로 술을 담는 명자꽃을 어릴 때의 나는 가시꽃나무라 불렀다. 큰할머니가 꽃잎 따는 것을 보고 섣불리 다가들었다가 가시에 손등을 긁힌 무렵이었다. 그때 손등에 맺히던 피가 명자꽃잎을 따 붙인 듯했다.

"할머니! 김반지 씨!"

부러 크게 외치며 안채 대문간을 들어서는데 툇마루에 앉은 사람들이 보인다. 흰 두루마기의 남자와 붉은 저고리를 입은 여자가 찻상을 마주하고 있고 부엌에서는 연둣빛 저고리를 입은 여자가 쟁반을 들고 나오는 참이다. 그이는 쪽진 머리를 하고 있지만 마루의 두 사람보다 어려 뵌다. 이십대 중반이나 될까. 세 사람이 틈입자를 만난 듯 나를 물끄러미 건너다본다.

"누구세요, 들?"

내 외침에 그들이 황당하다는 듯 웃는다. 내가 익히 아는데 까마득히 잊어버린 사람들인가 싶어 눈을 감았다가 떴더니 마루엔 아무도 없다. 부엌에서 나오던 연두저고리 여자도 사라졌다. 문이 닫힌 안방 앞 툇마루에는 명자꽃을 매단 몇 개의 꽃가지가 천연덕스레 놓였다. 햇빛 눈부신 봄날 오후에 나는 환영을 본 것이다.

"할머니!"

할머니는 귀가 먹은 뒤부터 소리를 듣는 게 아니라 소리의 파장을 느끼는 것 같았다. 인기척은 금세 감지했다. 아무 대답이 없다. 지금 할머니가 안채에 계시지 않다는 뜻이다. 여기 오시지 않았나, 중얼거리면서 두 칸의 안방과 대청과 누마루 방까지 차례차례 열어본다. 훈기가 약할 뿐 방방의 낡은 가구나 집기들은 큰할머니 생시와 그다지 다르지 않다. 절연하기 전 큰할머니의 며느리가 백선당의 알맹이를 알뜰히 솎아 간 터라 도둑이 욕심낼 만한 물건은 남아 있지도 않았다.

뒤란 장독대에는 빈 항아리들뿐이고, 텃밭에는 엄마가 심어놓은 부추와 쪽파만 무성하다. 텃밭 가 담장 너머에서 콩배나무의 연홍색 꽃들이 감실거린다. 검게 익은 콩배를 깨물며 요즘은 새들도 콩배를 먹지 않는다고 말했던 사람은 내 할머니였을 것이다. 할머니와 열 살의 나를 뒤란에 두고 안채 서쪽의 서원西苑으로 향한다. 집의 규모에 비하면 의아할 정도로 넓은 서원에는 옛날부터 아무 것도 심어 가꾸지 않았다. 어릴 때 나는 그게 의문이었다. 뒤란의 텃밭에다 온갖 남새를 심어 먹으면서 서원을 공터로 두는지. 왜 꽃나무도 심지 않는지.

이 집의 계집들과 귀신들이 숨 쉬는 곳이라 예부터 비워두며 살았다는 대답을 언제, 누구에게서 들었는지 모르겠다.

아침 식사 후 어느 결엔가 사라졌던 할머니는 서원에 있었다. 할머니가 아흔을 넘기면서부터 엄마는 노인의 입성에 한층 신경 썼다. 노인네 입성이 헐하면 마을 사람들에게 욕을 먹기 때문이었다. 오늘 아침 엄마는 생신 맞은 할머니에게 소나무 이파리처럼 짙은 녹색 치마에 옷고름 대신 고리를 단 연두색 저고리를 입혔다.

할머니 시집 가도 되시겠네.

나는 밥상머리에서 그렇게 할머니의 입성을 칭찬하다가 엄마한테 눈총을 맞았다. 지금 할머니는 지신밟기 하듯 가만가만 거니는 참이다. 혼자가 아니라 좀 전에 내가 툇마루에서 환영으로 보았던 여자와 함께다. 툇마루에서는 내 나이보다 많을 것 같지 않던 붉은 저고리의 여자는 그 사이에 할머니만큼 나이가 들어 있었다. 이제 보니 그이는 큰할머니다.

할머니가 큰할머니를 향해 물었다.

"서진이 알아보시겠소, 형님?"

큰할머니가 고개를 끄덕이며 나를 향해 웃는다. 등이 굽지 않았고 눈도 멀지 않은 것 같았다.

"우리 서진이 오랜 만에 집에 왔구나. 큰할미한테 인사할 줄 모르는 건 여전하고."

나는 환영이 아니라 귀신과 마주하고 있었다. 내게 서진이라는 이름을 지어주고 당신 눈이 멀기 전까지 설빔을 지어 입히던 큰할머니

귀신이었다. 귀신이 워낙 태연하니 떨리던 내 맘도 자약해진다.

"좀 전에 흰 두루마기 차림의 그 분은 누구세요?"

내 물음에 할머니가 대답했다.

"사랑채 할아버님을 몰라?"

"방금 난생 처음 봤는데 제가 어찌 알아요?"

두 여인이 까르르 웃는데 나는 따라 웃을 기분이 아니다. 눈앞의 여인들이 귀신이든 환영이든 내 상상 속의 사람들이든, 지금 상황은 내가 평생 알아왔던 뭔가와 어긋났다.

"큰할머니, 우리 할머니 데리러 오셨어요?"

"내가 어딜 가기나 했다니? 난, 우린 항상 여기 있는 걸."

"갑자기 제 눈에 뵈시는 이유가 뭐냐구요."

"네 눈이 이제 좀 밝아진 게지. 우리 눈이 이제야 뜨였던지."

할머니들이 또 동시에 웃는데 웃는 얼굴이 달라진다. 점점 젊어진 두 여인의 얼굴이 봄 뜰에 소풍 나온 새댁들 같아지는가 싶더니 내 눈 앞에서 안개가 걷히듯 사라진다. 그들이 딛고 섰던 곳에는 쇠뜨기와 제비꽃이 간들거린다. 가슴이 마구 뛰었다. 다리가 후들거렸다.

서진아, 할미 꽃신 좀 닦아라. 예쁜 옷을 입었으니 꽃신을 신어야겠다.

아침상을 물릴 때 할머니가 그렇게 말했다. 설거지 마친 뒤 나는 할머니 문갑에서 보자기에 싸인 당혜를 꺼내 치약으로 닦았다. 수놓인 붉은 꽃에 치약이 닿지 않게 조심스레 흰 가죽만 광을 냈다. 아침에 내가 닦은 당혜가 지금 백선당 안채 대문간 방의 섬돌 위에 놓였다.

누구의 것이든 눈에 보이는 족족 신발을 나갈 방향으로 놓는 게 할머니의 평생 습관이었다. 지금 할머니의 꽃신은 다시 나올 일 없다는 듯 들어간 방향으로 가지런하다. 나는 방문 열어볼 엄두가 나지 않는다.

***

사랑채 안팎에서 남자들이 윷을 놓거나 화투판을 벌이고, 안채 안팎에서는 어머니 또래의 여인들이 잠들어 있거나 수다를 나누고 있었다. 십여 년 전 큰할머니 장례 때와 흡사한 분위기다. 지금과 다른 거라면 그때 상청喪廳은 문간방에서 마주보이는 대청이었다는 것이다. 김반지의 상청은 당신 스스로 들어간 백선당 문간방에 차려졌다. 묘소는 진작부터 서원 서쪽 담장 밖에 있는 아버지의 발머리로 마련되어 있었다.

의식이 진행되는 동안에는 물론 조석전朝夕奠과 상식上食을 올릴 때마다 어머니는 곡을 했다. 나는 곡소리는커녕 눈물조차 나오지 않았다. 어머니가 민망한지 몇 번이나 곡소리를 내라고 눈짓했지만 나는 그때마다 고개만 숙였다. 환영이었든 귀신들이었든 나는 비현실에 속한 사람들을 만난 느낌이 아직 너무 생생했다. 빈소랍시고 차려놓고 앉아 조문객을 맞이하고 있는 내가 오히려 현실적이지 않았다.

"서진아, 상객이 오셨다."

아버지 목소리에 일어나는데 상복 치맛자락이 밟혀 휘청한다. 상청이 좁으므로 상객이 여럿이면 내가 밖으로 나갈 참인데 들어선 상객은 한 사람, 경준이다. 사라고사를 떠나 아프리카 어디쯤에 가 있을 줄 알았던 그가 내 할머니의 상청에 나타났다. 그가 향을 붙이고 혼백에 절하고 아버지와 나를 향해 문상했다. 사라고사를 떠난다는 엽서의 내용이 잠시라도 귀국하겠다는 뜻이었을까. 마주 절하고 일어나면서도 어리둥절하다. 아버지가 경준과 나를 번갈아보며 말했다.

"둘이 오랜 만이지?"

아버지 기억으로 경준과 내가 마지막으로 만난 건 큰할머니 장례 때일 터였다. 그때 그는 의대 졸업반이었다. 그와 내가 십대 중후반부터 연애하고 이십대의 두 해 가량은 함께 살다시피 했다는 건 비밀이었다. 드러낼 수 없고, 드러낼 수 없다는 걸 잘 아는 그와 나의 연애는 언제나 비합법의 단발 계약처럼 불안했다. 불안이 키운 연애라 뿌리가 약했던 것인지도 몰랐다. 윤 선생이 뻗은 한 방의 펀치에 뿌리째 뽑혔으니.

"자네 댁에다 부고를 드린 까닭은, 자당께도 말씀드렸네만, 선대에서 어그러진 인연을 자네가 바로잡고, 기왕의 도리를 이어가겠다면 이 백선당을 자네한테 물리려는 뜻이었네."

경준이 대답에 앞서 나를 쳐다보았다. 어디서부터 왔는지 눈이 퀭하고 입술엔 거스러미가 엉겨 있다.

"그렇잖아도 서류 문제로 잠시 귀국했던 참에 어머니한테 그 말씀 전해 듣고 왔습니다. 할머님 장례 때 찾아뵙고 난 뒤 제가 여기 다시 오지 못했던 건 제 아버지가 저지른 막대한 잘못 때문이지만, 생전의 할머님께서 하신 말씀 때문이기도 했습니다. 그때 할머님께선, 백선당에 혈손이 있음에도 젊은 날의 오기로 양자를 들이셨다고, 그로 인해 속절없는 지경에 이르렀다고 하셨지요. 그 혈손이 누구인지 저한테 말씀하시지 않았지만 그때 어렴풋이 짐작은 했습니다. 아저씨도 알고 계실 거 같은데요."

"물론, 알고 있네."

"예, 그래서요. 저는 이 댁 후손으로서의 책임을 배우지 못했거니와 할머님께 그 말씀을 들은 뒤로 자격도 완전히 잃은 거라고, 그 말씀 드리기 위해 온 겁니다. 죄송합니다."

"세월이 그리 흐르는 걸 내가 어쩌지 못했는데 자네인들 어찌할 도리가 있었겠나. 알겠네. 그 동안, 매년 한식날이면 간소하게나마 합사를 올려왔는데, 내가 사는 동안에는 계속하겠네. 나중에라도 혹여 서운한 맘이 들거든 언제라도 돌아오게. 여기가 자네 고향 아닌가."

"예, 고맙습니다."

"자정이 다 됐는데, 빈방도 있으니 묵어가시려는가? 술도 한 잔 하고. 내일 발인도 보고."

"아니오. 내일 오전에 출국해야 합니다."

"허면, 못 잡겠구먼. 아! 결혼은 했나?"

경준의 시선이 나를 스치고 지나갔다.

"못했습니다."

"자네도 많이 늦었구먼. 하게 되면 잊지 말고 여기다도 청첩하게."

"예."

"서진아, 네가 이 사람 배웅해 주어라. 그리고 더 올 사람 없으니 집에 가서 좀 쉬고."

예상치 못하게 나타난 경준 때문에 백선당에 모여 있던 마을 사람들의 시선이 온통 상청에 쏠린 참이었다. 제 몫을 못했을망정 경준은 서류상으로 여전히 백선당 할머니의 장손이었다. 그가 감옥에서 휴가 나온 영화 속 범죄자처럼 시선 닿는 사람들 모두에게 굽실거리면서 백선당을 벗어났다.

봄 밤, 고샅의 가로등에는 안개가 끼어 어른거린다. 경준은 마을 광장에다 차를 세워뒀는지 말없이 고샅을 내리 걷는다. 나도 입이 떨어지지 않아 그냥 걷는다. 내 차 곁에 주차된 차가 그가 타고 온 것인 듯했다. 차 옆에 다가들면서야 그가 나를 돌아보았다. 그의 눈길이 닿은 내 발에는 검정색 로퍼가 뒤축이 꺾인 채 꿰어져 있었다.

"내가 보낸 신, 이번에는 신었어?"

뜻밖의 질문에 웃음이 났다.

"내가 못 신는 걸 알면서도 계속 빨간 신을 보내온 이유는 뭔데?"

"글쎄. 우리 어릴 때 네가 나무에서 떨어뜨리고 내가 주워 올라간 빨간 운동화 때문이 아니었나 싶지만, 처음엔 의식하지 못했어. 나중엔 신나 안 신나 보자는 심사였던 것 같고. 어쨌든, 회사 그만뒀다며? 앞으로 어디 있을 건데?"

내가 어디 있든지 변하지 못할 사실은, 우리가 여기 속한 사람들이라는 것이었다. 그와 나는 백선당이라는 한 울타리에서 태어난 아이들이었고 아직도 그 안에 들어 있었다. 그건 잊을 수 있는 기억이 아니라 실재하는 울타리였다. 우리는 윤 선생한테 당하지 않았어도 함께 살겠다고 나서지는 못했을 것이다. 경준과 나는 우리의 울타리를 뛰어넘을 용기가 없었다.

"엊그제 임종하시던 날, 할머니 찾아 백선당에 갔다가 환영들을 봤어. 귀신들이라고 해야 할지. 내가 뵙지 못한 할아버지와 말년을 장님으로 살다 가신 큰할머니와 그 분 사후 귀머거리로 사신 내 할머니까지. 그분들이 지금 우리보다 훨씬 젊은 모습으로 나타나 나를 향해 웃으셨어."

내 말을 듣고 난 경준이 고개를 끄덕였다. 말없이 운전석으로 올라앉더니 시동을 켰다. 시동을 켜놓고 가만히 있더니 차에서 나와 마주 선다. 무슨 말이든 더 하겠거니 기다리는데 그가 팔을 뻗어 나를 당겨 안는다. 그의 한 손이 내 등을 다독인다. 나도 그의 가슴팍을 다독인다. 말은 없다. 고요한 안녕이다. 잘 자, 중얼거린 그가 차에 오르더니 쉽사리 미끄러져 나간다. 그의 차가 떠난 자리에 밤안개가 잔뜩 끼어 있다. 안개가 붉어 보인다.

혹

혹

1

내도록 그 이름을 몰랐으므로 레디뻬라 불렀다.

레디뻬가 순용의 가게에 처음 찾아온 날은 눈이 내렸다. 일요일 오후였고 소리를 작게 켜놓은 라디오에서는 영어 노래가 나오고 있었다. 어깨며 머리에 내려앉은 눈송이를 털며 들어서던 그가 레디뻬네, 했다. 그리고 신발 다섯 켤레가 든 비닐봉지를 순용에게 건네주고는 가만히 앉아 노래를 들었다. 그의 신발들을 고친 한 시간 반 정도 함께 있었다. 그 동안 순용은 레디뻬가 이따금 중얼거리는 소리를 들었다. 자기 일 잘하는 사람은 참 아름다워요, 라거나. 자기 일 잘하는 사람 쳐다보는 건 아주 재미있어요, 라거나. 순용은 부끄러워서 아무것도 듣지 못한 척 일만 했다. 컨테이너에 달린 창에는 수증기가 잔뜩 끼었고 밖엔 눈이 쏟아졌다. 이상하고 외로운 하얀 나라에 두 사람만 있는 것 같았다. 그날 레디삐의 발등에 돋은 혹을 발견했다. 검은 양말을 앙증맞게 밀며 솟아 있던 살구씨만 하던 혹. 순용은 레디삐의 양말을 벗기고 그 혹을 만져보고 싶었다.

몇 켤레를 가지고 오든 그 신발들의 수선이 다 끝날 때까지 컨테이너 안에 앉아서 기다리는 레디삐의 습관이 그때부터 시작되었다. 레디삐는 말도 거의 없이 망연히 자신의 신발을 만지는 수선공의 손놀림만 쳐다보는 손님이었다.

오늘 레디삐의 진짜 이름을 알았다. 고윤초라 했다.

2

엑스레이 사진 속에서 측면으로 찍힌 발등의 혹은 작은 무덤 모양이다. 정식 명칭이 결절종이라 했다. 사진 속에서 피부는 연한 회색빛이고 그 속에 든 타원형의 결절종은 투명에 가까운 흰 빛인데, 혹의 색은 발을 이루는 뼈나 힘줄들의 빛깔과 같다. 혹은 그러니까 뼈의 일종인 것이다. 뼈를 깎는 아픔을 또 겪게 생겼네, 싶어 윤초가 설핏 웃으려는데 모니터를 통해 혹을 보여주던 밋밋한 표정의 의사가 입을 열었다.

— 다행히 뼈의 변형 증세는 아직 없습니다만, 이대로 두면 조만간 주위의 조직을 압박하면서 통증도 느끼게 되실 겁니다. 수술을 하시죠.

사진으로나마 발등에 달린 혹의 속내를 목격한 것은 처음이다. 이전에는 사진도 찍어보지 않고 곧장 혹을 도려냈는데 매번 반 년이 채 지나지 않아 재발했다. 이번에는 혹시 다를지도 모른다.

— 오늘 안에 수술해 주실래요?

— 응급 상황도 아니고, 불가능합니다. 보셨겠지만 현재 대기 중인 환자만도 서른 명이 넘습니다.

오늘 기필코 혹을 떼어내지 않으면 숨이 막힐 것 같아 찾아왔지만 그건 이쪽 사정일 뿐 의사 입장에서 보자면 응급 상황이 아닌 게 분명했다. 백수 된 지 4주째였다. 설상가상이라더니 어제는 집주인이 한 달 안에 방을 비워달라고 했다. 오래된 이층 양옥을 헐고 오층짜리 원룸 빌라를 짓기로 했다는 것이었다. 발등의 불이 아니라 발등의 혹이 눈에 띈 건 오늘 새벽 변기에 앉았을 때였다. 때로는 콩알만 하다가 가끔은 앵두만 하고 어떨 때는 체리만한 크기가 되는가 하면 바람 빠진 물 풍선처럼 푹 꺼져서 사라지려는 것처럼 보이기도 했던 혹이 호두알만큼 부풀어 있는 게 아닌가. 불쑥 커진 혹을 발견한 순간 질금질금 나오던 오줌이 뚝 끊겼다. 지랄! 욕이 나왔다.

지방도시 신문사일망정 시험 치러 정식으로 입사했다. 입사 6년 만에 회사의 주인이 바뀌는 사태가 났다. 그만둘래, 계약직이 될래? 라는 선택조건이 주어졌을 때 물에 빠질래, 사막으로 걸어갈래? 하는 소리로 들렸다. 그때 그만둔 사람들도 있었지만 윤초는 그렇게 못했다. 계약직이 되었어도 정규직이었을 때와 똑같이 일했으므로 그 다름을 크게 실감하지도 못했다. 일 년 한 차례 계약을 갱신할 때도 의례적인 것으로 여겼다. 계약직으로 4년을 마감하던 지난 3월 말, 회사로부터 재계약하지 않겠다는 통고를 받았다. 해고 당한 전직기자한테 편집국장이 위로해 준답시고 농담인 양 말했다.

자유롭게 기사 써. 프리랜서가 된 거잖아.

프리랜서는 모든 것에서 프리였다. 월례 기획회의, 주례 기획회의, 일일회의를 거쳐서 기사거리를 정하고 취재하고 쓴 다음에 데스크의 확인을 거쳤던 기사를 혼자 찾아 쓰고 납품해야 했다. 납품한 기사를 실어줄지 말지는 그들 자유였다. 그래서 실업자가 된 지 사흘째 된 날부터 발악하듯 기획꼭지들을 만들고 시놉시스를 첨부해 안면이 있던 매체의 데스크들에게 보냈다. 안면에 대한 대접이었던가, 답은 쉽게 돌아왔다. 현재 진행 중인 기사들과 변별성이 없다거나 시의 적절치 않다거나 의논을 해보겠다거나. 어떻게 표현했든지 모두 거절하는 답신이었다. 열 곳엘 보냈는데 겨우 한 군데 이 지역 〈주간신문〉에서, 그나마 일단 기획한 기사 한 꼭지를 완성해 보내보라는 답을 주었다. 작정하고 달려들면 설마 지면 몇 개 찾지 못하랴 여겼던 낯이 뜨겁게 저렸다.

부슬비 날리는 4월 하순의 거리가 음산하다. 7,8년 전만 해도 꽤 넓은 개천이 흐르던 자리였다. 그때 개천 저쪽은 산자락에 면해 있었고 아카시아와 잡목과 수풀이 우거졌다. 그 사이에 허름한 슬레이트 지붕의 집들이 드문드문 박혀 있었다. 개천이 복개되고 그 위로 8차선의 도로가 생기면서 이 거리에 각종 의원 수십 개가 들어섰다. 의원이며 약국들을 따라 사람이 모이니 노점시장이 생겼고 옷가게들이 들어왔다. 신발 수선가게는 훨씬 전부터 이쪽 어름에 있었던 것 같았다. 그 컨테이너 박스가 건너편 치과와 이비인후과와 안과와 약국과 안경

점이 든 6층 건물 옆 귀퉁이로 옮겨간 간 뒤 윤초는 그곳의 손님이 되었다. 수선공은 마흔 살은 넘고 쉰 살은 넘지 않았을 듯한 여자였다. 그이 왼쪽 볼과 목 부분에는 느릅나무껍질 조각을 떼어 붙인 것 같은 화상자국이 있었다. 수선소에 처음 갔을 때 그이가 손님을 정면이 아니라 측면으로 앉아 맞을 수 있게 된 가게의 구도를 그의 볼을 보고 금세 수긍했다. 그이는 거의 오른쪽 얼굴로만 손님을 상대했다.

— 밑창을 덧댈까 봐요. 뒤의 굽 갈구요.

윤초가 약간 젖은 로퍼를 벗고 슬리퍼에 발을 집어넣자 주인이 신을 올려놓으라는 듯 작업대 위에다 신문지를 깔았다. 신문지 위에 얹힌 연회색의 로퍼는 밑창이 절반쯤 닳았고, 젖은 부분이 진회색으로 변한데다 주름이 자글자글하다. 십 년쯤 끌려 다니다 내버려진 신발 같지만 실제로는 두 해 정도밖에 되지 않았다.

— 발등의 혹이 좀 더 커졌나 보네요.

수선공의 읊조림에 윤초는 그걸 어떻게 아느냐고 되묻지 않았다. 그이한테 신발 수선을 맡겨온 지 5년이었다. 그이가 신발을 보고 주인의 발 상태를 짐작하는 건 당연했다. 남의 발등에 신경 쓰지 않을 거 같은 사람들도 어이없을 만큼 쉽게 윤초 발등의 혹에 눈길을 주었다. 발등이 왜 그래? 아이구, 혹이 났네! 혹을 지적 받을 때마다 윤초의 몸 어딘가에서 혹들이 비온 뒤의 죽순처럼 돋았다.

— 그래서 또 수술을 하기로 했어요. 열흘 뒤에요.

중얼거린 윤초는 신문지를 잔뜩 품은 채 작은 선풍기 밑으로 옮겨지는 자신의 신발을 한참 쳐다보았다. 윤초가 주간신문에 보낸 기획

꼭지의 타이틀은 〈삶의 현장, 그 빛과 그늘〉이었다. 실업자가 되었음을 인정하기 싫어 미친 듯 기획서를 만들어 연달아 띄우다가 아홉 꼭지 만에 바닥났다. 내 바닥이 여기구나 싶었을 때 눈에 띈 게 자신의 혹과 혹을 덮고 있는 흉터였다. 그 순간 누군들 흉터 하나 없으랴, 싶었다. 그 흉터에 얽힌 상처가 있을 것은 당연지사. 발등의 혹이 무궁무진한 화제를 내장한 상징으로 다가왔다. 그 첫 번째 취재원으로 떠올랐던 대상이 이 컨테이너의 주인이었다. 여자로서는 드문 신발 수선장이. 능란한 손놀림. 그이 손을 거치면 새 것처럼 반짝이며 되살아나는 신발들. 그이 몸에 짙게 새겨진 상처의 흔적.

다섯 해 전 윤초가 수선공의 흉터를 처음 발견했을 때의 느낌은 흉함이 아니라 고립감이었다. 저이는 저 흉터에 갇혀 살겠구나. 이 상자가 저이의 감옥이거나 섬이겠구나. 그 무렵 계획했던 결혼이 깨진 사건 때문에 그런 생각을 하게 되었을지도 몰랐다. 결혼하기 위해 남자의 부모한테 인사하러 간 자리에서 남자의 모친이 며느릿감 발등의 혹을 발견하고 시치름한 표정을 지었다. 그러더니 혹에 대해 묻지 않고 윤초 엄마의 이혼과 재혼에 대해 물었다. 모친한테 그런 말도 했나 싶어서 남자를 쳐다봤더니 계면쩍게 웃으며 외면했다. 몹시 비위가 상했으나 그건 발등의 혹처럼 숨길 수 있는 사안이 아니었고 숨기고 싶지도 않았다. 엄마가 이혼하고 재혼해서 무난히 살고 있노라고 사실대로 말했다. 동시에 이 여인의 아들과 결혼하고 싶지 않다고 생각했다. 결국 그 생각대로 되었다.

어쨌든 지금 윤초가 신발 수선공인 그이를 향해 기획기사를 운운

할 수는 없었다. 자신은 신발 속에 숨길 수도 있는 발등의 혹 하나를 자신에게 생기는 모든 액운의 핑계로 삼고 엄살떨며 살아왔지 않은가. 그이는 무엇으로도 가릴 수 없는 상흔을 얼굴이며 목에다 붙이고 있었다. 목 아래 몸에는 어느 만큼의 화상자국이 있을지. 그런 그이에게 자신의 일이 무슨 상관이라고 취재 운운한단 말인가. 그에 대한 말이 나오지 않으려니와 하고 싶지도 않다. 그나저나 이사를 어디로 해야 할까. 이 도시에 더 있을 필요가 없어진 마당이었다. 컨테이너 밖에 내리는 빗발이 점점 거세졌다.

3

고윤초가 저녁을 먹지 않았을 것 같아 밥을 먹이고 싶지만 밥을 먹자고 하기엔 자연스럽지 못한 것 같아 술을 마시자고 했다. 차순용은 윤초를 데리고 먹자골목 안쪽의'후야네'식당을 향해 5백 미터쯤 걷는다. 막연했지만 이런 순간을 오래오래 기다렸던 듯했다. 이게 혹시 사랑일까? 이십여 분 전, 다녀간 지 일주일밖에 지나지 않은 윤초가 불쑥 나타나 찾아온 내역을 설명할 때, 떨면서 문득 그런 생각을 했다. 이런 게 사랑이 아닐까. 걸음이 자꾸만 헛짚이면서 속이 떨린다.

후야네는 장사를 끝내고 설거지를 하다가 들어선 두 사람을 보고 화들짝 반기다가 소리쳤다.

— 어떻게 형님이 내 단골손님을 모시고 왔어요?

후야네는 그냥 밥만 파는 밥집인데 단골이라면 고윤초가 밥해 먹기 싫을 때마다 여기 와서 끼니를 해결했다는 뜻이다.

— 우리 술 먼저 주고 안주 좀 만들어 봐. 배부를 수 있는 맛난 것으로.

후야네가 냉장고 안쪽 깊은 곳에 둔 소주병과 깍두기 접시와 물잔 두 개를 먼저 가져다 놓아준다. 후야네는 깍두기와 열무김치를 소문나게 잘 담갔다. 덕분에 탁자가 여섯 개뿐인 가게에서 3천~4천 원짜리 밥장사로 장애 가진 아이를 수발하면서도 근동의 아파트까지 장만했다. 물론 일 년 내내 쉬는 날이 거의 없이 가게를 여는 악착스러움 때문이기도 했다. 순용은 물잔에다 소주 한 병을 정확히 반으로 나눠 따른다. 한 잔을 윤초한테 건네고는 자신의 잔을 들며 웃어 보인다. 장난스런 기분이다. 간지러운 기운이 잔을 든 손끝에서 스멀거렸다.

— 이건 도원결의桃園結義도 아니고, 무슨 막가파 조직 입단식 같네요. 재밌어요.

잔을 든 윤초가 도원결의라 하는데, 순용은 들어본 것 같기는 해도 뜻을 알지 못하는 말이다. 보통 때 뜻을 모르고 듣는 말들이 있어도 불편해본 적이 없는데, 도원결의가 막가파 조직 같은 뜻이구나, 짐작하는 자신이 부끄럽다. 오래도록 윤초의 이름을 대신해 불렀던 레디삐만 해도 그랬다. 레디삐가 〈렛잇비〉라는 아주 유명한 팝송의 제목이고 나를 가만 내버려두라는 뜻이라는 걸 알기까지 오래 걸렸다. 부끄러워 아무한테도 물어볼 수 없었기 때문이었다.

윤초가 온 몸에 흠집이라곤 하나도 없을 것 같은 하얀 표정으로 눈도 찡그리지 않고 술을 마시고 있다. 그 기획이라는 게 다급하긴 한 모양이다. 순용이 자기 몫의 소주를 비우고 잔을 내려놓는데 윤초도 동시에 잔을 내려놓다가 크, 재채기를 한다. 귀엽다.

— 맵네요.

진저리를 치며 중얼대는 윤초 때문에 순용의 가슴 속이 발갛게 달아올랐다. 후야네가 소주 두 병을 더 가져다 놓더니 양파를 듬뿍 넣은 불고기를 프라이팬째 들고 와 탁자에 놓고는 순용 곁에 앉았다. 순용이 소개를 시키자 윤초가 엉거주춤 일어나 인사했다. 고개를 숙여 보이는 윤초를 향해 후야네 박경옥이 손을 내밀었다. 방금 고기를 볶고 온 투박한 손에 잡힌 윤초 손이 창백하다.

— 반가워요, 고윤초 기자님. 아이, 재미없고 복잡하다. 나보다 훨씬 어려보이니 그냥 이름 부를게요, 윤초 씨. 근데 두 사람이 어떻게 이 시간에 나한테 같이 왔대요?

순용은 경옥에게 전직기자 고윤초가 오늘 자신을 찾아온 경위를 설명했다. 고개를 끄덕이며 듣고 난 경옥이 잔을 들었다.

— 하고 많은 이야깃거리들 다 놔두고, 우리 같이 재미없는 사람들을 이야깃감으로 삼고 싶어 하는 게 이상하지만, 어쩐지 짠하네. 술 마셔요. 맨 정신으로 그냥 하긴 쑥스러운 이야기들, 나하고 순용 형님은 이따금 안주 씹듯이 나누는 이야기들인데 기자님한테 못 들려줄 것도 없겠지. 형님, 얘기하시구려. 어차피 우린 지금 술친구들이잖아.

경옥은 시원시원하게 멍석을 깐다. 어쩌면 그 때문에 윤초를 이 가게로 데려왔는지도 모른다. 윤초한테 도움 되는 일이라면 없는 흉터라도 지어낼 수 있을 것 같은데 서른 해 넘게 덮어쓰고 있는 흉터 얘길 못할 게 뭔가. 순용은 소주 한 잔을 더 마시고 입을 열었다.

여중 일 학년 겨울, 갓 설을 지낸 뒤였는데 집에 불이 났다. 내가 덮고 있던 이불까지 불이 붙었다. 그 전에 이미 질식해 있었던 나를 소방수가 구했다고 했다. 깨어나니 병원이었다. 그날 불은 방화였다. 엄마가 재혼하면서 나를 데리고 들어간 집에 여덟 살이 많은 의붓오빠가 있었는데, 망나니였다. 술만 처먹으면 패악을 부리는 종자들. 그 인간이 딱 그랬는데 그 무렵엔 돈을 내놓으라고 날마다 제 아버지며 우리 엄마를 볶아먹었다. 그날 밤에 패악을 부리다가 나갔던 그 미친놈이 한밤중에 술 퍼마시고 들어와서, 그 밤중에 어디서 시너를 구했는지 몰라도 그걸 덮어 쓰고 라이터를 켜버렸다. 잠결에 일어나 망나니 아들을 말리다가 같이 시너를 뒤집어썼던 아버지하고 그 인간한테 불이 붙으면서 집에도 불이 붙었다. 불길에 휩싸인 부자가 튀어나가다가 마당에서 쓰러졌다. 엄마는 정신이 없어서 딸도 잊어버리고 도망쳤다가 소방차가 들이닥치는 걸 보고서야 나를 떠올렸다.

순용이 말하는 동안 묵묵히 듣고만 있던 윤초가 목이 마른 듯 술을 들이켰다.

— 아까는 매웠던 소주가 이젠 시원해요. 그리고 삶의 현장, 그 빛과 그늘이라는 타이틀로 연재 기사를 써보겠다고 기획했던 제 자신이 징그러워 진저리나요. 죄송해요, 차 사장님. 아까의 부탁, 취소할게요. 사과드립니다.

윤초의 뒤끝이 너무 무른 것 같아 순용은 순간 겁이 났다. 그래서 눙치듯 웃으며 얼른 말을 이었다.

— 그렇다고 금세 그렇게 달아나면 내가 섭섭하지. 당시 엄마가 붙든 일이 지금 내가 하는 일이야. 불에 타죽은 새 아버지가 수제화를 지었는데, 그 가게 일을 도와주면서 일을 익혔던가봐. 엄마한테 감각이 있긴 했나 보지? 내 치료비를 댈 만큼 벌었나봐. 내가 더 이상 병원에 가지 않아도 된 게, 나 스무서너 살 무렵인데 엄마가 간암에 걸렸어. 수술 한 번 못해봤지. 너무 늦게 발견하기도 했지만 엄마가 나한테 빚 남길 걸 무서워해서 그렇게 되기도 했어. 두 달 만에 엄마를 보내고 말았어. 혼자 남은 나, 엄마 일을 이어하면서 엄마가 나한테 혼자 벌어먹고 살 만한 기술을 익혀주었다는 걸 알았지. 고치고 깁고 갈고 닦고. 신기하고 재미있었어. 헌 집 줄게 새 집 다오, 하는 모래집 놀이 같았어든. 근데 웃기는 게 뭔지 알아? 일을 하면서 세상을 조금씩 배우게 되니까 연애를 하고 싶은 거야. 결혼도 하고 싶고. 애도 낳고 싶고. 연애도, 결혼도, 애도, 나한테는 턱도 없다는 것을 깨닫기까지 또 한 십 년 걸렸지. 연애나 결혼이 어렵다면 애라도 키워볼까 싶어 입양 궁리도 했는데 나 같은 여자는 그도 해당 안 되는 걸 깨닫기까지 말이야. 사실 아직까지 욕심이 다 버려진 건 아니야. 진정으로 누구한테 안겨보는 것. 날 안고도 괴물 만난 듯이 놀라 달아나지 않을 사람을 만나보는 것. 그런 사람하고 아기를 낳아보는 것. 그런 꿈이 완전히 없어진 건 아니거든.

— 성형수술을 하시면 어때요? 알아보셨어요?

— 알아봤지. 여러 번. 해봐야 거기서 거기래. 어느 한 부위가 완전히 오그라들어서 몸을 펴지도 못할 지경일 때 엉덩이나 허벅지 살을

떼어서 그 부위를 되살리는 건데, 내 몸엔 쓸 수 없을 만큼 완전히 오그라든 부분은 없거든. 수술을 하자면 생존 수술이 아니라 미용 수술이 되는 거야. 집 몇 채 값을 쓰며 수술해봐야 나아질 게 그리 없고. 다행인지 불행인지 아무튼 그래. 내 몸에 얽힌 얘긴 얼추 여기까지야. 윤초 씨는 왜 여태 혼자야? 그 동안 기자씩이나 하는 사람이 왜 연애 한 번 못해본 추운 얼굴을 하고 다니는지 궁금했거든.

윤초가 대답하기 전에 경옥이 냉큼 끼어들었다.

— 정말, 나도 그게 궁금했어. 주말에 혼자 나와서 밥 먹는 거 보면 참 추워 보이더라.

— 글쎄요, 추워 보여서 그런 걸까요? 연애라고 시작했다 싶으면 남자한테 금세 차여요. 한 달쯤 전에도 차였어요. 나를 제 손등쯤에 달린 혹처럼 여기던 작자였어요.

— 아이, 안 믿긴다. 말하기 싫어서 그런 거 같은데? 형님, 그렇게 보이죠?

경옥의 엉너리에 그런 거 아니에요, 하면서 쩔쩔매는 윤초 모습이 안쓰럽다. 순용은 그렇지만 경옥이 있는 곳에서 윤초의 속내를 듣고 싶지 않기도 했다.

— 할 말이 있다면, 때 되면 하겠지. 술이나 한 잔 더 하면서 후야네, 네 얘기 좀 해봐. 오늘 우리가 좀 이상하게 어울리긴 했지만 후야네 너도 하고 싶은 말, 쌓인 말 많잖아. 지후한테 언제 다녀왔어?

— 우리 지후한테 지난 토요일 저녁참에 다녀왔지.

아이 얘기만 나오면 금세 눈물이 그렁그렁해지던 경옥도 요즘엔 많이 담담해졌다. 경옥은 스물다섯 살에 결혼해 3년 뒤에 아이를 낳았다. 뇌성소아마비 장애아였다. 아기가 세 돌이 되었을 무렵 이혼하면서 그 아이를 혼자 키우게 되었다. 3년 만에 남편이 병신 아들과 병신 아들을 낳은 아내한테 넌더리를 내고 도망친 것이었다. 현재 열세 살인 아이는 요양기관에 맡겨놓고 있는데, 한 달에 한 번씩 엄마가 가면 좋아서 방이 들썩들썩 하도록 괴성을 지르다가 기절도 한다. 너무 흥분해서 숨통이 막히기 때문이다. 숨통 막힌 아들을 안고 울다가 나올 때마다 경옥은 기가 막히고 숨통도 막힌다. 경옥이 아이한테 다녀온 이야기를 듣노라면 순용도 숨통이 막힐 것 같아, 두 여자는 지후 때문에 함께 술을 퍼마시곤 했다. 그런 시절을 십 년쯤 함께 겪어왔다. 경옥은 제 얘기를 어제 김치 담근 이야기를 하듯이, 맨손으로 김치 담다 그 손으로 눈이라도 만진 듯이 눈물을 짜면서도 낄낄 웃어대며 이야기를 마쳤다. 그러더니 술잔을 홀랑 비우고 윤초한테 따지듯 말했다.

— 이런 재미 없는 얘기들을 써서 신문에 내겠다고? 그걸 누가 보고 싶어 하겠어? 나 같아도 쳐다보기도 싫겠다.

— 그래서 제가 회사에서 잘렸는지도 모르죠. 남이 좋아할 법한 이야기를 찾아내지 못해서요. 그런데요, 두 분 사장님, 아니 형님들, 저도 두 분을 형님이라 부를래요. 암튼 글은요, 재미난 이야기만 쓰는 건 아니라고들 하잖아요. 글은 우리 사는 풍경을 옮겨놓는 것이기 때문에 신문이나 잡지나 텔레비전에도 흔히 아프고 슬픈 사람들 얘기가 나오는 것이고요. 문제는, 그런 아프고 슬픈 이야기들을 진정성이 느

껴지면서도 읽을 만하게, 사실 여기서 재미문제가 나와야 하는 건데요, 그렇게 쓸 수 있냐는 거죠. 가령 두 분의 이야기를 제가 쓰게 된다고 했을 때 두 분이 그 글을 읽고 어떻게 느끼실지, 그런 게 제 문제인 거죠.

— 그럼 일단 한 번 써서 보여줘봐. 나 같은 사람 이야기를 내가 읽고 화가 나기보다 감동하면 성공하는 거잖아.

마신 소주가 얼추 두 병은 될 텐데 아직 꼿꼿하고 혀도 고부라지지 않은 윤초가 웃었다. 순용의 어머니가 그랬다. 오월이면 마당이며 뒷산에 아카시아 꽃이 지천으로 피었다. 어머니는 집안에 숨어서만 사는 순용에게 그 꽃을 따게 하고 술을 담갔다. 술이 채 익기 전부터 어머니는 때때로 국자를 들고 뒤란으로 갔다. 숨도 쉬지 않고 네댓 국자쯤 떠 마신 다음에 긴 한숨을 내쉬곤 했다. 가끔은 사발로 퍼서 벌컥벌컥 마셨다. 그래도 어머니는 취하지 못했다. 취하지 못하는 까닭을 찾으려는 듯 술독을 들여다보던 어머니가 저 세상으로 떠난 뒤 순용도 술을 담갔다. 그리고 어머니처럼 이따금 술독을 들여다보다 사발로 퍼마시기도 했다.

— 신문사에서 일단 써보라고 해서 순용 형님을 찾아간 건데, 경옥 형님도 일단 써보라고 하니까 재미있네요. 암튼 오늘 밤에 마신 이 술에서 깨어나면, 일단 한 번 써볼게요. 우선은 한 잔씩 또 마시게요, 오늘 술은 제가 살게요. 오늘이 무슨 날이냐면요, 제가 첫 번째 실업수당을 받은 날이거든요. 앞으로 다섯 번은 더 받을 수 있구요. 한턱 쏠 만하잖아요.

한 십 년 일하던 직장에서 떨려나는 심정이 어떤 걸까. 순용은 짐작하기 어려운 마음이지만 그의 기색으로 보면 아직 회사에서 떨려난 기분에서 벗어나지 못한 것 같다.

— 참 눈물나는 한턱이네. 그래서 궁금한 참에 물어보는 건데, 윤초씨 그거 쓰면 얼마나 벌게 돼?

경옥은 순용이 묻고 싶어도 조심스러워 못하는 것들을 막힘없이 묻는다.

— 그 글 검토해 보겠다고 한 신문사가 워낙 가난한 데라서, 원고료를 조금밖에 못 받을 거예요.

— 그러니까 그게 얼마나 되느냐고.

— 원고지 한 장당 오천 원? 아니 삼천 원? 곱하기 15하면 그 값이에요. 기사 한 건에 원고지 15장 분량으로 잡았거든요. 채택이 되었을 경우에 해당되는 것들이지만요.

— 삼천 곱하기 15는 사만오천, 오천 곱하기 15는 칠만오천. 야! 미쳤냐? 이렇게 술이나 퍼 마셔야 늘어놓을 수 있는 내 일생이 고작 칠만오천 원이라고?

— 형님들 일생이 아니라 제 글값의 수준이 현재 그런 거죠. 지금 제가 실업자잖아요. 한 번 자리 잡으면 훨씬 높아질 거예요.

— 그것도 천불난다. 미친 것들이 왜 멀쩡한 기자 목을 짜르고 염병들이야. 그 신문 당장 끊어버려야지, 아이고 천불나.

속에 인 천불을 끄려는 듯이 경옥이 술을 벌컥벌컥 마셔댄다. 윤초는 그런 경옥이 재미있는 양 실실 웃어댄다. 순용도 웃는데, 내가 웃는 게 웃는 게 아니라는 말이 떠올라 또 웃는다. 고윤초가 이야기 하나를 얻으려고 이 난리를 치르는데, 이야기 하나가 고작 칠만오천 원이라면 혼자서라도 살 만큼 벌기 위해서는 몇 개의 기사를 얻어야 하고 글을 얼마나 써야 하는 것일까.

— 제 얘기를 해보라고 하셨죠? 근데, 저는 정말 별로 할 이야기가 없어요. 아, 있네요. 여기!

윤초가 느닷없이 탁자 옆으로 발을 쭉 뻗었다. 회색 양말을 신은 자그만 발이다. 지난 번 순용의 가게에 찾아왔을 때 했던 얘기대로라면 사흘 뒤에 수술을 받게 될 혹이 밤톨만 하게 발등에 영글어 있었다. 경옥이 제 옆으로 불쑥 다가든 혹 달린 발에 눈을 치뜨다가 약간 물러앉았다. 혹을 무서워하는 게 아니라 순용에게 보라고 비킨 것이었다.

— 그 혹 좀 한 번 보세요. 그게 아주 웃겨요. 완전히 제 맘대로 거든요. 커졌다가 작아졌다가. 아프지도 않아요. 그런데 그깟 게, 그깟 게 뭐라고 저는요, 그게 너무나 미워요. 그게 처음 생긴 게 제 동생이 태어나서 돌잔치 할 무렵이었어요. 아니 그때 처음 발견한 거죠. 그때 제가 여중 2학년이었는데요, 아! 우리 엄마도 순용 형님 엄마처럼 재혼했어요. 제가 엄마를 따라 들어간 그 집엔 망나니 오빠 같은 거, 없었고 고약한 언니도 없었어요. 아니, 오히려 내가 팥쥐 노릇을 했죠. 한 살 많은 의붓언니가 콩쥐처럼 착했어요. 우리 엄마는 콩쥐 엄마 같았구요. 암튼 엄마가 새로 아기를, 아들을 낳았어요. 엄마가 낳은 아들이 그 집안의 대를 이을 독자였기 때문에 온 집안사람들이 모여 잔치를 하는 날 나는 내 발등에서 혹을 발견한 거예요. 혹이 어찌나 흉

측하든지 내가 죽을병에 걸렸다고 엄마한테 바락바락 생억지를 썼어요. 그때 엄마가 뭐랬냐면요, 그깟 혹, 이마나 콧등에 난 것도 아닌데 웬 수선이냐고 했어요. 그러면서 덧붙였죠. 이러는 너는 내 이마에 붙은 혹 같다! 그 무렵에 첫 번째로 수술을 했죠. 이번에 하게 될 수술이 네 번째예요.

제 볼록한 발등을 내려다보며 반쯤은 주정이 된 윤초의 이야기를 듣고 있던 경옥의 손이 그쪽으로 다가들었다. 그리고 발에서 양말을 벗겨냈다. 호두만 하게 도드라진 혹이 나타났다. 핏기 없이 하얀 발인데 혹이 솟은 자리에만 불그죽죽한 흉터가 가로로 나 있다. 혹이 칼자국을 껍질처럼 뒤집어쓰고 있었다. 윤초의 발이 안쓰러워 만져주고 싶은 순용에 앞서 경옥의 손이 움직였다. 경옥이 혹을 매만지며 야아, 귀엽다 야! 한다.

4

하반신이 마취된 자신의 몸을 또렷한 정신으로 관찰하는 기분은 기묘하다. 아랫도리가 낯설거나 둔중한 정도가 아니라 아예 분리된 것 같았다. 감각은 거의 없으되 소리는 들렸다. 3센티 정도 절개해 결절을 제거하고 결절종의 뿌리 부근을 레이저로 지진 뒤 봉합할 거라던 그 과정이 못내 궁금했다. 수술이 진행되는 모습을 앉아서 보겠다고 했다가 의사 선생한테 주의를 듣고 누웠더니 양 손을 결박했다. 간단한 수술이라면서도 네 명이나 되는 의료진이 윤초 발을 향해 고개 숙인 채 수술을 하고 있었다. 그걸 지켜보고 싶은데 윤초는 급작스레 졸렸다.

— 보세요, 선생님들! 하반신만 마취했는데 제가 왜 졸립죠?

— 잠깐 주무시게 조치했기 때문입니다. 주무세요. 수술 끝나는 시간에 맞춰 깨어나실 겁니다.

내가 시끄럽다 이거지? 그렇지만 난 자기 싫어. 그게 없어지는 꼴을 기어이 보고 싶단 말이야. 소리쳤던 것 같았다. 깨어나니 병실인데 곁에 차순용이 있다. 연황색 마직 상의의 옷깃을 목까지 세우고 청바지를 입은 그이는 가게에서 보던 사람이 아닌 것처럼 젊다.

— 깼어? 자기 몸 한 조각이 떨어져 나간 것도 모르고 잘 자데. 기분이 어때?

기분이 어떠냐는 질문에 괜찮다고 중얼거리는 윤초에게 퍼뜩 기억 몇 토막이 떠올랐다. 사흘 전 밤의 한 풍경일 터였다. 차순용이 울고 있었다. 그의 목과 가슴팍을 골고루 만져보다 키스를 했던 것 같았다. 첫 키스한 기분이 어떠냐고 물었던가. 사실 지금 처음 떠올린 기억은 아니었다. 그날 밤의 술과 잠에서 깨어난 이후 몇 번 안개바람처럼 잠깐씩 스쳐간 영상이었다.

— 형님, 엊그제 밤에 우리 키스했어요?

— 우리, 키스라니?

— 형님하고 저 말이에요. 키스하고 나서 형님이 울지 않았어요?

— 무슨 소린지 모르겠네. 그날 밤 고윤초가 몸도 가누지 못할 만큼 취해서 내가 집까지 데려다 이부자리 펴주고 잠든 거 보고 나왔는데.

— 그럼 그때 꾼 꿈이 지금 생각난 건가? 희한해라. 내가 형님한테

키스를 가르쳐주겠다고 달려들어 입 맞추는 장면이 떠올랐거든요. 아! 그날 밤 꿈이 아니라 방금 꾼 꿈인가 보네.

— 그런가 보네.

선명한 꿈을 꾸는 일이 거의 없는 편이라 긴가민가하지만 차순용이 아니라고 하니 아닌 것 같다. 입맞춤은 회식 때나 친구들과의 술자리에서 이따금 해온 장난이니 실제로 했대도 상관없었다. 맘이 쓰이는 건 차순용에게는 그 일이 장난처럼 느껴지지 않을지도 모른다는 것이었다. 장난이라 치기에는 환영처럼 떠오르는 장면들이 너무 짙기 때문이다. 섹스는 물론 키스조차 모른다는 그에게 선생노릇을 하겠다고 나댔다면 어쩌나, 싶었는데 그이가 아니라 하니 다행이다.

— 어쨌든 고윤초 꿈속에 내가 다 나타나다니, 고맙고 재미있네. 그건 그렇고 고윤초 기획기사를 백 번은 읽은 것 같아. '크든 작든 많든 적든, 누구나 상처를 가지고 있다. 악운처럼 다가와 운명처럼 삶을 지배하는 상처와 상흔. 하여 누구나 헌 신발이나 헌 옷을 깁듯 자신의 상흔을 기워가며 산다. 신기료장수 차순용의 손은 타인의 상처를 깁는 일에 미립이 났다…….' 아예 다 외웠어. 그래서 고윤초가 정말 그걸 하고 싶고, 해야 한다면, 내 이야기로 시작해도 좋다고. 혹 떼낸 기념으로 그 말 해주려고 왔어.

— 고마워요, 형님.

— 고마울 것 없어. 일단 써 와 보라고 하면서도 허락할 생각이 아니었거든. 그런데, 고윤초 글이 재미있더라고. 뭐라고 할까, 남의 이야기를 읽는 것 같은 기분. 나를 이만큼에다 놓고 저만큼에 있는 내가

보는 것 같다고 할까? 그런 느낌을 뭐라고 설명해야 하는지, 갇혀있던 내가 풀려난 것 같은 이런 기분을 나는 정말 가방끈이 짧아서 모르겠지만, 감동했어. 글 잘 쓰는 것 같더라. 고윤초 같은 기자를 해고한 신문사는 멍청해 그런 것 같지만, 잘렸다고 말아버리기에는 고윤초가 아까웠어.

— 형님이 생기니 그 놈의 회사 욕도 대신 해주고, 기분 좋아요. 회사 짤린 덕에 형님이 생겼으니 그 놈의 회사에 오히려 고마워해야겠네요.

— 고맙기는 개뿔! 아무튼 휴가라고 생각하고 푹 쉬어.

— 쉬기는 하겠지만 푹 쉴 형편은 아니에요. 허락해 주셨으니 기사 송고하고, 음, 이사할 방을 알아봐야 하거든요. 삼 주 안에 방을 비워주어야 해요.

— 아, 그걸 해결해야 하는구나. 그날 밤에 얘기 듣고도 잊어버리고 있었네.

— 내가 그날 이사 얘기도 했어요?

— 집에 들어가다가 계단에서 잠깐 넘어질 뻔했을 때 그랬잖아. 이 놈의 계단, 꼴 안 보게 돼서 시원하다고. 그래서 내가 무슨 말이냐고 했더니 네가 한 달 안에 방 빼야 한다고 했어.

이상한 꿈과 상상에, 별별 얘기를 다 했던 모양이다. 그날 밤 마신 술의 양이 그만큼 많기도 했지만 하루를 굶은 빈속에 마시기 시작해서 그랬을 터였다. 취재 때문에 시작된 자리였으나 편키도 했다. 두 여자가 가진 상처는 그들 자신에 의해서 풍화되어가는 과정이었다.

그들은 청승스럽지 않았다. 그들 얘기를 기사로 만들지 않아도 좋았다. 때문에 그 자리에서의 고윤초는 타인의 비극을 건드려 기사를 얻으려는 후안무치한 전직기자가 아니었다.

— 또 무슨 말을 지껄였을지, 겁나네요. 암튼 제 걱정은 마시고 얼른 가게에 가보세요. 오래 비워두면 안 되잖아요. 아, 거기 옷장 속에 노트북이 있을 건데요, 그거 꺼내주고 가실래요?

— 방금 마취에서 깨어난 사람이 뭘 하려고?

— 마취된 건 다리뿐이었죠. 머리하고 손은 말짱해요. 정보신문이나 들여다보게요.

— 괜찮다면 고윤초가 이사할 방, 내가 좀 알아볼까?

— 아이, 아니에요. 지금 보증금으로 얻을 수 있는 방이 거기서 거기일 거고, 그런 방들은 사방에 많더라구요. 여기 앉아서도 어려울 거 없어요.

— 그래도 방은 직접 다니면서 보고 골라야지. 내가 알아볼게. 이래봬도 내가 이 동네 토박이잖아. 몇 군데 알아보고 와서 설명해줄 테니 고윤초가 골라. 그러면 되잖아.

— 형님 가게는요?

— 잠깐씩 비운다고 그 궤짝을 누가 업어가겠어? 좀 자. 저녁참에 맛난 거 많이 사서 올게.

두말 말라는 듯 시원하게 결론 내린 차순용이 병실을 나갔다. 이인용 병실인데, 옆 침상은 비었다. 혼자다. 엄마는 고등학생 아들 수발하느라 여념이 없을 터였다. 자신의 자리에서 밀려나지 않으려 기를 쓰며 살고 있는 친구들한테도 연락하지 않았다. 고윤초를 제게 솟은 혹처럼 여겼던 남자는 연락이 없다. 같은 계통에서 일하므로 고윤초가 해고되었다는 소문을 벌써 들었을 텐데, 지난 번의 다툼을 결별 핑계로 삼고 있을 테고, 이미 헤어졌는데 네가 잘렸든지 말았든지 무슨 상관이냐고 편해져 있을 것이다. 잘 떨어져 나갔다! 윤초는 자신의 발을 뒤덮은 깁스를 내려다보며 중얼거린다. 결혼 4년 만에 이혼당하고 돌아와 엉겨 붙던 너도 나한테는 혹 같은 존재였다.

그래서 늘 그렇듯이 고윤초는 혼자다. 휴가 같다. 발목부터 무릎 위까지 깁스를 한 채 맞이한 사흘 동안의 휴가.

5

깁스를 한 채 목발을 짚은 고윤초가 정말 여기가 맞느냐고 묻는 듯 순용을 쳐다보았다. 제 전셋집의 보증금으로 당장 들어갈 수 있는 깨끗하고 조용한 집을 보여주겠다고 데리고 온 참이었다.

— 일단 들어가서 집 구경 먼저 해.

— 집주인은요?

— 늘 비어 있다시피 한 집이야.

당장 주인은 없지만 구경은 해도 되는 집이라는 사실에 안심했는지 먼저 들어선 윤초가 와아! 탄성을 터트린다. 거리 쪽으로 면한 거실 두 면의 상단이 유리벽으로 되어 있는데 거기 바깥의 풍경이 고스란히 들어와 있었다.

— 텔레비전에서나 본 집이네요. 넓어서 텅 빈 것 같은. 그러면서도

있어야 할 것들은 어딘가에 다 숨어 있는 집. 멋있어요. 사방이 트인 넓은 창턱에 앉아 커피 마시면서 일출도 보고 일몰도 보겠네. 이런 집엔 대체 어떤 사람들이 살까요?

무거운 다리를 외다리 목발에 의지해 질질 끌고 다니면서 집 구경을 하는 윤초는 연신 탄성을 질렀다. 제가 사는 집에 비하면 그럴 법도 했다. 삼사십 년쯤 되었을 네모난 양옥들은 이 도시에서 요즘 한창 퇴출당하는 중이었다. 윤초가 사는 집의 주인집처럼 요즘 이 동네엔 그 옛날에 마구잡이로 지은 집들을 헐고 5층짜리 원룸 빌라를 짓는 게 유행했다. 한 층엔 주인이 살고 나머지 층들은 공간을 조각조각 만들어 사글세를 내주는 방식이었다. 순용도 그들과 비슷하게 집장사를 하고 사는 셈이긴 했다.

30여 년 전, 불길에 휩싸였던 집을, 갈 데 없었던 모녀는 떠나지 못했다. 순용의 몸에 붙은 흉터처럼 시커멓게 타고 그을린 집을 대강대강 수선해가며 살았다. 어머니가 돌아가고 개천 너머 낡은 집들에 살던 이웃들이 떠나도 순용은 떠나지 못했다. 떠날 수 없었으므로 이웃들이 비운 아무짝에도 쓸모없는 집들을 한 채씩 몇 채 샀다. 집터를 담보로 은행 융자를 약간 얻어서 집들을 사고 그 빚을 갚아나갔다. 성형수술을 하고 싶어 일 년을 하루같이 일했지만 성형수술 해봐야 소용없다는 것을 인정하게 된 뒤이기도 했다. 자신이 나름대로 부자가 되었다는 것을 순용이 알게 된 것은 부동산업자들이 찾아오기 시작했을 때였다. 집 앞의 개천이 일 년 만에 흔적도 없이 덮이더니 주변이 하루가 다르게 변해갔다. 순용도 변하기로 했다. 그 결과가 6층 건물의 꼭대기 층에 살면서 아래층들에서 세를 받는 건물의 주인이 된 것이었다.

— 주인이 어느 방을 세놓겠대요?

빈 방 세 곳을 살피고 난 윤초가 부엌으로 와서 탁자 앞에 앉으며 물었다. 순용은 남의 살림 건드리는 여자처럼 조심스럽게 커피를 만들어 윤초 앞에 놓았다.

— 비어 있는 곳은 아무 데나. 어떤 방이 맘에 들어?

— 골라도 된다면 등산로가 보이는 방이 맘에 쏙 들어요. 반달 창도 멋지고 화장실도 따로 있고. 그런데, 부자들은 자기 집 쪼개서 세놓지 않은 거 아니에요?

— 사람마다 다르겠지. 혼자 살기 싫어서 세입자를 들이는 경우도 있을 테고.

순용은 120평쯤 된다는 공간에서, 옥상 정원까지 통째로 차지하고 살지만 개천 건너의 다 쓰러져가는 슬레이트 지붕 집에 살 때와 달라진 게 없었다. 혼자서 남의 빈집에 몰래 숨어들어 사는 것처럼 너무 조용하게 사는 중이었다.

— 그런데요, 형님. 이 집은요, 넓기는 해도 세입자가 들어 살 집은 아닌 거 같아요. 독립적인 여백이 없다고나 할까, 빈 방들조차도 집주인을 위한 공간인 것 같거든요.

— 그런 거는 사는 사람이 스스로 만들어 가는 거 아닌가? 또 집주인하고 가족처럼 어울려서 살면 저절로 만들어지는 것이고.

— 형님도 참, 혈육들하고도 어울려 살지 못하고 떨어져 살기 일쑨

데 생판 남들끼리 어떻게 가족을 이뤄요. 운 좋으면 친구가 될 수 있겠지만 친구도 예의와 거리가 분명해야만 할 거구요. 그 예의와 거리조차도 세입자와 집주인 관계에서는 만들어지기 어렵죠.

단정하듯 말하며 커피 향을 맡고 있는 윤초에게 순용은 가령 내가 집 주인이라면 들어와 살겠냐고 묻고 싶지만 말이 나오지 않는다. 맘을 들킬 것 같았다. 들키면 달아나버릴 게 뻔했다. 전세금을 받겠다고 한 것도 들키지 않기 위해서였다. 하지만 이대로 보내고 말면 이 집에서 어떻게 살게 될까. 윤초가 이사를 해야 한다는 걸 알게 된 순간부터 순용은 온통 둘이 함께 사는 상상만 했다. 그 상상이 온 집안에 가득 스며들어 이제 윤초가 없는 집은 집도 아닐 것 같았다.

— 주인하고 친구가 되면 거리, 예절 같은 거 굳이 필요하지 않은 거 아닐까? 서로 간섭하는 일 없이 그냥 살면 되는 거 아니냐고.

윤초의 맘을 편하게 해주기 위해 하는 말이지 함께 살면 아마 그렇게 되기 어려울 터이다. 당장 윤초를 위해 아름다운 책상을 들여주고 싶고 밥을 짓고 빨래를 하고 청소를 해주고 싶어 하지 않은가. 발을 만져주고 신발을 챙겨주고 안아주고 싶었다. 모든 것을 다 해주고 싶어 해주다보면 받고 싶은 것도 생길 터였다. 그날 밤처럼 키스해주길 바랄 것이고, 만져주고 안아주길 바랄 것이고 눈물을 닦아주길 바랄 것이다. 그러다보면 윤초 드나듦에 일일이 신경을 곤두세우게 될 것이고 그걸 드러내지 않기 위해서 기를 쓸 것이다. 아마도. 온갖 상상 끝에 그런 생각까지도 했다. 텔레비전에서 보면 어쩌다 같이 살게 되는 사람들 사이에는 그런 갈등들이 생기고는 하니까. 그리고 화해하고 함께 살게 되곤 하니까.

— 집 주인이나 있다면 이야기 나눠보면서 생각이라도 해보겠지만, 없으니까, 그냥 갈래요. 작고 허름하더라도 속편하게 살 수 있는 내 집 알아 보러요. 그런데 형님은 이 집 주인하고 어떻게 아세요? 뭘 하는 사람이에요?

내가 집 주인이라고 순용이 말하려는 참에 윤초가 움찔하더니 주머니에서 전화기를 꺼냈다. 왼손으로 전화기를 열어 귀에 대며 왼눈을 찡긋한다. 오른손으론 어깨에 사선으로 멘 가방에서 길쭘한 수첩과 볼펜을 찾아낸다. 네 국장님, 고윤초입니다. 안녕하시죠? 네에. 그렇죠. 네. 객원이요? 그렇죠. 네. 그러면요, 네. 제가 가릴 입장인가요. 그렇게 할게요. 그런데, 지금 당장 찾아뵐 처지가 아닙니다. 간단한 수술 한 가지를 했는데, 다리에 깁스를 하고 있어서요. 네. 열흘 뒤에 푼다고 하더라구요. 네. 우선 두 꼭지 정도는 가능하구요. 네. 깁스 푸는 대로 찾아가 뵐게요. 네. 그때 봬요.

전화기를 접어 식탁에 탁 놓고 거친 손길로 수첩과 볼펜을 가방에 쑤셔 넣은 윤초가 커피 잔을 양 손으로 잡고 골똘하게 들여다본다. 표정이 밝지 못했다.

— 왜 그래? 무슨 전환데?

— 형님 이야기 보낸 신문사 편집국장인데, 그 꼭지를 연재하겠대요. 그런데, 객원기자를 하라네요. 그래야 연재하겠다고요.

— 객원기자가 뭐하는 건데?

— 신문사 소속 기자가 아니면서 그 회사 이름만 빌려서 기사를 쓰

는 기자예요.

— 안 좋은 거야?

— 현재 제 처지로 보면 좋다고도 안 좋다고도 말하기는 어려워요. 기사 쓴 만큼만 원고료를 받는 거니까요.

— 그럼 좋은 거라고 생각해도 되는 거 아니야?

— 그걸 잘 모르겠어요. 이미 바닥인데, 바닥에서 뭔가 새롭게 모색해 보자고 스스로를 다잡고 있었는데, 객원이란 한 마디에 그렇게 홀랑 넘어가서 앞뒤 없이 허겁지겁 받아들일 일이었는지. 아! 이 집 주인 이야기를 하다 말았잖아요. 집 주인이 누구, 아니 형님하고 어떻게 아신다구요?

— 내가 여기서 살고 있어. 내가 집주인이야. 그러니까 고윤초만 괜찮다면 이사 와서 편하게 살아도 돼. 고윤초도 잘 알잖아. 내가 만날 가게에 나가 사는 거. 나는 집에서 밥해 먹는 일도 드물어. 거의 윤초 혼자 사는 거나 마찬가지야. 만약 이사를 온다면.

더 이상 피할 수 없을 것 같아서 순용이 말하는 동안 윤초는 눈을 동그랗게 뜨는 것 같다가 장난스런 표정이 되었다. 웃을 것 같더니 웃지는 않는다. 사흘 간의 입원으로 원래 희던 얼굴이 더 희어지며 수척해졌는데, 웃지 않으니 희다 못해 창백해 보인다.

— 혼자 살기엔 좀 넓은 집이기는 하네요. 그래서 세입자 들일 생각을 하셨겠구나, 이해가 돼요. 그런데 아까도 말씀드렸지만 이 댁은 세입자가 살기에는 부적당한 거 같아요. 공간의 구조가 그렇게 느껴지거든요.

— 이리 이사는 못 오겠다는 말이네.

— 이사를 와야 맛인가요? 형님들하고 알게 된 것만으로도 신난 일이었는데요. 오늘은 그만 갈게요. 집에 가서 좀 쉬고 제가 이사할 집은 오후에 알아봐야겠어요.

그러니 저를 내버려두라는 말이다. 레디뻬. 우선은 내버려둬야 하는 것이다.

— 그럼 데려다 줄게.

— 그래 주시면 감사하죠. 사흘간 연습했는데도 목발이 아직 익숙해지지 않아서요.

집을 나서서 엘리베이터를 타고 내려가는 동안 윤초는 아무 말도 하지 않았다. 순용은 말을 붙일 수가 없었다. 너무 성급했다 싶은 후회로 순용의 가슴이 저렸다. 건물을 나오면 택시 승강장이었다. 빈 택시가 줄지어 있는 것을 본 윤초가 걷기 불편하다면서 맨 앞에 있는 택시 속으로 들어가 목발을 끌어들였다.

— 그냥 저 혼자 갈게요. 요새 가게를 너무 자주 비우셨잖아요. 고맙습니다.

시선을 내리깐 채 몇 마디 하더니 문을 턱 닫는다. 택시가 쑥 앞으로 달려 나갔다. 1킬로도 안 되는 거리를 택시를 타고 가버렸다. 고맙다는 인사를 남겨놓고. 다시는 안 보고 싶은 얼굴로.

'바르도Bardo'의 가내 수공업

김나정/ 소설가, 문학평론가

쉼표, 찍다

이렇게 살면 안 되는데, 달리 살 길은 보이지 않는다. 삶에 쫓겨 죽음을 향해 달음박질치는데 갓길은 뵈지 않는다. 진흙에 빠진 차는 헛바퀴만 돌리며 힘을 뺀다. 안간힘을 쓰기보다 숨을 고를 시간과 공간, 쉼표가 절실하다. 송은일의 세 번째 창작집『나의 빈 틈을 통과하는 것들』은 쉼표가 찍히고 숨을 고르는 '― 사이'를 담아낸다. 쉼표의 앞뒤, 변화의 경계에 놓인 인물들의 삶이 담긴다.

> "너한테 지금 필요한 건 여유야. 문학이, 소설이 너의 전부가 아니라고 일단 밀쳐놓을 수 있는 여유, 좀 놀아. 여행 다니면서 여행기를 쓰든지. 내 차 빌려줄게. 주제를 정하면 행로가 정해질 거야."
>
> ―「파우스트와 나와 케이」중에서

병에 걸린 사람은 요양이 필요하다. 병을 다스리고 다시 살아갈 힘을 얻을 시간과 공간이 절실하다. 삶에 치인 사람은 이전의 삶에서 쉼표를 찍고, 다음 삶의 방향을 모색한다. 전진하다가 진흙구덩이에 빠진 차가 후진으로 빠져나갈 힘을 얻듯이 말이다. 정지는 되새김질로 이어지고, 되새김은 앞으로의 길을 천천히 열어주어 움직임을 낳는다.

「나비의 동굴」에서 삶에 치이고 병마에 시달리던 남자에게는 자신을 다독이고 삶을 추스를 시간과 공간이 필요하다. 어머니의 집으로 돌아온 그는 뒤란에 있는 동굴로 들어간다. 「나의 빈 틈을 통과하는 것들」은 아내의 죽음을 받아들이기 버거워하는 남자와 새로운 삶을 단행하는 여자가 얽히는 이야기다. 중편소설 「움직임과 정지 사이의 기승전결」은 붙들려 살던 삶의 방식에 종지부를 찍으려는 여자와 그녀의 반동적 움직임으로 어쩔 수 없이 변화의 길목에 놓인 남자를 담아낸다. 「맹렬한 오후」의 옷가게 주인은 전망 없는 삶을 버텨나가지만, 빠져나갈 엄두를 내지 못한다. 그녀는 쇼윈도의 안쪽에 앉아 쇼윈도 바깥쪽을 내다본다. 손님이 놓고 간 『욕망의 식물학』이란 책을 들추기 시작한다. 「파우스트와 나와 케이」는 '나'는 케이와의 관계를 통해 파우스트가 되어버린 자기 삶을 들여다본다. 남녀의 사랑, 삶과 예술의 어쩌지 못할 애증 관계가 그려진다. 「그러면 안녕」의 여자와 남자는 어긋나버린 사랑을 잇지도 끊지도 못한다. 남자는 여자에게 신발을 선물하고, 여자는 진짜 '안녕'을 고하려고 그 사랑의 기억을 다시 살아본다. 「혹」은 회사에서 떨려나오고 발등에 혹이 난 여자가 화상 입은 구두 수선집 사람과 변두리의 삶을 만나는 이야기다.

여기 모인 작품들은 정지와 움직임의 '틈'을 잡아낸다. 잔에 물이 차오르는 순간을 차분하게 담아내며, 막 넘치는 찰나에서 종지부를 찍는다. 앞으로 어찌 변할 것인지를 구체적으로 보여주는 대신, 변화를 가져오는 잔잔한 움직임에 집중한다. 끝의 직전, 끝의 시작까지를 그려내는 것이다. 비가 내리기 직전에, 구름은 조용하지만 분주히 움직인다.

송은일의 소설은 겉보기에는 잠잠하지만, 물방울로 점점 무거워지는 구름의 양상처럼, 멈춤과 움직임 '사이'의 잔잔한 격렬함을 자분자분 담아낸다. 하루의 끝자락인 오후는 맹렬하다. 탁자는 속말로 시끄럽고, 옷가게 여자는 앉아서 부지런히 손을 놀려댄다. 안녕이란 간단한 인사말에는 얼마나 많은 시작과 끝의 사연들이 담겨 있는지를 보여준다. 책 속의 활자들은 조용하지만, 읽은 사람의 내면에 변화를 일으킨다. 겉으론 잔잔한 듯 보이지만, 속으론 들끓는다. 송은일의 소설은 그 안팎을 담아낸다. 멈춤과 움직임, '사이'에 있다. 혹은 움직임과 멈춤의 '틈'을 보여준다.

식탁의 웃음, 식물의 욕망

나무는 한 자리에서 몸으로 시간을 받아쓴다. 한 자리에 붙박여 사는 존재다. 나무로 만든 가구의 삶도 그러하다. 「탁자가 있네」는 한때 금강송이었던 탁자를 화자로 삼은 작품이다. 탁자는 기역에서 히읗까지 이름 붙여진 사람들의 손을 거친다. 'ㄱ'에서 'ㅎ'까지의 명명은 익명성에 대한 은유이거니와 마치 전화번호부를 첫 장에서 끝장까지 넘기듯 모든 인간들의 삶을 두루 살핀다는 느낌을 준다.

탁자는 말을 하진 못하지만, 볼 줄은 안다. 미음이 붙여준 '방랑자'란 이름처럼 여러 사람을 거치며 사람살이를 관조한다. 이 탁자는 보고 생각하고 느끼지만 말을 하거나 인간의 삶에 개입하지 못한다. "내가 사람을 상대로 할 수 있는 일은 없잖아." 철저한 관찰자의 입장에 머물 수밖에 없다.

「탁자가 있네」는 일인칭 관찰자인 탁자의 인간 관찰 기록문이다. 탁자는 남의 삶에 복판에 가만히 놓여, 인간이 서로에게 보여주지 않는 모습까지 볼 수 있다. 때로 인간은 서로를 속이고 탐하며 기만한다. "내가 지읒이 알아들을 수 있는 말을 할 수 있다면 그딴 놈 내버리고 딴 녀석 찾으라고 치읓의 실상을 알려줄 텐데 아쉬웠지. 한편으로는 지읒이 내 말을 알아듣지 못하는 게 다행이기도 했고."

사랑과 기만, 엇갈림, 헤어짐과 다시 만나기를 거듭하며 탁자는 '인생유전人生流轉'을 몸으로 겪어내고, 종국에는 '인생유전人生流轉'을 실감하게 된다. 오랜 방랑 끝에 잠시 잠들었던 탁자는 다시 눈을 뜨고, 자신이 거쳤던 사람들 중 호의를 가졌던 시옷과 키읔이 결혼 한 걸 알게 된다. 그리고 자신에게 '방랑자'라는 이름을 붙여주었던 미음에게 발견되어 그녀 곁으로 온다. "한 치 앞도 모르는 게 사람살이고 나는 그 사람 곁에 있지만 그 사람이 미음이므로 느긋해" 한다. 미음은 탁자를 상대로 이야기를 늘어놓는 열여섯 살짜리 여자아이의 눈에 비친 세상 이야기를 소설로 썼다. 탁자의 이야기가 소설이 됨으로써 소설의 안팎이 엮인다.

「탁자가 있네」는 방랑자인 탁자의 웃음으로 갈무리된다. 인생유전이나 웃음으로 갈무리되는 소설이라 하여 자조적이거나 사는 게 다 그렇지, 라는 운명론을 펼치는 건 아니다. 이 작품의 화자인 '탁자'가 가진 독특성 때문이다. 금강송으로 만든 단단한 탁자는 긴 시간을 살아내고 다양한 인간을 겪어냈다. 높낮이가 다른 파도가 일고 가라앉기를 거듭하지만 결국 바다에 수렴되는 것처럼 긴 시간을 통해 인간의 삶을 보아왔다.

작품 말미에 미음이 탁자의 주인이 되었지만 시간이 지나면 어떤 일이 벌어질지는 모른다. 하지만 다음이야 어떤 삶이 기다리고 있건, 지금은 웃는다. 순간의 '웃음'이 삶에서 당분간 얻어낼 수 있는 가장 큰 성취일지도 모른다. '의인화'를 모르냐고 묻는 넉살 좋고 감수성 예민한 탁자가 화자인 이 작품은 소설집을 열면 독자를 안아 들인다. 이 작품집에 실린 소설 전부가 탁자처럼 다종다양한 인간의 삶을 바라보며 틈의 '웃음'에 다다르려는 작가의 길 찾기를 담아내는 까닭에서다.

「맹렬한 오후」의 영희도 가구처럼 산다. 하루의 대부분을 옷가게 쇼윈도 안에 앉아 있다. 그녀의 가게가 있는 "거리에 오래 된 가게들이 없지 않지만 새로 들어온 자리들은 대개 일 년이 못 되어 망해 나간다." 영희는 옷가게에 앉아 가게들이 들고 나는 것을 지켜본다. 옷가게의 벌이는 형편없고, 머지않아 가게를 접어야 한다. 변화의 필요성은 느끼지만, 변화를 꾀하는 건 만만치 않다. "뭔가를 그만둔다는 것은 그 일을 시작할 때보다 훨씬 큰 힘이 필요"하기 때문이다. 게다가 "여러 번 뭔가를 그만두느라 소진한 영희는 이제 스스로 그만둘 힘이 없었다."

'생각한 대로 살지 않으면 사는 대로 생각하게 된다.(—폴 발레리)' 이제까지의 삶의 방향이 마뜩치 않았다면 먼저 정지해 왜 여기까지 왔는지를 따져봐야 한다. 길을 잘 못 든 사람이 멈춰 서서 지도를 펼쳐보듯 말이다. 영희는 부지런히 손을 놀리며 자신의 삶을 되새김질한다.

> 무얼 하며 손님이 들지 않는 가게를 지키며 홀로 체면치레를 할 것인가. 뜨개질을 하기 전에는 퀼트를 했다. 퀼트 전에는 십자수를 했고, 십자수 전에는 천으로 인형을 만들었다. 인형을 만들던 시절에는 아기를 낳고 싶었을 것이다. 십자수를 놓을 때는 뭘 하고 싶었는지 생각나지 않는다.
>
> 지나서 돌아보면 하고 싶었던 것들은 전부 내 것이 아닌 헛것이었다. 헛것들. 헛것들은 중독성이 강하다. 빠져드는 순간 빠져 있는 것조차 잊는다. 뜨개질을 하며 텔레비전을 보는 것은 라디오를 들으며 뜨개질을 하는 것과 같다. 봐도 보는 것이 아니고 들어도 듣는 것이 아닌 상태. 손을 무의식으로 움직일 뿐 손이 뭘 하고 있는지를 자주 잊는다. 빠져 있는 것이 아니라 빠져 나가 있는 것 같다. 몸은 소파에 있는데 정신이라든가 마음이라든지 하는 것들은 날아가 천장쯤에 파리처럼 붙어 있는 꼴이다.
>
> —「맹렬한 오후」 중에서

그녀는 헛것을 쫓으려고 손을 놀린다. 조각보나 털실로 짠 옷은 삶의 단면들을 잇고 짜내는 과정과 닮았다. 정지한 듯 보이는 그녀의 삶은 실상 맹렬한 움직임이 정지하기 직전의 상태다. 도화선에 불을 붙여줄 계기가 필요할 따름이다. 영희는 손님이 놓고 간 『욕망의 식물학』이란 책을 뒤적인다. 쇼윈도 안에 앉아 가게를 지키는 영희의 삶 자체가 '식물'의 삶과 닮았다. 있던 자리를 좀처럼 벗어나질 못한다. 여기서의 삶이 만족스러워서는 아니다. 외부에서 강한 충격을 받거나 내면에서 강한 충동이 일지 않는 한, 그대로 살다 사라질 가능성이 높다. 식물이 씨앗이 심겨진 자리에서 줄기를 피워 올리고 꽃을 달아 열매로 맺고 그 자리에서 흙으로 돌아가듯 말이다. 아주 고요한 듯이 흘러가는 듯한 이 소설은 영희의 내면에서 일어나는 분주한 생각을 담아낸다. 『욕망의 식물학』에 등장하는 사과, 튤립, 마리화나의 예는 적절하게 인용되어 영희의 삶을 다양한 각도로 비춰준다. 깨물어보고 싶지 않는 시든 사과는 영희가 거울에 비쳐본 자신의 모습이며, "만지지도, 향기를 맡지도 말고, 그저 멀리서 감탄만 하라는" 시각적 즐거움만 제공하는 튤립은 쇼윈도 안쪽에 붙박여 바깥쪽을 바라만 보는 영희의 삶을 빗댄 듯싶다.

『욕망의 식물학』의 주인인 빨강 재킷의 여자는 어항 속 같은 영희의 삶을 흔들어 놓고 간다. 빨강 재킷은 자신과 사뭇 다른 삶을 사는 듯 보인다. 젊어서 삶의 다른 가능성도 아직 닫히지 않는 것 같다. 영희는 여자가 책을 찾아가자, 바구니 안의 셔츠들을 색깔 별로 바꿔 본다. 자신이 변화시킬 수 있는 건 그것밖에 없다는 듯. 여자가 들고 난 뒤, 영희는 망한 횟집과 폐품을 수집하는 노인들에게서 자신의 미래를 예감하고, 과거에 지나갔던 남자와 현재 근처에 있는 마뜩치 않는 남자들을 떠올린다. 빨강 재킷의 여자라는 이물異物이 끼어듦으로

써 영희가 마주했던 단조로운 풍경이 달라지기 시작한다. “물건 하나를 옮기다보면 주변의 물건들이 죄 따라 움직인다. 그렇게 하지 않으면 안 될 필연성 같은 것이 저절로 만들어진다. 잘 팔리지도 않는 가게 물건들을 재배치하느라 밤을 새우고, 식탁 위치 한 번 바꾸려다 집의 가구를 모조리 옮기는 것도 그 때문이다.”

여자가 드나들고 난 뒤, 영희는 유리벽을 통해 늘 봐왔던 노인과 아이를 내다본다. “아무래도 그들의 구도가 낯설다. 하루에도 몇 번씩 봄직한 풍경이 왜 낯설까” 라고 묻는다. 풍경은 여전한데, 그 풍경을 바라보는 영희의 시선이 변했다. “아이들의 무심하던 몸짓에 의도가 생기는 게 느껴진다. 맞지 않는 구도를 발견한 것 같다.”

『욕망의 식물학』에서 마지막으로 인용된 것은 마리화나에 대한 부분이다. “치명적으로 강력한 독은 상대방이 그에 대한 저항력을 키우도록 하는 압력으로 작용함으로써 이내 그 효력을 잃어버리고 만다. 따라서 그보다는 상대를 쫓아버리거나 불구로 만들거나, 아니면 혼란을 일으키는 편이 효과적이다.” 영희는 변화를 다짐하지 않는다. 그녀가 어떤 식으로 변할지는 가늠할 수 없다. 「맹렬한 오후」는 섣불리 전망을 제시하거나 변화의 가능성을 단언하지 않는다. 단지, 풍경이 달리 보이는 상태에 머문다. 어떤 의미에서 여기서 인용된 마리화나의 역할은 ‘소설’이 독자에게 미치는 영향과도 닮아 있다. 책은 우리의 단조로운 일상에 끼어들어 우리가 지금껏 무심히 보던 지금껏 무심히 보던 풍경들을 달리 볼 것을 요구한다. 조용히 당신 안에 내재한 도화선에 불을 붙인다.

안녕과 안녕 사이

새로운 시작은 이제까지의 삶을 끝까지 살아보는 데서 시작한다. 안녕하기 위해서는 완전히 '안녕'해야 한다. 「그러면 안녕」은 연인의 인연의 시작과 끝을 다룬 작품이다. '나'와 경준은 백선당이란 과거와도 함께 얽혀 있다. 두 사람은 백선당이라는 한 울타리 안에서 태어나 자라면서 연인이 되었지만 경준을 짝사랑하던 간호사의 돌연한 자살로 헤어지게 되었다. 마음이 멀어져서가 아니라, 불쑥 끼어든 불가해한 사건으로 헤어졌기에 그들은 결별하지 못한다. 미련이 남지만 다시 시작할 엄두도 나지 않는다. 끊어내지도 이어가지도 못할 사랑이 발목을 잡는다. 그들이 함께 짊어진 과거를 털어내지 못하듯 말이다.

경준에게 결별 선물로 '신발'을 받는 나는 그 사랑을 처음부터 되짚어간다. 경준을 짝사랑하던 "윤 선생이 다음날 아침 거멀너머 해수욕장 오른쪽 절벽에서 추락한 주검으로 발견되지만 않았다면 정말 아무 일도 없었던 양 되었을 것이다". 그러나 더 거슬러 올라가 보니, 벽은 다른 데 있었다. "그와 나는 백선당이라는 한 울타리에서 태어난 아이들이었고 아직도 그 안에 들어 있었다. 그건 잊을 수 있는 기억이 아니라 실재하는 울타리였다. 우리는 윤 선생한테 당하지 않았어도 함께 살겠다고 나서지는 못했을 것이다. 경준과 나는 우리의 울타리를 뛰어넘을 용기가 없었다." 그때는 보이지 않던 것들이 시간과 공간의 거리로써 보이게 된다. "네 눈이 이제 좀 밝아진 게지. 우리 눈이 이제야 뜨였던지."

경준은 '나'에게 신발로 이별의 말을 건넨다. 신발은 길을 떠날 때 필요하다. 경준이 '나'에게 준 작별 선물에는 새로운 출발을 바라는 마음이 담겨 있다. 그가 '나'에게 바란 출발이 저에게로 향하라는 것인지, 저를 등지라는 것인지 알 수 없지만 '나'와 경준은 일단 "고요한 안녕"을 치른다.

끝내 헤어질 수 없는 것들도 있다. 안고 있기엔 내 속이 타들어가지만, 버리면 내 삶을 버린 듯 아득해질 걸 알기 때문에 이러지도 저러지도 못한다. 애인과 소설이 그런 존재다. 「파우스트와 나와 케이」는 소설을 위해서라면 악마에게라도 뭐든 내주겠다는 여자의 이야기다. 서로 버티며 대드는 예술과 삶, 남자와 여자의 길항 관계를 보여준다. '나'는 케이를 사랑한다. 그를 사랑하지만 '나'는 소설을 위해서, 숲에서 케이를 제물로 내걸고 손을 그어 피를 낸다. 절실해서다. 그녀에게 소설은 삶의 전부지만, 케이에게는 소설이 삶의 일부일 따름이다. 그럼에도 불구하고 케이의 소설이 더 탁월하고 세간의 주목을 훨씬 더 받는다. "토마스 만이나 나, 또 너는, 악마와 거래하는 사람이 아니라 악마나 파우스트를 만드는 사람이야. 악마도 파우스트도 우리 같은 사람들이 지어낸 이야기 속에, 우리 속에 이미 존재하는 거잖아." 그렇게 삶을 더 중요하게 여기란 케이의 말이 '나'의 초조감을 달래주진 못한다. 내 안에 들끓는 질투심, 열망이 메피스토를 불러온다.

나는 악마와 거래했다 여기지만, 실은 내 안의 악마와 거래한 셈이다. 케이를 넘기고 나서 나는 케이와 소설을 손에 넣는다. "소설과 함께 케이가 내게 왔다. 그 모든 과정을 우연이라 믿기에는, 또 내 삶의 연속선에서 발생한 것들이라 믿기에도 지나치다는 꺼림칙함이 가시지 않았다." 케이와 결혼한 '나'는 그와 함께 살게 된 집과 생활을 지키기 위해 발버둥을 친다. 예술과 삶을 모두 붙들려고 애를 쓴다. 하지만 "내가 얻은 것들에 대한 대가로 무얼 얼마나 지불해야 하는지"를 궁리하며 하루치 지옥을 날마다 살아낸다. 칼자국은 아물었지만 손은 여전히 그 병을 앓듯이 말이다. 둘 다를 얻기 위해 정작 '나'는 안녕하지 못하다. '나'는 케이를 제물로 바쳤다고 생각하지만, 실은 그 거래를 통해 자신을 파우스트로 만든 것이다.

병은 병을 아파한다

"뭐든 당연하게 여기지 말고, 제발, 당신 삶에, 당신이 갖게 된 결함들에, 의문을 가져 봐. 마디마디 힘주어 내뱉던 아내의 그 말에 의문을 품어보니 괴물처럼 변해가는 몸뿐만 아니라 사십여 년 삶 자체가 의문이고 결함이었다. 전 생애가 결함이 된 사내에게 처자식이 있는 집은 더 이상 집이 아니었다. 그래서 어미 집으로 왔다."

「나비의 동굴」에서 사내는 통풍에 시달린다. 증세가 심할 경우 관절들에 결절이 돋는데, 전신의 관절마다 호두알이나 포도송이 같은 결절이 매달린다. 약은 듣지 않았고 가족들은 등을 돌린다. 사내는 어머니 집으로 돌아와 동굴에 틀어박힌다. 삶을 다시 시작하는 것이 가능한가? 훼손된 삶은 어떻게 치유될 수 있는가? 동굴 속이란 공간과 동굴 안의 시간은 '멈춤'과 되새김질을 낳는다. 종종 '나비'로 불리는 고양이들처럼 가볍게 제 몸을 부리기 전에 동굴 속 둥지의 삶을 치러내야 하듯 말이다. 사내는 자신의 동굴을 티베트 불교에서 말하는 바르도Bardo로 여긴다. 바르도는 두 개의 전생 사이에 머무는 매혹적인 정토淨土를 일컫는다.

사내의 어머니는 고양이로 음식을 만들어주고, 일을 하여 그러모은 돈으로 대문을 달아 괴물처럼 변한 아들을 다른 사람의 시선으로부터 차단시켜준다. 사내는 동굴 안에 고양이가 새끼 낳을 둥지를 만들어준다. 고양이가 태어나게 하고, 그 고양이를 먹은 힘으로 새끼 낳을 고양이의 둥지를 만들고, 그 고양이들과 함께 살아간다. 이러지도 저러지도 못할 상황 속에서 모자가 현실성 없는 생각 대신 각기 현실에 필요한 방식으로 행동한다는 점에서 아주 닮아 있다.

사내는 동굴 속에서 사방으로 길을 뚫는다. 「맹렬한 오후」의 옷장수 영희가 헛것에 붙들리지 않으려고 부지런히 손을 놀리듯 말이다. 은둔과 일로써 시간을 버텨내기는 「나비의 동굴」의 사내도 매한가지다. "사내는 누워 지내지 않기 위해 일을 찾았다. 먼저 통로 안 흙벽에다 고양이들의 둥우리를 팠다." 그리고 수레를 만들어 사방으로 길을 낸다. 유폐 공간에서 벗어날 길을 제 손으로 뚫고자 한다. "두 해 정도에 걸쳐 그가 뚫은 동바르도 길이 얼추 백여 미터 쯤 됐다. (…) 땅 속 사내의 세상이 느린 속도로나마 넓어져가는 중이었다." 동굴 안쪽의 길은 동굴 바깥쪽으로도 뻗어간다. 사내와 초,중, 고등학교 동창인 장희는 직속상관과 불륜 관계였고, 금융 사고를 저질렀다. 남자는 혼자 도망하고 3년 실형을 산 장희는 정신을 놓는다. 사내는 장희에게서 자신을 본다. 남 얘기 같지 않아서다. "제 일생을 떼어먹히고 병들어 돌아와서 고작, 빨갛고 노란 털의 고양이 타령이나 하고 있다. 멍청한 년! 천치 같은 년!"

동병상련同病相憐을 통한 연대의 모색은 「혹」에서도 나타난다. 발등에 혹이 난 윤초는 구두수선공의 왼쪽 볼과 목에서 화상자국을 본다. "다섯 해 전 윤초가 수선공의 흉터를 처음 발견했을 때의 느낌은 흉함이 아니라 고립감이었다. 저이는 흉터에 갇혀 살겠구나. 이 상자가 저이의 감옥이거나 섬이겠구나." 「나비의 동굴」의 사내에게 병이 동굴이듯 말이다.

아픈 사람은 남의 아픔에 민감하다. 타인의 병은 내 병을 들여다보거나 다스리는 약이 되어준다. 발등의 혹을 떼어내는 수술을 앞둔 윤초는 회사에서도 떨려나왔다. 전직 기자가 된 윤초가 수선공에서 말을 건 것은 새 일을 찾으려 기획기사를 모색하기 위한 과정에서였다.

> 어쨌든 지금 윤초가 신발 수선공인 그이를 향해 기획기사를 운운할 수는 없었다. 자신은 신발 속에 숨길 수도 있는 발등의 혹 하나를 자신에게 생기는 모든 액운의 핑계로 삼고 엄살 떨며 살아왔지 않은가. 그이는 무엇으로도 가릴 수 없는 상흔을 얼굴이며 목에다 붙이고 있었다. 목 아래 몸에는 어느 만큼의 화상자국이 있을지. 그런 그이에게 자신의 일이 무슨 상관이라고 취재 운운한단 말인가.
>
> —「혹」 중에서

동병상련은 섣부른 연대로 이어지지 않는다. 그저 봐주고 들어주고 써줄 따름이다. 이름을 몰랐을 때 순용은 윤초를 '레디삐Let it be'

라고 불렀다. 그녀가 처음 순용의 가게에 등장했을 때 비틀즈의 노래가 흘러 나와서다. 삶의 힘겨움에 대해 주문처럼 되뇌어지는 말은 'Let it be(순리에 맡겨라)'다.

「나비의 동굴」에서 동굴에 숨어살던 사내는 고양이 때문에 자신과 처지가 닮은 장희와 밖으로 나간다. 병을 치유하려고 고양이를 먹던 그가 고양이를 먹이러 굴 밖으로 나가는 것이다. 그를 동굴에서 광장 같은 마트로 끌어낸 것은 타인의 아픔에 대한 공명 때문이다.

"데운 우유를 반쯤 먹었나 싶을 때 나비가 눈을 반짝 뜬다. 눈동자가 까만 별 같다. 사내는 모처럼 흐흐 소리 내어 웃는다. 장희가 나비를 안은 채 끼루룩, 미친년처럼 웃는다." 괴물처럼 변한 남자를 보는 사람들은 혐오감에 시선을 피했다. 사내의 어머니는 그 시선들에게서 아들을 가려주려 애썼다. 동굴에서 나온 사내는 적어도 같은 처지의 한 사람을 웃게 만들었다.

실종과 불륜, 삶의 틈새

송은일 소설에서 은둔과, 실종, 불륜은 여태까지의 삶을 멈추는 기제로 활용된다. 「나의 빈 틈을 통과하는 것들」은 아내를 잃은 남자와 자신의 이름과 일을 동시에 버리는 여자의 이야기다. 남자의 아내는 다른 사내와 여행을 갔다가 교통사고로 숨졌다. 남자는 아내의 불륜에 대한 의심보다 아내의 외간 사내의 사무적인 태도와 돈으로 무마하겠다는 제안을 받아들일 수밖에 없는 자신의 처지가 괴롭다. 아내를 거기까지 내몬 것이 자신이 아닌가란 생각 때문이다. 죽은 사람은 말이 없으니 아내의 진심을 알 수도 없다. 아내의 죽음을 받아들이지 못하는 남자는 아내의 재를 날려 보내지 못하고 길을 떠돈다.

그 결과 남자는 기지국을 설치해달라며 통신사의 상담원 여자에게 패악을 떤다. 신호가 잡히지 않는다는 것은, 아내와의 소통이 불가능하다는 절망감과 자신의 내면을 누구에게도 토로할 수 없다는 답답함을 드러낸다. 그의 아내와 이름이 비슷하다는 이유로 통곡의 벽 역할을 해야 하는 상담원 여자는 억울할 따름이다. 그녀의 일이 상담원인 이상, 꼼짝 없이 앉아 남의 욕을 묵묵히 들여야만 한다. 하지만 '꽃잎'이란 이름은 그녀가 붙인 것도 아니다. 배꽃이 날릴 때 태어났다고 해서 부모가 붙여준 이름이다. 게다가 그녀는 아들이 아닌 일곱째 딸로 태어났다는 이유에서 '바리'란 별명으로 불린다. 자신을 힘들게 하는 삶의 어쩌지 못하는 조건들을 그녀는 감당하며 살았다. 하지만 남자의 육두문자는 그녀에게 새 이름과 새 삶을 찾아가는 계기가 되어준다. 아무 상관없던 두 사람은 우연찮게 서로의 삶에 영향을 미치고 남자는 한 시절을 털어내고, 여자는 한 시절을 새로 여는 지점에서 만나는 것으로 소설은 마무리된다.

「움직임과 정지 사이의 기승전결」은 남편에게서 달아나는 여자의 이야기다. 실종은 공간의 이동이며, 동시에 곁에 늘 있어 되레 그 존재에 둔감했던 존재에 대해, 생각하는 계기를 만들어준다. 더불어 그 실종을 조장한 자신에 대해 되돌아보는 계기를 마련한다. 조여영은 아버지가 살아 있을 때와 같은 방을 갖고 싶어 부유한 늙은 의사 박과 결혼했다. 그러나 조는 그 삶이 자기 삶이 아니란 걸 절감하고는 탈출을 감행한다. 고속도로의 휴게소에서 김산하의 트럭에 올라타고 달아난다. 매기골에 숨어 지내는 동안 조는 한 번도 골짜기 밖으로 나가지 않았다. "그곳에서도 갇혀 산 것이나 다름없었다. 그럼에도 갇혀 산다는 생각을 못할 만큼 그 숲에서의 일상이 조에게는 걸맞았다. 감당할 수 있는 크기의 세상이라서 그 세상을 누릴 수도 있었던 것 같았다." 그녀는 자신을 가둔 것이, 헛것에 붙들린 자기 자신이라는 것을 깨닫게 된다.

박은 아내가 실종되자 아내가 왜 달아났는지에 대한 의문을 풀려고 한다. 왜 달아났는가? 란 질문은 아내가 달아날 만큼 못 견디게 만든 '나'는 무엇인가란 질문으로 이어지게 마련이다. 아내의 흔적을 찾아다니는 동안 여러 여자들을 불행하게 만들었던 그의 과도한 성욕은 점차 사라져간다. 성욕은 그의 삶에 대한 과도한 욕망에서 기인했다. 그의 욕망은 여러 아내들을 삐쩍 말라 죽게 만들었다. 과도가 결핍을 조장한 것이다. 박은 조가 사라진 이후 자신이 잉여인간이 되어가는 것을 느꼈다. 아내의 실종은 그가 변화하는 계기가 된다.

박은 다시 찾아온 조를 가둔다. 조가 갇힌 공간은 "자동온도 조절 장치 탓에 여름에는 덥지 않고 겨울에는 춥지 않다. 누군가, 혹은 뭔가를 사육하기에는 완벽한 공간이다." 그런 곳에서 달아나는 것은 불가능하다. 탈출해봤자 다시 잡혀올 게 뻔하거니와 상대가 자신을 놓아주지 않는다면, 상대가 포기하고 버릴 때까지 기다리는 것도 하나의 방법이다.

몸이 딴 데로 달아나는 건 중요하지 않다. 어디로 달아나건 마음이 붙들려 있다면 도망에 불과하다. "달아나고 또 달아나다 여기 있었다. 다시 달아날 궁리를 하면서. 이제 도망치려면 완벽해야 하리라고 느끼면서." 실종과 도주로 그들은 변했다. 한 번 변한 삶이 이전과 같을 리 없다.

조의 몸속에는 김산하와 만든 아이가 자라고 있다. 조는 갇혔지만 갇혔다고 생각하지 않는다. 갇힘 속에서 여유롭다. 그녀는 겉보기에 달리진 게 없다. 하지만 그녀의 속에서는 아이가 자라난다. 아이가 자라나, 어머니의 몸을 벗어나려면 시간이 필요하다. 뱃속의 아이는 조용히 조금씩 자라난다.

바르도의 가내수공업자

이 소설집에서는 유난히 가만히 앉아 손으로 뭔가를 만드는 수작업자들이 많이 등장한다.

세상에서 쫓겨나 동굴에 틀어박힌 사내는 제 손으로 길을 뚫는다. 탁자처럼 의자에 앉아 사람살이를 들여다보고, 생각하며 손을 놀려 조각보를 잇고 낡은 구두를 고치듯 훼손된 삶을 복원해낸다. 소설가의 일이 그러하다. 삶과 사람에 거리를 두고 바라본다. 상처를 들여다보고, 상처의 기원을 탐색하며 상처와 더불어 살아가는 법을 모색한다. 이야기꾼의 소설답게 책장은 바삐 넘겨가지만, 갈피갈피 생각이 고여 머물게 한다.

티베트에서 사람이 죽은 다음에 다시 환생하기까지 머무는 사후의 중간 상태를 바르도Bardo라고 부른다. '바르도'의 '바르Bar'는 '사이'

를 뜻하고 '도Do'는 '매달린', '던져진'을 이른다. 한 상황의 완성과 다른 상황의 시작 사이에 걸쳐진 '과도기' 또는 '틈'을 의미한다. 어떤 의미에서 모든 사람은 탄생과 죽음이란 '틈'을 살아가는 존재다. 바르도에서 소설가는 사람살이의 틈새를 파고들어 과거와 지금, 사람과 사람, 사람과 세상 사이를 손으로 깁고 잇는다. 마음속의 소리를 끄집어내 목소리로 엮어준다.

> "크든 작든 누구나 상처를 가지고 있다. 악운처럼 다가와 운명처럼 삶을 지배하는 상처와 상흔. 하여 누구나 헌 신발이나 헌 옷을 깁듯 자신의 상흔은 기워가며 산다. 신기료장수 차순용의 손은 타인의 상처를 깁는 일에 미립이 났다."
>
> —「혹」 중에서

『티벳 死者의 書』의 원제목은 『바르도 퇴돌 첸모Bardo Todrol Chenmo』로, "바르도 상태에서 가르침을 들음으로써 위대한 해탈을 성취한다"란 뜻이다. 소설은 마음의 고요한 움직임과 변화의 조짐을 담아 우리의 일상에 틈을 벌려준다. 송은일의 소설집 『나의 빈 틈을 통과하는 것들』은 산 자 앞에 놓인 책이다. 우리 삶의 틈새에서 조용한 움직임의 싹을 틔어줄 것이다.

나의 빈 틈을 통과하는 것들

지은이_ 송은일
펴낸이_ 조현석
기 획_ 신승철
펴낸곳_ 북인
디자인_ 푸른영토

1판 1쇄_ 2014년 11월 11일
출판등록번호_ 313 - 2004 - 000111
주소_ 121 - 842 서울 마포구 서교동 467 - 4, 301호
전화_ 02 - 323 - 7767
팩스_ 02 - 323 - 7845

ISBN 978 - 89 - 97150 - 73 - 1 03810